KB268036

한백림 新무협 판타지 소설
천잠비룡포
Fantastic Oriental Heroes
天蠶飛龍袍

천잠비룡포 1

한백림 新무협 판타지 소설

초판 1쇄 찍은 날 § 2006년 5월 10일
초판 1쇄 펴낸 날 § 2006년 5월 16일

지은이 § 한백림
펴낸이 § 서경석

편집장 § 문혜영
편집책임 § 유경화
편집 § 심재영

펴낸곳 § 도서출판 청어람
등록번호 § 제1081-1-89호
등록일자 § 1999. 5. 31
어람번호 § 제2-0908호

주소 § 경기도 부천시 원미구 심곡2동 163-2 서경빌딩 3층
전화 § 032-656-4452 팩스 § 032-656-4453
http://www.chungeoram.com
E-mail § chungeorambook@hanmail.net

ISBN 89-251-0109-2 04810
ISBN 89-251-0108-4 (세트)

한백림 新무협 판타지 소설
천잠비룡포
Fantastic Oriental Heroes
天蠶飛龍袍
1
■생존(生存)
도서출판 청어람

목차

작가 서문

무당과 화산을 끝내고, 세 번째로 쓰는 이야기.

화산질풍검 말미에도 밝혔듯 다음 이야기로 소림을 쓸까 생각했었지만, 결국 여러 가지 이유로 인하여 소림은 다음 기회로 미뤄지게 되었습니다.

세 번째 이야기는 소림이 아닙니다. 제가 보여 드리고자 하는 무림, 그 근원에 훨씬 더 근접하는 내용이 될 것이며, 그런 만큼 무당과 화산을 전혀 접해보지 않으신 분들도 쉽게 접근할 수 있는 이야기가 될 것입니다.

때문에 '무당마검' 과 '화산질풍검' 을 안 보았으니 내용에서 이해가 되지 않을까 걱정하시는 마음은 완전히 버리셔도 좋습니다. 저 역시도 여러 준비를 통해 더욱 새로워진 모습을 보여 드리고자 소림이 아닌 다른 주인공을 들고 나온 것이니 말입니다.

화산질풍검이 질풍이었다면, 그때와 또 다른 질주를 느끼실 수 있을 겁니다. 바람보다는 신출귀몰한 신룡(神龍)의 활약이 되겠지요. 다른 어떤 주인공보다도 공격적인 성정을 가진 주인공이 될 것이니, 재미있게 즐겨주셨으면 좋겠습니다.

한백림 배상.

무적의 갑주, 절대의 방패가 여기에 있다.
잃어버린 꿈과
이어나갈 꿈을 지키기 위하여.
깨뜨릴 수 없는 철벽이 되고, 누구도 허물 수 없는 울타리
가 되리라.

제1장 보의(寶衣)

천잠비룡포(天蠶飛龍袍).

천잠보의(天蠶寶衣)란 믿기 어려울 만큼의 놀라운 공능을 지닌 전설상의 의복이다.

천잠보의를 갖춰 입은 자.

도검에 상하지 않고, 수화에 침습당하지도 않을 것이라 전해지니.

도검의 날을 막아주며 권장의 충격을 사라지게 만든다.

모진 비바람을 피하게 해준다.

거센 불길 속에서도 그 입은 자의 몸을 온전히 지켜준다.

그와 같은 물건이 또 있을까.

험한 강호를 살아가는 무림인들에게 있어 그것은 그야말로 대단한 보물이다.

무가지보.

가치를 따질 수 없는 보물이란 말이다.

하지만 천잠보의란 보물이 실제로 존재하는가에 대해서는 커다란 의문을 지닐 수밖에 없다. 천잠보의란 말이 어디에서 생겨났는지 그 유래를 파악할 수 없을 뿐 아니라, 실제로 그것을 입어보았다는 사람은 물론이요, 그것을 보았다는 사람조차 찾아볼 수가 없기 때문이다.

만든 자, 보물을 사용한 자, 아무도 없는 보물.

그것은 어쩌면 어디까지나 또 하나 이야기 속의 환상일는지…….

…(중략)…….

화려한 비룡의 문양이 새겨진 그의 전포(戰袍)는 그 순속(瞬速)의 비기들과 함께 무한한 두려움의 대상이 되고 있다.

그 누구도 꿰뚫을 수 없는 최강의 방패.

천잠무신갑, 천잠비룡포로 상징되는 그의 보의(寶衣)는…….

…(중략)…….

한백무림서 미완(未完)

한백의 일기 中에서.

대리.

창산(蒼山)의 만년설이 노회한 거신(巨神)의 시선마냥 하얀 빛으로 내려다보는 도시.

대리의 옆에는 바다라 불리고 싶었던 호수, 이해(耳海)가 펼쳐져 있다.

물결치는 이해의 노래를 들으며 숭성사(崇聖寺) 삼탑과 대리국의 흥망을 함께해 온 고도(古都)가 대리다.

대리를 북에 둔 운남(雲南)의 하늘은 언제나처럼 여러 가지 색을 띠고 있었다.

일산유사계(一山有四季) 십리부동천(十里不同天).

한 개의 산에 네 가지 계절이 모두 있고, 십 리를 가면 하늘이 다르다.

운남의 독특한 기후, 천변만화하는 날씨를 일컫는 말이다. 고개 들어 건너보는 하늘 저편으로, 십 리 안쪽과 백 리 바깥이 눈에 띄도록 다른 모습을 하고 있었다.

투둑, 투둑!

아침부터 동녘 하늘이 어두워지는가 싶더니, 기어코 무엇인가 떨어지는 소리들이 들려온다.

봄비다.

다시금 비가 내리려는 모양이다.

겨울을 몰아내고 움터오는 초봄에 하루가 멀다 하고 쏟아지는 빗줄기.

하나둘 떨어지던 빗방울들이 초목들의 잎사귀 사이를 누비며 경쾌한 물소리를 울려내기 시작했다.

"또 쏟아지는군."

하늘을 올려다보는 중년인.

단천생(段天生)의 얼굴은 새하얗게 질려 있었다.

한 걸음 내딛기도 어려운 마당에 비까지 내리다니 암담할 따름이다. 어깨부터 젖어오는 빗물에 소름이 돋고 있지만, 비를 피할 마음조차 들지 않았다. 체념 어린 표정으로 내려다본 왼쪽 옆구리엔 하나 가득 번져 가는 핏자국이 있을 뿐이다.

“더 움직이기 힘들겠다.”

단천생의 목소리엔 힘이 없었다.

옆구리 반대편으로 고개를 돌리며 손아귀에 힘을 더해본다. 오른손에 쥐어진 조그만 손바닥, 단천생의 두 눈이 작은 소년의 얼굴에 머물렀다.

“여기까지다. 이제는 너 혼자 가야 될 거야.”

어린 아들이다.

어렵사리 이곳까지 왔으나 이제는 함께 가지 못한다. 축축해진 땅 위로 단천생의 한쪽 무릎이 꺾였다. 키 작은 아들과 눈높이라도 맞추려는 듯, 아니면 그 한 발 지탱할 힘조차 없는 것인지.

“죽는 거야?”

열 살도 되지 않은 아들의 음성은 그 나이답지 않게 차분하기만 했다.

죽음을 모르는 나이여서일까.

그래서 그토록 대수롭지 않게 묻는 것인가.

아니다.

다른 아이들이라면 모를까, 그의 아들은 다르다.

오랜 싸움이 있었고, 또 계속되는 싸움이 있는 운남의 대지.

숱한 죽음을 봐온 아이다. 죽음의 의미를 모를 리가 없었다.

"그래. 이 아빠도 죽는 거다."

단천생이 희미하게 미소를 지으며 대답했다.

싸움의 한가운데서 나고 자란 아이이니, 이번 죽음도 어렵지 않게 받아들일 것이다. 그것이 유일한 피붙이인 아비의 죽음일지라도 말이다.

"아빠도 죽으면 난 혼자가 되잖아."

"그렇지. 혼자가 되겠지."

겨울이 다 지나갔다고는 해도 쏟아지는 비를 고스란히 맞고 있기엔 아직도 추운 날씨다. 힘겹게 움직이는 단천생의 입술이 새파랗게 질려 있었다.

"그럴 거면 왜 여기까지 왔어?"

총명이 과하여 비범하다 여겨졌던 아들이다.

철모르는 아이의 질문으로만 생각해서는 안 된다. 단천생이 고개를 내저으며 되물었다.

"왜 여기까지 왔냐니, 그것은 또 무슨 소리냐?"

"죽으러 온 건 아니잖아."

"물론 죽으러 온 것이 아니지."

"살기 위해 온 거 아니야?"

아들의 눈매는 날카로웠다.

어리지만 뚜렷한 콧날이다. 제 어미를 닮아 조그맣게 움직이던 입가에는 그 나이답지 않은 미소가 떠오르곤 했다. 하지만 그 어리던 미소도 이제 볼 수 없게 되었다.

"그래. 살기 위해 왔다. 그러나 잘되지 않았어. 그럼 할 수 없는 게지."

"그런데 왜 여기까지 왔느냔 말야."

단천생이 쓴웃음을 지었다.

아들은 오랜만에 투정다운 투정을 부리고 있었다. 어지간해서는 억지를 부리지도, 떼를 쓰지도 않던 아이였는데. 노상 말썽을 부려도 좋으니 그 투정을 오랫동안 받아줄 수 있었으면 좋았을 텐데.

하지만 이젠.

시간이 없었다.

"여기까지 온 이유는 네가 말했지 않느냐. 살기 위해 왔다고."

"그렇지만 죽게 생겼잖아."

"난 죽지."

"그럼 무슨 소용이야."

"무슨 소용이긴. 네가 살아 있잖아. 이렇게."

무엇을 물어도 청산유수로 대답하곤 했던 아들이다.

하지만 이번만큼은 달랐다.

말문이 막힌 아들을 앞에 두고, 단천생은 천천히 무릎을 꿇었다. 그의 커다란 두 손이 아들의 작은 어깨를 부여잡았다.

"문파든 원나라 잔당이든, 한족(漢族)이든 이족(異族)이든, 그 막돼먹은 싸움판에서 빠져나온 것만으로도 잘된 거다. 아빠의 꿈이 뭐였는지 잘 알지?”

“…….”

“이 아빠의 꿈은 그렇게 빠져나와서 조용히 사는 거였어. 하지만 난 꿈을 다 못 꾸게 되었다. 그냥 조용히 잠들어야 할 때야.”

“그러지 마. 계속 꾸면 되잖아.”

“그렇지 않아. 원래 꿈이란 것은 억지로 꾸려고 하면 잘 안 되는 법이다.”

“…….”

“네가 해, 네가 하면 돼.”

“…그게 무슨 소리야.”

“네가 하란 말이다. 그 꿈을 마저 꾸도록 해. 이 아빠 대신.”

어린 나이.

그런 아이가 꿈이 무엇인지 알까.

보통 아이들이라면 모를 것이다. 그러나 단천생의 아들은 그렇게 평범한 아이가 아니었다. 아버지가 하는 말을 전부 다 알아들을 수 있는 아들이었다.

그래도.

그래도 아직 작기만 한 아들이 고개를 내저으며 외쳤다.

“하, 하지만… 죽으면 다 끝이잖아!”

“그렇지 않아. 죽는 것은 나쁘지 않니. 그러니까…….”

애써 뒷말을 삼키는 단천생의 핏발 선 두 눈으로 투명한 습막이 차올랐다.

하지만 그러면서도 그의 목소리는 언제나처럼 흔들림이 없었다. 다만 계속 작아져 듣기 힘들어질 뿐이었다.

"그러니까, 넌 사는 거야."

아들의 어깨를 파고드는 아버지의 손이 점점 더 떨렸다. 그의 마른 입술이 한 글자 한 글자 아들의 마음속에 새기듯이 무겁게 움직였다.

"너만큼은 꼭 살아서. 끝까지, 무슨 일이 있어도 살아남아서 내 대신 그 꿈을 다 꿔주도록 해라. 반드시, 어떻게든……."

살아남아라.

살아남아라.

단천생은 그것만 이야기했다.

비를 맞으며.

저승 문턱에 한 발 들여놓은 상태로.

아들인 단운룡(段澐龍)은 그것을 들었다.

무슨 수를 써서라도 살아남으라는 이야기를.

앞으로 남아 있는 긴긴 인생에 무슨 일이 있더라도, 절대로 함부로 죽지 말고 끝까지 살아남으라는 이야기를 말이다.

운남의 하늘에 한 마리 새가 날아올랐다.

미처 다 품지 못한 꿈을 품고서.

땅 파는 작은 손, 영혼은 그 안에 남는다.

비가 내리고, 하늘이 까맣게 변했다.

비석 하나 없는 땅 위에.

하늘이 내리는 눈물은 끊임없이 떨어질 뿐이었다.

＊　　　＊　　　＊

운남의 대지는 험하다.

험하고, 또 험했다. 숨 쉬기도 아찔한 고산 지대가 이어지는가 하면, 끝을 알 수 없는 열대 우림이 깊은 그림자를 드리우곤 한다.

변방 중의 변방이란 말이다. 중원을 살아가는 사람들은 구경도 못해보았을 경치가 온갖 곳에 산적해 있었다.

'이제는 비가 좀 그치려나…….'

중년 남자, 오기륭의 얼굴은 피폐해질 대로 피폐해져 있었다.

계속되는 노숙 때문이었다.

차가운 이슬을 맞으며 일어난 나날이 셀 수 없을 만큼 많았다. 낮에는 질척이는 땅을 걷고, 밤에는 기약없이 바람 피할 곳을 찾는다. 도망자들에게는 혹독한 땅, 운남의 대지는 그토록 사납기만 했다.

숲을 헤치고 앞으로 나선 오기룡은 언제나처럼 주변의 경계를 철저히 했다. 적들이 추격해 오는 기미는 더 이상 없었지만, 그래도 절대 방심해서는 안 된다.

적들의 눈은 넓고도 넓게 퍼져 있다. 운남의 오지까지 들어왔다 해도 결코 안심할 수가 없는 것이다.

'이건……!'

언덕을 넘어 몇 개인가 진흙 밭을 지났을 때였다. 오기룡은 땅에 새겨진 발자국을 발견하고는 흠칫 몸을 굳혔다.

'발자국?!'

사람의 흔적이었다. 작은 발자국 몇 개가 땅 위에 뚜렷이 새겨져 있었다.

'추격자가 아직도 남아 있었나?'

오기룡은 조심스럽게 움직였다.

만일 추격자들이 여기까지 온 것이라면 정말로 큰 문제가 아닐 수 없다. 마지막 싸움에서 입었던 내상을 채 회복하지도 못했다. 아니, 회복은커녕 갈수록 악화되고 있었다.

'싸울 수는 없다.'

오기룡의 판단은 빨랐다.

일단 싸우는 것은 불가능한 일이다. 오랜 여정으로 축적된 피로도 문제였지만 며칠 전부터 스멀스멀 열이 올라오는 것이 몸 상태가 영 심상치 않다.

무공을 절정으로 익힌 이후, 잔병치레 한 번 한 적이 없었다. 하지만 이번만큼은 달랐다. 사천 땅에서와는 다른 기후, 다른 음식 때문에 풍토병에라도 걸린 모양이었다.

'내상 때문이다. 곤란하게 되었어.'

내공이 깊은 자는 쉬이 병에 걸리지 않는다. 평소와 같았다면 제아무리 운남의 풍토가 험하다고 한들 병을 얻지는 않았으리라. 그러나 지금은 그 같은 단순한 병마(病魔)조차 피해가지 못할 지경이다. 그럴 만큼 몸이 안 좋았다. 그런 마당에 싸움이라니 어불성설이었다.

'숨어야 해.'

일단 옆쪽에 우거진 숲 속으로 몸을 숨겼다. 다음은 주변 경계다. 그의 두 눈이 사방을 훑어냈다.

'인기척은 없는데……'

오기룡의 시선이 다시금 땅 위에 남은 발자국에 박혀들었다. 그의 머릿속에 의아함이 스쳐 지나갔다.

'이상하다……. 발자국이 너무 작아.'

묘한 일이다.

그를 쫓고 있는 적들은 허술한 자들이 아니었다. 이렇게 훤히 보이는 곳에 발자국을 남길 만한 자들이 아니라는 뜻이다.

그런데 발자국이 있다. 그것도 특이한 발자국이.

'짐승 발자국은 아닌데……'

오기룡의 눈이 가늘게 뜨여졌다.

보폭이 작은 걸음걸이다. 몇 개, 띄엄띄엄 남겨져 있었다.

제대로 움직이지 않는 내력일지나마 억지로 끌어올리며 안력을 돋우어 보았다.

'추격자들 중에 여자가 있었던가……'

여인이라면 저런 발자국도 얼마든지 생길 수 있다.

이런 오지에 여인이 홀로 돌아다닐 리도 없을 터.

만일 여인이 맞다면, 반드시 무공을 익힌 이라고 봐야 한다. 결국 결론은 하나다. 무공을 익힌 여인, 누가 되었든 저 발자국의 주인 또한 그를 쫓아온 추격자일 가능성이 높았다.

'일단 상황을 본다. 경동하면 안 돼.'

오기륭은 그대로 몸을 숨긴 채 섣불리 움직이지 않았다.

뭔가를 발견하긴 했지만 아직까진 위험하지 않다.

머리가 말하고 몸이 말한다. 상태가 아무리 안 좋고 내공을 제대로 끌어올리지 못할지언정, 아수라장을 헤쳐 온 뛰어난 감각까지 녹슬지는 않았다.

'아직은 괜찮아.'

누군가 포위하고 있다면, 또는 누군가 병장기를 꺼내 들었다면 그런 것은 첨예한 살기(殺氣)로 반드시 전해지게 되어 있다. 하지만 그런 것은 아직 없다. 그렇다고 방심해선 안 된다. 더 더욱 조심해야 했다.

휘이이잉—

하늘을 덮었던 구름이 물러가고 찬바람이 숲 바깥을 쓸고 지나갔다.

상당히 오랜 시간을 앉아 있던 오기룡.

한순간, 오기룡은 무언가를 느끼고는 얼굴을 차갑게 굳혔다. 등줄기에 서늘한 땀방울이 맺혔다. 그의 눈동자가 가볍게 흔들렸다.

'살기(殺氣)는 없다. 그런데……!'

살기는 분명히 느껴지지 않는다. 그런데 그것과 다른 무언가가 존재하고 있었다.

한참 동안 앉아 있으면서 겨우 감지하게 된 느낌이었다.

'지켜보고 있어!'

어딘지는 모른다.

하지만 있다.

미세한 느낌, 누군가가 그를 살피고 있는 시선을 확실하게 느낄 수가 있었다.

'처음부터다. 숲에 들어왔을 때부터. 만일 이놈이 적이라면… 난 죽는다.'

판단이 틀렸던 것일까.

발자국을 발견한 순간, 최대한 빨리 이 지역을 벗어나야 했던 것인지도 모른다.

누군가 그를 지켜보고 있는 동안에 다른 적들이 몰려오고 있다면……

그때는 정말 끝이다.

제 꾀에 빠진 것, 스스로 올가미에 걸려든 꼴이라고밖에 말할 도리가 없었다.

'아니, 아니다. 아직까지는 괜찮아. 적들이 따라붙지는 않았다. 이놈 하나라면 살길이 있어. 지금이라도 움직여야 한다.'

오기륭은 심호흡을 하며 조심스레 몸을 일으켰다.

상대는 지금까지 자신을 지켜보기만 했다. 공격할 의사가 없다는 뜻이다.

오기륭의 무공을 두려워한 것인지도 모른다.

사천 구룡보(九龍堡)의 내로라하는 고수들을 열세 명이나 제압하고 여기까지 왔으니, 누가 된다 해도 쉽게 공격해 올 수가 없을 것이다.

'그래. 가자.'

오랜 시간 숨죽이고 있던 것이 무색하게도, 오기륭은 마치 천하를 호령하는 대장군이라도 된 양, 자신있는 모습으로 성큼성큼 발을 옮겼다.

상대가 움직이길 바라서다. 촉각을 곤두세우며 우거진 숲을 휘 둘러보았다.

'어디냐, 나와라.'

모습을 드러낸 적은 무섭지 않다.

맞닥뜨리고 싸워서 이기지 못하면 그것으로 끝이다. 살아야 할 이유는 넘치도록 많지만 죽음을 두려워하기엔 그가 가진 성품이 지나치도록 호방했다.

진흙 밭을 가로지른 오기륭은 내친김에 발걸음을 빨리했다.

아무것도 움직이는 기미는 없다. 누군가 있는 것은 확실했지만, 상당한 거리를 걸어왔는데도 아무런 기척이 느껴지질 않았다.

'제길. 고수인가.'

설마하니 오기륭이 사라지는 것을 두고 보진 않을 것이다.

분명히 쫓아오고 있을 터.

그런데도 따라오는 느낌이 없다면 결국 상대는 오기륭의 이목을 속일 만한 고수라는 결론이 나온다. 서두르듯 움직이던 오기륭의 발걸음이 딱 멈추었다. 이대로는 안 된다. 상대가 되지 않더라도 여기서 해결하고 가야 한다. 오기륭의 입이 열리며 커다란 목소리가 터져 나왔다.

"누구냐! 모습을 드러내라!"

억지로 내력을 담아낸 목소리가 사위를 휩쓸었다.

그러나.

대답은 없었다.

변화라고는 어디선가 불어드는 바람뿐.

나타나는 이, 들려오는 목소리, 그 어떤 것도 돌아오지 않았다.

'없어졌어. 완전히 사라졌다!'

오기룡의 얼굴이 크게 굳어졌다.

한 방울 흘러내린 식은땀이 뺨을 지나 턱 끝에 맺혔다.

'대체……!'

영문을 모를 일이었다.

소리를 친 직후, 미세하게 느껴지던 무언가가 완전히 사라지고 말았다. 묻어 있던 얼룩이 한순간 지워져 버린 것처럼 말이다.

'왜지?'

일단 물러난 후, 공격을 준비하려는 것일까.

기회는 지금인데 왜 곧바로 들어오지 않는가.

이 정도로 스스로를 감출 수 있는 자가 공격해 온다면 지금의 오기룡으로서는 막을 도리가 없다. 고스란히 목숨을 내줘야 했다.

그러나 몇 발자국 더 나가도록 공격은 없었다. 아무래도 여기서는 그대로 보내줄 생각인 모양이었다.

'그렇다면……!'

아직 살길은 있다.

몸만 회복하면 된다. 상대가 한 명이라면 그 누가 되었든 두렵지 않으니까.

지금 공격해 오기라도 하면 어차피 죽을 수밖에 없다.

일단은 눈앞에 펼쳐진 길을 재촉할 수밖에…….

오기룡의 발이 운남의 대지를 무겁게 밟아나갔다.

흐려졌다 밝아지기를 반복하는 하늘 저편, 오기룡의 뒤로는 빗물을 머금은 바람이 다시 한 번 휘돌아 지나갈 뿐이었다.

'죽을 맛이군.'
오기룡은 알 수 있었다.
상대가 자신을 따라오고 있다는 것을.
누군가가 지켜보고 있다는 느낌은 마치 떨쳐 낼 수 없는 그림자와 같았다.
'대체 뭐냐. 귀신놀음도 아니고……'
벌써 오 일째에 접어들었다.
이동하고 있을 때에는 사라진다 싶었다가 쉬고 있을 때면 어김없이 따라붙는다. 반복되는 괴로움이다. 벗어날 수 없는 올가미에 걸려 버리고 만 느낌이었다.
'지치기를 기다리는 것인가.'
그것이 목적이라면 이미 성공한 것이나 다름이 없었다.
행여 습격을 당할까 운기조식조차 제대로 하지 못했다. 갈수록 내공이 혼탁해지고 체력이 고갈되고 있었다.
'그뿐이 아니야.'
들뜨는 열도 문제였다.
풍토병으로 짐작되는 병마(病魔)는 조금도 차도가 없었다. 도리어 갈수록 깊어지는지 끓어오르는 열 때문에 정신이 다

몽롱할 지경이었다.

‘도저히 안 되겠어.’

오기룡의 얼굴은 그와 같은 상태를 그대로 보여주고 있었다. 창백한 안색에 수척해진 얼굴에는 광대뼈가 도드라져 보일 정도다. 눈 밑으로는 검은 그림자가 졌고, 입술은 윤기를 잃은 채 바싹바싹 말라 버렸다. 한계가 눈에 보이는 모습이었다.

“나와라! 대체 어떤 놈인지 얼굴이나 보자!”

오기룡의 목소리는 궁지에 몰린 자의 발악과도 같았다. 이제는 다른 적을 끌어 모으든 말든 상관이 없다. 그의 눈에 핏발이 섰다.

“죽일 테면 죽여라! 사람의 목숨을 가지고 놀다니!”

흐린 하늘 저편으로 하릴없는 외침이 흘러갔다.

돌아오지 않는 대답.

정적만이 가득한 운남의 산속에서 오기룡은 결국 그 자리에 털썩 주저앉고 말았다.

‘운기조식이다. 당장 죽는다 해도 이 방법밖에 없어.’

앉은 채로 결가부좌를 틀었다.

창칼이 날아온다 해도 어쩔 수 없다. 이대로 가다가는 바닥난 체력과 심해지는 병마 때문에 가만두어도 죽을 판이다. 그렇게 죽을 바엔 보이지 않는 칼에 맞아 죽는 편이 낫다. 내력을 회복할 시도조차 못해보고 죽는다면 그것은 그야말로 천추의 한이 되리라.

"후우우우우……."

차차 심호흡을 하던 오기륭은 이내 정말로 운기를 하며 무아지경의 상태로 빠져들었다. 습격을 받으면 곧바로 주화입마에 빠지고 말 것이다. 목숨을 담보로 한 도박이나 다름없었다.

한 시진이 지나고 두 시진이 지났다.

오기륭의 얼굴색이 대춧빛처럼 붉게 변했다가 이내 백지장처럼 하얗게 변했다. 그렇게 변하기를 몇 번일까. 수없이 반복되는 변화였다. 머리에서는 눈으로도 보일 만한 허연 김이 모락모락 솟아오르고 있었다. 온몸을 사시나무 떨 듯 떨기도 했고, 미친 사람처럼 머리를 휘돌리기도 했다.

주화입마는 아니었다. 기혈이 바로잡히면서 생겨난 신체의 반응이었다. 앉아서 운기를 하는 좌공(坐功)과 움직이면서 운기를 하는 동공(動功)이 혼재되어 생긴 현상이었다.

"푸웃! 쿨럭!"

오기륭이 피를 토하며 눈을 뜨기까지는 세 시진을 훨씬 넘겨 네 시진에 가까운 시간이 필요했다. 코와 입으로 검은 피를 흘리며 연신 기침을 해대고 있었지만 그 표정만큼은 도리어 무척이나 개운해 보였다. 한순간 우왁, 하고 핏덩이를 뱉어놓고는 입가를 닦는다. 그가 천천히 몸을 일으켰다.

'시간 가는 줄도 몰랐군. 벌써 날이 저물었어. 한데……!'

네 시진이면 반나절이 넘는다. 낮밤이 바뀌기에 충분한 시간이란 말이다.

하지만 그렇다고 내력을 회복할 수 있었던 것도 아니었다.

겨우 급한 불을 끈 것에 불과하다. 그럼에도 이만한 시간이 걸렸으니, 내력을 회복하려면 도대체 얼마나 많은 시간을 써야 할지 까마득할 따름이다.

'반나절……. 왜 공격해 오지 않았지?'

정작 오기륭이 궁금해한 것은 다른 것이 아니었다.

완전 무방비 상태였던 반나절의 운기조식.

추격자를 달고 있는 도망자로서는 감히 누리기 힘든 사치다.

한주먹.

창칼까지도 필요없다. 일권만 맞았어도 주화입마로 자멸할 수 있었다.

이 지경이 되도록 운기 한 번 제대로 못했던 것은 바로 그래서다.

목숨 건 도박은 일단 성공이었다 해도 다시 보면 어째서 멀쩡하게 운기조식을 마칠 수 있었는지 이해가 되지 않았다. 다시 한 번 어두워진 사위를 휘돌아보았다.

'없다. 어디 간 것이냐.'

도무지 알 수가 없다.

이제는 또 느껴지질 않는다. 마치 스스로 만들어낸 망상이나 환상처럼 생각될 정도였다.

터벅터벅.

몇 걸음 더 걷던 오기륭은 언덕의 그늘 아래로 들어가며 피풍의(皮風衣)를 여몄다.

자포자기하는 심정으로 한 그루 나무에 몸을 기대니, 팔다리가 천근만근으로 느껴진다. 운기조식을 하고 나면 부족했던 체력도 어느 정도 돌아오는 법, 그러나 오늘만큼은 예외였다. 긴장 때문일까? 몇십 리를 쉬지 않고 뛴 것처럼 지쳐 버린 상태였다.

"이제는… 제발 좀 나와라."

보이지 않는 상대에게 한마디를 내뱉으며 땅 위에 주저앉았다. 하늘을 올려다보는 오기륭, 그가 혼잣말처럼 가볍게 탄식했다.

"역시나 대답이 없구나."

사방 천지에 짙게 깔린 어둠 위로 모처럼 맑은 하늘, 별빛들이 반짝일 뿐이다. 광대한 밤하늘, 인생의 무상을 비웃기라도 하듯 아름답게 수놓아진 별빛의 향연이었다.

늦출 수 없었던 긴장이 확 풀어지는 것을 느꼈다. 감기는 두 눈, 눈꺼풀이 별빛을 가리며 장막처럼 드리워졌다. 지친 도망자를 엄습하는 잠의 유혹이었다.

그리고.

백 년을 거기 서 있었던 것 같은 고목(古木)의 그림자 속에서.

마침내 무엇인가가 움직이기 시작했다.

오기륭의 외침에 한 번도 대답하지 않았던 주시자의 눈.

차가운 밤바람이 피풍의를 비껴가는 깊은 어둠 안에서, 작은 그림자가 잠에 빠진 오기륭의 앞에 천천히 그 모습을 드러내고 있었다.

*　　*　　*

운남에서 수천 리 떨어진 광동성 광주(廣州).

광주는 달리 오양성(五羊城), 선성(仙城)이라 불린다.

다섯 신선이 다섯 양을 타고 내려와 오곡(五穀) 진미(珍味)를 광주성에 내려주었다는 전설 때문이다.

그만큼 광주는 축복받은 도시다.

오곡이 풍부할 뿐 아니라 일 년 내내 따뜻하니, 온갖 꽃들이 성도를 덮을 만큼 만발한다. 또 달리 화성(花城)이라고도 불리는 이유다.

풍요로운 도시에 바다가 인접해 있으니, 저절로 사람이 모여들고 여러 가지 상재(商材)가 발달한다. 화사한 옷을 입은 사람들이 온 거리에 가득하여 기운 찬 생기(生氣)가 넘실거린다.

광동강씨금상(廣東姜氏錦商).

비단과 포목으로 이름난 광동강씨금상은 활기찬 광주의 한가운데에 위치하고 있었다.

"곽 노대, 그게 정말이야?"

"정말이고말고요, 아가씨."

허연 수염이 성성한 노복(老僕)은 껄껄 웃으며 답했다. 천천히 움직이는 마차에 어린 소녀가 어자석으로 머리를 빼꼼히 내밀며 두 눈을 동그랗게 떴다.

"그래서? 진짜로 그런 옷이 있대?"

"그렇다고들 하죠. 천잠보의(天蠶寶衣)라고 하면 들어보지 못한 무인이 없을 겁니다."

"그거 우리 집에도 있어?"

"허허허허. 글쎄요. 상주님께 여쭤보시죠, 아가씨."

고급스러움이 물씬 풍겨나는 외장에 느린 속도로 대로를 가로지르는 마차.

이 마차가 바로 광동강씨금상의 대상주가 타고 있는 금련마차다. 어린 소녀가 마차 안쪽으로 고개를 쏙 집어넣었다. 호기심에 가득 찬 목소리가 마차 안쪽으로부터 새어 나왔다.

"아빠, 아빠, 우리 집에도 천잠보의가 있어?"

"글쎄다……. 아마도 없지 않을까."

이어서 새어 나오는 목소리엔 웃음기가 배어 있다. 딸을 향한 자상함이 물씬 묻어나는 목소리였다.

"진짜야? 우리 집에도 없는 옷이 있어?"

"하하하. 설영아, 없는 옷이 없는 것 같지만, 딱 하나 그 옷만은 없는 모양이다."

"없다고? 정말이야?"

어린 소녀의 목소리엔 믿을 수 없다는 기색이 가득했다. 광동의 대 강씨금상에서는 세상 모든 옷을 다 만들 수 있다고 말해지곤 한다. 몇 년 전까지는 황제의 곤복(袞服)까지도 진상해 바쳤다 알려져 있으니, 그럴 만도 하다. 물론 그 어린 나이에 그런 사실까지는 모르고 있었지만 말이다.

"그래. 천잠보의는 우리 집에도 없단다."

"못 만들어?"

"응?"

"아빠도 못 만드냐고."

"그래, 아빠도 못 만들 것 같구나."

자상한 목소리의 주인, 대 강씨금상의 상주, 강건청(姜建淸)은 언제나처럼 솔직했다. 어린 딸이 다시 한 번 믿을 수 없다는 기색으로 목소리를 높였다.

"아빠도 못 만든다고? 그럴 수도 있어? 옷인데?"

"어이쿠, 설영아. 아빠가 잘하는 건 옷을 만드는 것보다 옷을 파는 거란다. 아빠도 못 만드는 옷이 있을 수 있지."

"무슨 소리야? 옷을 잘 팔려면, 옷을 잘 만들어야 한다고 그랬잖아! 아빠가 못 만들면 어떻게 해?”

어린 소녀의 목소리는 급기야 앙칼지게 변해 있었다. 그 나이만큼의 실망과 그 나이만큼의 분노가 그 목소리에 한가득 실려 있었다.

“아, 곽 노대. 졸지에 무능력한 사람이 되고 말았어. 다 노대가 엉뚱한 소리를 했기 때문이야.”

마차의 어자석을 향해 소리치는 강건청이다.

노복 곽 노대, 한때는 전 중원에 이름난 고수였던 광동천노 곽경무(郭慶茂)가 웃음을 지으며 대답했다.

“설영 아가씨도 열 살이 다 되어갑니다. 어느 아버지라도 모든 것을 다 할 수 없다는 것을 알아야만 하는 나이이죠.”

“곽 노대! 그러기엔 너무 일러!”

“아니요. 이르지 않아요. 설영 아가씨가 얼마나 똑똑한지는 상주도 알고 있지 않습니까. 아가씨라면 이미 알고 있었는지도 모르죠. 허허허허.”

“곽 노대도 정말 너무하는군!”

누가 상전이고 누가 노복인지 분간키 어려운 대화다. 그만큼 정이 넘친다. 주종 관계를 뛰어넘은 지 오래, 세월의 벗과 같은 두 사람이었다.

“곽 노대, 곽 노대! 아빠가 그… 천잠보의란 걸 못 만든다는 게 정말이야?”

아버지에게 바라던 대답을 듣지 못한 딸이다.

어린 소녀가 다시금 어자석 쪽으로 고개를 내밀며 물었다.
마치 지푸라기라도 잡고 싶어하는 목소리였다. 곽 노대, 곽경
무가 강건청 못지않은 자상한 목소리로 대답했다.

"아가씨, 천잠보의는 굉장한 보물이죠. 아가씨도 상주께서
어떻게 불리는 줄 알고 있지요?"

"아빠? 아빠는 그러니까… 광동제일의…….."

"그래요. 상주님이야말로 광동제일의 침선장(針線匠)이죠.
광주 오양성의 신선들이 다섯 마리 양을 타고 내려와 상주님
께 준 것이 바로 광동제일의 침선 솜씨라 하잖아요. 그렇죠?"

침선. 바느질을 의미한다.

경지에 오른 바느질은 능히 어떤 놀라운 기예와도 비견될
만하다. 장인(匠人)의 칭호가 필요한 까닭이다. 침선의 달인
들을 침선장이라 하며 인정해 주는 이유였다.

"맞아, 맞아. 하지만……."

"그런 침선 솜씨를 가지고 못 만든다는 옷이 있다는 것은
결코 부끄러운 일이 아니에요. 못 만드는 옷이 있다고 광동제
일의 침선 솜씨가 없어지는 것이 아니니까 말이지요."

"어이, 곽 노대. 자꾸만 광동제일이라니 딸아이 앞에서 무
슨 소릴 하는 게야."

광동제일의 침선장.

강건청처럼 겸손하고 솔직한 이로서는 달갑지만은 않은
칭호다. 그것도 나이 지긋한 노복에게 듣고 있으려니 민망하

게 느낄 만도 했다.

"틀린 말도 아닌데 뭘 그럽니까. 그냥 듣고 있으십시오."

"아니, 그런 것이 아니질 않나! 게다가 광동제일의 침선장은 내가 아니야."

"물론 마님이 계시긴 하지만 세상 사람들 시선이 어디 그렇답니까?"

"그러게 말이야. 그 때문에 내가 죽겠어. 안사람 투정이 이만저만이 아니라고."

"아유 진짜! 아빠는 자꾸만 끼어들지 말고, 조용히 좀 해봐."

소녀의 목소리가 강건청의 말문을 막아버렸다.

"…무어라? 이 녀석이!"

때늦은 호통이 뒤를 이었지만 어린 소녀는 들은 척도 하질 않았다.

"곽 노대, 그래서? 그 이야기 계속 해줘!"

곽경무가 또다시 껄껄 웃으며 고개를 내저었다. 그가 고개를 돌려 어자석으로 고개를 내민 소녀와 눈을 맞추었다.

"허허허. 그러게, 상주님께선 우리 아가씨를 못 당하죠."

"맞아, 맞아."

소녀가 앙증맞게 고개를 끄덕인다. 곽경무가 흐뭇한 얼굴로 말을 이었다.

"그래요, 최고의 바느질 솜씨를 지니고도 못 만드니까, 그렇기에 그것이 그처럼 대단한 보물인 겁니다."

"그렇구나. 잠깐, 그럼… 그럼 엄마도 못 만들어?"

"마님이요? 마님께서도 힘드실 겁니다."

"그래 느그 엄마도 못 만들 거다. 이 아빠가 못 만드니."

"히익! 엄마도 못 만든단 말야?"

"아마도."

"하지만 난 아직도 믿지 못하겠어. 아빠도, 엄마도 못 만드
는데, 그런 옷이 진짜로 있겠어?"

"아, 물론 진짜로 있는 물건이 아닐 수도 있지요."

"뭐?"

"말 그대롭니다. 없을 수도 있다고요."

"그게 무슨 말이야. 창칼을 막을 뿐 아니라, 물에 젖지 않
고 불에 타지도 않는다고 했잖아! 게다가 노대가 아까 그랬잖
아. '정말이고말고요'."

아이가 곽경무의 말투를 흉내 내며 목소리를 낮게 깔았다.
별로 비슷하지 않았지만 웃음을 터뜨릴 수밖에 없이 만드는
모습이었다. 곽경무가 잔잔한 미소를 지었다.

"아, 물론 거짓말일지도 모르지요. 이 늙은이도 어디까지
나 들은 이야기니까요."

"에이, 그게 뭐야! 여태껏 신나게 말해놓고 결국은 있는지
도 없는지도 모른다는 거 아냐? 너무하잖아!"

어린 소녀의 눈썹이 곱게 찡그려졌다. 곽경무가 고개를 저
으며 대답했다. 무조건 껄껄 웃어오던 말투와 사뭇 다른, 진

지한 말투였다.

"있는지도 없는지도 모르는 것, 그게 중요한 것이랍니다. 잘 들어두십시오, 아가씨. 상주는 광동제일의 침선장입니다. 우리 아가씨도 그렇게 될 거고요. 그렇죠?"

"응? 그건 모르지."

"하하, 그래요. 모르지요. 있는지 없는지도 모르니까, 그래서 꿈을 꾸는 겁니다. 지금은 어디에 있는지도 누가 입는지도 모르지만……. 어쩌면 누군가가 그것을 찾을 수도 있을 것이고, 또 누군가는 그것을 만들 수도 있는 것 아니겠습니까? 언젠가 누군가가 그것을 입고, 세상 가득한 창칼을 다 막아낼지도 모르는 일이겠죠."

곽경무의 목소리엔 긴 세월의 깨달음이 한 아름 선물처럼 가득 담겨 있었다.

어린 소녀 강설영.

강설영은 곽경무의 말을 전부 다 이해하진 못했지만, 그 지혜로운 목소리에 깊이 빨려드는 것을 느꼈다.

'천잠… 보의…….'

천잠보의!

세상 창칼을 다 막아내며 자유롭게 살아가는 영혼의 꿈이 거기에 있다.

지혜로운 늙은이에겐 그저 작기만 한 지식의 편린이었겠지만, 어리고 순수한 아이의 마음속에서는 세상을 바꾸는 새로운 씨앗이 되는 것이다.

곽경무의 이야기가 끝난 후에도 한참 동안 말이 없었던 강설영의 고개가 이윽고 작게 끄덕여졌다.

"알겠어. 곽 노대. 고마워."

"허허허. 고맙다니요. 뭐가 고맙다는지 이 늙은이는 모르겠군요."

"응? 아니야, 곽 노대. 곽 노대는 무슨 이야기를 해도 다 들어주잖아."

"그런 말 하지 마십쇼. 상주께서 질투하십니다."

"질투라니, 곽 노대. 말을 좀 가려서 하라고."

강건청의 목소리는 나직했다. 곽경무 말마따나 정말로 질투심이라도 생긴 모양이었다. 그 목소리를 들은 강설영이 마차 안쪽으로 고개를 집어넣으며 마치 달래는 듯한 말투로 말했다.

"아니야. 아빠도 좋아."

"그래! 이 아빠도 우리 설영이 해달라는 것 다 해주지 않느냐!"

"그렇긴 하지만……."

"아니… 왜 또 그런 표정을 짓는 게야."

"몰라. 생각해 보니까, 좀 그런 게 있어."

"혹시… 무공 때문에 그러는 게냐? 사부님도 모셔왔지 않느냐."

“맞아. 무공……. 그리고… 그 사부님은 나빠!”

“아니, 그분이 어때서?”

“사부님이 그랬어. 아빠도 그 사부님께 배웠다고 말야.”

“그게 왜? 그래서 싫은 게냐?”

“싫은 건 아니지. 근데 아빠가 그 사부님께 배운 게 진짜야?”

“그럼. 배사지례를 드리지는 않았지만 조금 배우기는 했지.”

“거짓말!”

“거짓말이라니, 그게 또 무슨 말이야.”

“아빠가 그 사부님한테 배웠으면, 그 사부님은 호호 할아버지여야 되잖아. 그런데 사부님은 주름살도 하나 없단 말이야!”

“허어… 할아버지라니……. 아빠 나이도 그렇게 많지는 않아, 요 녀석아.”

강건청의 목소리엔 장난스런 서글픔이 묻어나고 있었다. 나이가 들고 세월이 지나가는 것은 누구에게나 탐탁지만은 않은 것이기 때문이다.

“여하튼, 그 사부님은 너무 젊어 보인단 말야. 그리고 자기 말로 오십 살이 넘었대. 그러니까 거짓말이지.”

“아니란다, 설영아. 그분은 그저 ‘젊어 보일 뿐’ 이란다.”

“그런 게 어딨어!”

강설영은 확 입을 다물어 버렸다. 도저히 못 믿겠다는 기색이 역력했다. 그러자 잠자코 듣고 있던 곽경무가 어자석 쪽에서 목소리를 높이며 강건청의 이야기를 거들었다.

"아가씨, 상주 말이 맞습니다. 철 대공께서는 정말로 그 연배이신 것이 맞아요. 게다가 한곳에 오래 머무실 분이 아니니 짧은 시간이나마 배울 수 있는 것은 전부 다 배워두도록 하세요. 철 대공의 가르침을 받는다는 것은 보통 행운이 아니랍니다."

"……."

곽경무까지 그렇게 말하니 강설영도 조금은 마음이 바뀌는 모양이었다. 강건청이 그런 딸아이의 조그만 손을 잡으며 힘있는 목소리로 말했다.

"그분은 정말로, 우리 설영이가 정말 짐작도 하지 못할 만큼 대단하신 분이야. 설영이도 구파일방이 어떤 것인지는 들어봤지?"

"……."

구파일방이라는 말에 반짝 눈을 빛낸 강설영이었지만, 어린아이 특유의 표정으로 입을 삐죽 내밀 뿐이다. 강건청이 부드러운 미소를 지으며 딸을 달랬다.

"대답 안 할 거야? 아빠한테 계속 그러면 못된 아이이지."

"…들어봤어. 구파일방."

"그분은 구파일방의 어떤 고수들도 당적하지 못할 힘을 지니셨단다. 정말로 천하에 다시없는 분이시지.”

“그, 그럼… 소림사의 무… 무허 스님이나 무당파의 허공 도사님도 그 사부님을 못 이기신단 말이야?”

“응? 무허 스님? 그건 무허신승과 허공 노사를 말하는 것이냐?”

강건청이 깜짝 놀라며 되물었다.

구파일방을 알고 있는 것이야 대단한 일이 아니었지만, 무허신승이나 허공 노사와 같은 고수의 이름을 직접 이야기할 줄은 몰랐기 때문이었다.

“무허 스님, 여하튼 응. 강호에서 가장 뛰어난 고수들이라고 들었어.”

“그걸 대체 어디서……?!”

어리둥절한 표정도 잠시였다. 딸아이가 어디서 그런 이야기를 들었는지 깨닫는 데에는 촌각의 시간도 걸리지 않았다. 그가 어자석 쪽으로 얼굴을 들이밀며 곽경무를 다그쳤다.

“곽 노대, 벌써부터 그런 것 좀 가르쳐 주지 말란 말이야.”

“뭐 어떻습니까. 누구나 아는 이야긴데요.”

“어디서 무슨 엉뚱한 소리를 하면 어떻게 하려고 그래.”

“별일있을 리가 없죠. 그리고 철 대공이시라면 아무리 강하다 해도 틀린 말이 아니니까요.”

“후우. 속도 편하군, 곽 노대는.”

한숨을 쉬는 강건청이다.

고개를 저으며 그만두자는 얼굴을 해보았지만 그것으로 끝낼 수가 없었다. 아까의 삐쭉한 표정은 온데간데없이, 초롱초롱한 눈빛을 빛내는 딸아이가 그의 무릎 밑에 기다리고 있었던 까닭이었다.

"그래서 사부님이 무허 스님보다 허공 도사님보다도 더 강하단 말야?"

사부에 대한 존칭이고 뭐고 뒤죽박죽인 말투였다.

허물없는 강건청과 곽경무의 관계를 보아와서인지도 모른다. 아니, 그것보다는 그만큼 어리기 때문이다.

강건청이 다시 한 번 고개를 저으며 입을 열었다.

"설영아, 무공이란 말이다. 누가 더 강한지는 정말로 겨뤄보기 전까지는 잘 모르는 거란다. 물론 무허신승이나 허공 노사나 온 세상에서 가장 강할지 모른다고 이야기되는 고수들이긴 하지. 하지만 그들이 강한 것은 그들의 무공보다도 그들의 마음이 강하기 때문이고, 또 그들이 몸담은 소림과 무당이 건재하기 때문이란다. 그리고 누가 누굴 이길 수 있는지 없는지는 그렇게 중요한 것이 아니지."

"설영이는 아빠 말이 무슨 말인지 잘 모르겠어. 그러니까 그 사부님이 더 강한 거야? 구파일방보다?"

아이는 어디까지나 아이일 뿐이라는 것일까.

어자석 쪽에서 곽경무가 껄껄 웃는 소리가 들려온다. 강건

청이 도무지 어쩔 수 없다는 표정을 지으며 대답을 시작했
다.

"설영아, 한 가지만 약속하자. 이 아빠랑 비밀 지킬 수 있
지?"

"응? 응. 지킬 수 있어."

"앞으로 이 아빠가 할 이야기는 어디 가서도 말하지 마. 알
았지?"

"응, 알았어."

재차 다짐을 받은 강건청이다. 그가 천천히, 작고도 신중한
목소리로 말을 이었다.

"옛 문파는 모습을 바꾸고, 세상이 변하여 모든 것이 예전
과 같지 않지만, 이것 하나만은 변하지 않는다. 그분은 정말
로… 정말로 강한 분이시란다. 소림의 무허신승도 무당의 허
공 노사도 그분을 이길 수는 없지. 그분과 비견될 수 있는 사
람이라면 오직 전설 속의 패주들과 구주 바깥의 수장들밖에
없으니까 말이야."

"아빠 이야기는 아직도 잘 못 알아듣겠어."

"글쎄다. 이 아빠는 듣고 싶은 이야기는 다 해준 것 같은
데?"

"응. 어쨌든 그러니까 사부님이 구파일방보다……."

"쉿! 아빠가 비밀이라 했지."

"아, 알았어. 안 말할게."

강설영이 호들갑을 떨며 자그마한 손을 흔들었다.

영원히 간직할 비밀이라도 되는 양, 말하는 품이 자못 진지하다. 강건청이 가벼운 미소를 지으며 고개를 끄덕였다.

'후우…….'

겨우겨우 잠재웠다 싶었던 딸의 호기심이다. 하지만 강건청은 그것으로 끝이 아님을 다음 순간 뼈저리게 깨달을 수 있었다.

"아빠, 아빠."

"으… 응?"

"근데 말이지, 그 전설 속의 패주란 건 뭐야?"

'내가 미쳤지. 스스로 무덤을 파다니.'

하늘이 노랗게 변할 지경이다.

이럴 때면 아이가 너무 똑똑하고 예리해도 문제라 생각된다. 어리기만 한 여아(女兒)임에도 철 대공이 관심을 갖고 무공을 가르쳐 줄 만한, 지나치게 이른 무재(武才)마저도 불행같기만 했다. 그것도 모자라 벌써부터 흉내 내기 시작하는 침선(針線)까지.

'패주라. 그걸 어떻게 설명하나.'

행복한 고민이라 생각해 보지만 그래도 곤란한 것은 곤란한 것이다. 어떻게든 얼버무릴 단어들을 찾아내려는 강건청의 머릿속은 그저 복잡하게 돌아갈 뿐이었다.

　　　　　*　　　*　　　*

그렇게 깊은 잠에 빠져들었던 것이 얼마 만이었나.

악몽에 시달리지 않은 밤이 없었다.

구룡보의 반석을 닦아놓고도 억울하게 죽게 된 아버지와 형님.

어린 시절 어머니와 같이 그를 보살펴 주었던, 그리고 한 남자를 그토록 사랑했지만 보답받지 못했던 불행했던, 한참이나 나이가 많았던 누이.

분노를 일으키고, 삶의 의지를 일으키던 숱한 악몽의 주인들이다. 그들이 있었기에 힘든 삶과 여기까지 싸워올 수가 있었다.

오기룡은 잠에서 깨어났다.

그냥 쓰러져 잤던 것 같은데, 생각보다 온몸을 잘 덮고 있는 피풍의다. 그렇게 정신을 놓아버렸는데도 죽지 않았다니 끝까지 살아보라는 하늘의 뜻인가 보다. 하늘이 도왔다고밖에 말할 수 없었다.

오기룡은 거친 얼굴로 상체를 일으켜 앉았다. 머리가 지끈지끈 아픈 것이 마치 술이라도 취한 것 같다. 그 정도 운기조식으로는 역시나 수습이 어려운 상태였다.

"끄응……."

무릎을 짚고 일어나려던 오기룡은 문득 흠칫 놀라며 몸을 굳혔다.

그놈이다.

또다시 지켜보고 있다. 그것도 매우 가까운 곳에서.

'뒤?!'

이전까지는 위치조차 잡지 못했다.

하지만 어제의 운기조식으로 감이 좋아진 것일까. 오기륭의 몸이 일순간에 돌아갔다.

퍼얼럭!

갑자기 움직이는 서슬에 피풍의가 바람을 일으켰다.

땅에서 함께 날아오른 풀잎 몇 조각.

오기륭은 그 풀잎들 사이로 쪼그리고 앉은 조그만 그림자를 발견했다. 그의 눈이 그 어느 때보다도 커졌다.

"……!!"

작은 체구의 남자 아이가 거기에 있었다.

오기륭을 쳐다본 채.

올려다보는 맑은 눈망울이 이 세상 사람의 그것 같지가 않다. 오기륭이 자신도 모르게 한 걸음 물러서며 외쳤다.

"뭐, 뭐냐!"

오기륭의 입에서 터져 나온 말은 그러했다.

누구냐란 질문이 아니다. 무엇이냐는 질문이다.

사람 그림자 하나 찾아볼 수 없는 오래된 대지.

이런 곳에서 이런 어린아이를 만난다면, 그 누구라도 유별

난 착각을 할 수 있는 법이었다.

오기륭도 그랬다.

아이를 보는 순간, 사람이 아닌 다른 것을 떠올리고 말았다.

귀신이나 요물을 말함이었다. 어린아이 귀신, 이런 곳에서 그런 것을 연상하는 것은 조금도 이상한 일이 아니었다.

"굉장히 놀라네. 아저씨는."

아이의 목소리는 무척이나 자연스러웠다.

너무도 자연스러워서 도리어 무섭게 들린다. 오기륭이 당황한 얼굴로 소리쳤다.

"어, 어디서 나타난 요괴(妖怪)냐!"

오기륭은 본디 무척이나 강인한 남자다. 사태를 제대로 읽을 줄 알고, 합리적인 생각을 할 수 있는 남자였다.

아무리 기이한 일을 겪더라도 이런 식으로 반응할 만한 사람이 아니라는 이야기다.

"이 요물! 왜 나를 따라다닌 것이지!!"

문제는 그의 병든 몸이다. 지친 마음이다. 피폐해진 정신이었다.

오 일 동안 그를 괴롭히던 시선이 그를 그렇게 만들었다.

공격도 없이 지켜보기만 했던 존재.

위치를 종잡을 수 없던 존재.

요괴나 귀신을 먼저 떠올리는 이유가 바로 그것이었다.

“내게 무엇을 원하지?”

오기륭이 연신 큰 소리로 다그치고 있지만 아이는 그저 그를 가만히 쳐다보기만 할 뿐이다. 그렇게 나오는 그가 신기하기도 하고 재밌기도 하다는 눈빛이다. 아이가 쪼그려 앉은 자세 그대로 오기륭을 올려다보며 말했다.

“먹을 것.”

“무, 무엇이?”

“배가 고파.”

착각은 또 다른 착각을 부르기 마련이다.

배가 고프다는 그 말은 마치 요괴가 덤벼들기 직전에 말하는 선전 포고처럼 들렸다. 오기륭이 본능적으로 기수식을 취하며 방어할 채비를 갖추었다.

“이… 이놈!”

그러나 아이는 덤벼들지 않았다. 오기륭이 불타는 눈빛으로 주먹을 겨누는데도 전혀 움직일 기미를 보이지 않고 있다.

“……”

“……”

흘러가는 것은 오직 정적뿐이다.

쪼그려 앉아 있는 조그만 어린아이와 온몸에 힘을 잔뜩 담은 어른이 보여주는 것은 그야말로 이상하기 이를 데 없는 대치였다.

묘한 대치.

　그 부조화스러운 광경 속에서 먼저 입을 연 것은 초췌한 안색으로 앉아 있는 어린아이 쪽이었다.

　"아저씨 걸음이 너무 빨라서 따라오기가 힘들었어. 게다가 며칠 동안 아무것도 제대로 먹지 못했거든. 그러니 배가 고플 수밖에 없지 않겠어?"

　"뭐, 뭐라고?!"

　그제야.

　오기륭은 그제야 무엇인가 이상하다는 사실을 깨달을 수 있었다.

　지금은 환한 대낮이다. 이런 대낮에 어린아이 귀신이 나타난다는 이야기는 들어본 적이 없었다.

　생기(生氣)도 마찬가지였다.

　기묘한 아이이긴 하지만 한편으로는 보통 사람과 다를 바 없는 생기(生氣)가 전해지고 있다. 요물이라면 정말 잘 둔갑한 것이고, 그렇지 않다면 그냥 보통 아이다. 아니, 보통 아이가 이런 곳에 있을 리는 없겠지만.

　"먹을 것 없어? 건량이나 건포 같은 거."

　듣고 보니 아이의 목소리에서도 꽤나 지친 기색이 전해진다. 오기륭은 천천히 기수식을 풀면서 다시 한 번 아이의 안색을 살폈다.

　'요괴라기엔……'

　거친 피부가 먼저 눈에 띄었다. 마치 오기륭 자신의 피부처럼.

어린 나이에도 이목구비가 섬세하게 생긴 것이, 본래는 하얗고 깨끗한 얼굴이었을 것 같다. 하지만 오랜 기간을 험하게 보내온 듯, 얼굴 곳곳에 작은 생채기가 남아 있었다.

몇 겹이나 걸쳐 입은 마의(麻衣)마저도 성한 곳 없이 허름하기만 했다. 보기만 해도 고달픈 사연이 짐작되는 몰골이었다.

"너… 사람이냐?"

오기륭은 자기가 물어보면서도 속으로 실소를 흘릴 수밖에 없었다. 아이마저도 그런 오기륭의 질문이 예상 밖이었던지 의아한 표정으로 반문했다.

"그럼, 뭔 줄 알았어?"

되묻는 아이의 눈빛에 오기륭이 난색을 표하며 입맛을 다셨다. 졸지에 바보가 되어버렸다. 그가 오른손으로 뒷머리를 긁적이며 솔직하게 대답했다.

"귀신. 아니면 요괴."

"틀렸어. 둘 다 아니야."

그 나이의 아이들이 본디 그렇듯 아이의 말투에는 마땅한 예의범절이 담겨 있질 않았다. 아이가 물 흐르듯 자연스러운 어투로 말을 이었다.

"그럼 아저씨는 귀신이나 요괴한테 쫓기고 있었던 거야?"

"뭐라고?"

"아저씨 말이야……."

아이가 손가락으로 오기륭을 가리켰다. 아이가 당연하다
는 목소리로 말을 이었다.

"쫓기고 있었잖아."

오기륭이 주변을 한번 돌아보고는 아이에게 되물었다.

"너, 어떻게 그걸?"

"보면 알지. 처음에는 날 쫓아온 줄 알았어."

오기륭의 표정이 묘하게 변했다.

그가 이내 믿을 수 없다는 표정을 지으며 목소리를 높였다.

"설마! 날 지켜보고 있었던 것이 네 녀석이냐?"

"나지. 그럼 또 누가 있겠어."

"……!!"

오기륭의 얼굴이 놀라움으로 굳어졌다.

그토록 은밀하게 따라오던 시선이 이런 꼬마 아이의 것이
었다니, 놀라움을 넘어선 경악이라고밖에 표현할 길이 없었
다.

"아저씨가 금방 눈치 채서 놀랐어. 들키지 않을 줄 알았거
든."

아이의 목소리는 태연했다.

오기륭의 놀란 표정을 알아보지 못한 것인지, 아니면 보고
도 못 본 척하는 것인지 알 수가 없었다. 한참 동안 아이를 내
려다본 오기륭이 다그치듯 빠른 목소리로 물었다.

“왜 나오질 않았지?”

“응?”

“모습을 드러내라고 여러 번 소리치지 않았나? 못 들었을 리가 없을 텐데!”

“당연히 들었지. 그런다고 나타나는 바보가 어디 있어?”

아이의 대답은 당돌했다. 당돌할 뿐 아니라 옳기까지 했다. 별로 불쾌하게 들리질 않았던 것도 그래서일 것이다.

“그건 그렇지만, 네 녀석 때문에 나는 죽는 줄 알았단 말이다.”

“엄살 피우지 마, 아저씨.”

근본적으로 다른 아이였다.

원래 말투가 그래서일까. 어떤 이야기를 해도 기분 나쁘게 들리지 않았다. 특별한 재주가 있는 아이였다.

“날 봐라, 이 녀석아. 이 골골로 돌아다닌 지도 벌써 보름이 넘었어. 네 녀석 귀신놀음 따위는 받아줄 여유가 없었단 말이다.”

“나도 어쩔 수가 없었다고.”

“어쩔 수가 없었다니! 이쪽은 목숨이 달린 일이야!”

“그건 나도 마찬가지야, 아저씨.”

이상한 아이다.

아니, 신비한 아이다.

오기룡이 아이를 노려보았다. 강렬하고도 격한 시선이었

지만, 아이는 전혀 변하지 않는 표정으로 그것을 받아내고 있다. 오기륭이 숨을 고르더니, 나직한 목소리로 입을 열었다.

"좋아. 일단 지나간 일이니까 그건 덮어두자. 하지만 그것은 또 무슨 소리냐. 너도 마찬가지라니."

"난 아저씨가 날 쫓아온 줄 알았어. 그래서 숨을 수밖에 없었던 거야."

"뭐라고?"

"한참을 지켜본 후에야 알았어. 아저씨도 도망치고 있다는 것을 말야. 하지만… 아저씨만 도망치고 있었던 게 아니야."

"도망치고 있었다니……. 그렇다면……."

"맞아, 아저씨. 나도 그래."

하늘에서 내려온 빗물이 부서진 들풀 줄기와 만났다.

얽혀 내려간 물방울은 풀 냄새 가득 품고 땅속으로 스며들었다.

뿌리부터 솟아 올린 인연이 보석 같은 꽃을 피울 때까지.

사람과 사람의 만남은 언제나 예측 못할 광채를 품고 있는 모양이었다.

*　　　*　　　*

“이름이 뭐냐?”

“이름은 알아서 뭐 하게?”

“말버릇 하고는……. 너 몇 살이야?”

“알아서 좋을 것 없잖아. 어차피 쫓기는 사람들끼리.”

아이의 말은 단호했다.

단호할 뿐 아니라 이치에 맞는 말이다. 때문에 오기륭은 일순간 대응할 말을 찾지 못했다.

‘대체 이놈은 뭐야? 내가 몇 살짜리하고 있는 거지?

그저 기가 막힐 뿐이었다. 기껏 열 살이나 된 것 같은데 마치 비슷한 연배를 보고 있는 듯하다. 거듭 느끼지만, 실로 보통 아이가 아니었다.

“내 이름은 오기륭이다. 먹을 것도 얻어먹었으면 최소한은 지켜야지.”

“…알겠어.”

아이는 손에 남은 건포를 입 안에 쑤셔 넣었다. 억지로 집어넣어 목이 메는지 한참이나 말없이 우물거린다. 오기륭은 그런 아이를 잠자코 기다려 줬다.

“아저씨 이름은 한 번도 들어본 적 없는 것으로 할게. 어디 가서도 비밀은 꼭 지키겠어.”

“…뭐야?”

뜸을 들인 것치고는 정말 가관인 대답이다.

음식을 얻어먹었으니 비밀을 지키겠다는 투였다. 오기륭

의 미간이 가볍게 좁혀졌다.

"그것과 그것은 다른 문제지 않느냐. 대장부가 어려운 상황에서도 먼저 이름을 밝혔으면, 상대에게도 이름을 가르쳐주는 것이 도리다."

"화내지 마, 아저씨. 고작 어린아이일 뿐이잖아."

아이는 건포를 들고 있던 손가락을 빨면서 흔들리지 않는 어조로 대답했다. 오기룡의 머릿속에 한 가지 생각이 스쳐 지나갔다.

'이놈. 처음 생각이 옳았어. 이놈은 요괴가 맞다. 요괴가 맞아.'

오기룡이 고개를 설레설레 저으며 아이를 바라보았다.

"한 가지만 더 물어보자. 너 그 발자국도 일부러 남긴 거지?"

처음에 오기룡을 멈춰 세웠던 작은 발자국을 말함이다.

여인의 발자국이다? 완전히 틀렸다.

바로 이 녀석이다. 이 녀석의 발자국이 틀림없었다.

"그 발자국? 당연히 일부러 남겼지. 사실은 남길까 말까 굉장히 고민했었어. 위험할지도 모르니까."

"발자국을 보고 어떻게 행동하는지를 봤다 이거냐?"

"잘 아네."

오기룡의 얼굴에 쓸쓸한 미소가 떠올랐다. 예상했던 그대로의 대답이긴 하다. 하지만 막상 확인하고 보니 참으로 입맛이 썼다. 별다른 표정도 없는 아이의 얼굴이 생소하게 보였다. 또다시 요괴의 얼굴을 보고 있는 것처럼 생각되었다.

'요괴다. 아니, 요괴보다 더해.'

"그래. 넌 대체 누구에게 쫓기고 있는 거냐?"

"쫓기고 있다고는 했지만… 아마 더 이상 쫓아오진 않을 거야."

"쫓아오지 않을 거다? 추격자들은 뿌리친 거냐?"

"그런 것 같아."

"좋겠군. 그럼 이런 곳까지는 혼자 어떻게 왔지?"

"혼자가 아니었어."

처음으로 나타난 변화다.

거의 아무런 감정도 드러나지 않던 아이의 얼굴에 처음으로 표정다운 표정이 생겨났다.

'이놈 봐라…….'

슬픔과 그리움이다. 오기룡은 단숨에 알 수 있었다. 그런 표정의 의미를 너무도 잘 알고 있었던 것이다.

"동행은… 죽었나?"

"응. 죽었어."

아이의 목소리는 차분했다.

너무도 차분하여 마치 냉혹한 검사(劍士)의 그것과도 같았다. 그것을 듣는 오기룡의 마음속에 한줄기 전율이 흘렀다.

‘이 녀석은… 위험한 놈이군.’

떡잎부터 알아보는 법이다.

이름을 날릴 놈이 분명했다. 그것도 만천하에.

평탄하게 잘 큰다면……. 그럴 것이라는 말이다.

하지만 그것은 어디까지나 가능성에 불과했다. 이런 놈은 잘 크지 않는다. 평탄하게 클 리가 없다는 말이다.

이런 놈들은 순탄한 인생을 살지 못한다. 반드시 주변 사람들의 운명을 갉아먹기 마련이다. 아니면 저 혼자 개죽음을 당하던가.

“무덤은 만들어줬냐?”

“응.”

오기룡은 아이의 대답에서 많은 것을 읽을 수 있었다.

무덤에 묻었다. 힘겹게.

어른… 아버지다. 아버지이거나 그에 준하는 사람일 것이다.

작은 몸으로 어른을 묻으려면 고생깨나 했을 거다. 그리고 작은 손으로 어렵사리 땅을 파는 동안, 어린 마음속에는 누구보다 깊고 커다란 무덤을 팠을 것이 틀림없었다.

“그랬군. 그래도 넌 괜찮은 거다. 난 무덤도 못 만들어줬으니까.”

“엉?”

오기룡의 이야기는 아이답지 않은 아이에게도 상당한 관

심을 끈 모양이었다. 아이가 두 눈을 동그랗게 뜨면서 오기룡을 쳐다보았다.

"난 무덤도 파지 못했다. 두 사람, 죽지 말아야 할 곳에서 죽었거든. 임종을 지키지도 못했지. 그래서 나에겐 찾아갈 수 있는 무덤조차 없다."

오기룡의 목소리는 크지 않았다. 슬픔 대신 원한이, 괴로움 대신 분노가 느껴진다. 아이의 말투만큼보다 훨씬 더 차분하고 그것보다 훨씬 더 냉정하게 느껴지는 말투였다.

"……."

"……."

오기룡과 아이 사이에 어색한 침묵이 흘렀다.

위로 아닌 위로일 수 있다. 아니면 그저 말을 하고 싶었던 것인지도 모른다. 긴 세월에 구부러지고 갈라진 고목 밑에서 두 사람은 한참 동안 그렇게 운남의 습한 바람을 맞고 있었다.

"내 이름은 단운룡이야."

불쑥 아이가 말했다. 아까보다 한결 살아 있는 목소리였다. 오기룡이 대답했다.

"운룡(澐龍)이라. 좋은 이름이다."

오기룡의 목소리도 살아 있었다.

건조하기는 마찬가지였지만 죽음을 이야기할 때처럼 냉랭하게 들리진 않는다.

서로를 쳐다보지조차 않은 채, 먼 하늘을 바라보는 어른과
아이.

　하늘 저편에 가득했던 구름이 서서히 물러나고 있었다. 그
리고 그 사이로 한줄기 태양 빛이 쏟아지기 시작했다.

　애뢰산(哀牢山)은 절산이다.

　덮여 있는 안개 속에 감추어진 산세는 구름 사이 삐쭉 솟은
봉우리들보다 열 배는 험하다.

　인적 드문 숲 속에는 듣도 보도 못한 산짐승들이 우글거리
고, 나이를 짐작할 수 없을 정도로 오래된 수목(樹木)들이 온
골짜기에 가득했다.

　"험로다. 여길 지나 신평현에 이르면 한 고비 확실하게 넘
긴 거지."

　"넘어갈 수는 있겠어?"

　오기룡의 몸 상태는 더 안 좋아져 있었다.

　간간이 운기조식을 취하고 있음에도 매번 달라진 것이 없
다. 그때그때 급한 불을 끄는 것에 불과했기 때문이다.

　"넘어가야지. 사실 신평현에 가도 문제야. 너무 느려졌
어."

　"느려진 게 나 때문은 아냐."

　"맞다. 너 때문은 아니지."

　오기룡의 얼굴에는 땀방울이 가득했다.

애뢰산을 그대로 통과하는 것은 절대 불가능한 일이었고, 그나마 낮은 산기슭을 돌아 부담을 적게 하고 있었지만 그것만으로도 지금의 오기륭에게는 쉬운 일이 아니었다.

"조금 쉬어. 뭐라도 좀 구해올게."

바위 위에 걸터앉은 오기륭은 더 이상 말할 기운도 없이 지쳐 있었다. 그의 입가에 자조 섞인 웃음이 스쳐 갔다.

'누가 누구를 데려가고 있는 건지…….'

오기륭은 단운룡이 저번 고목 밑에서 말했던 우습지도 않은 한마디를 떠올렸다. 두 도망자, 어울리지 않는 동행이 이루어지게 된 결정적인 한마디였다.

"아저씨, 나 좀 데리고 가주라."

"뭐?"

"나, 길을 잃었어. 이렇게 어린데 혼자 움직이는 것은 무리야."

"하기야……."

그뿐이 아니었다. 단운룡은 흥미로운 말도 했다.

"아저씨, 마을에 들른 지도 오래되었지? 건포가 말라비틀어져 있었어."

"건포는 원래 말려 먹는 거야."

"흉한 색깔의 가루도 덮여 있었잖아. 배탈이라도 나면 큰일인데."

"잘 얻어먹고 허튼소리하지 마."

"여하튼, 마을에 한 번은 들러야 할 것 아냐."

"안 돼. 사람이 많은 곳에는 놈들도 있으니까."

"그러니까. 날 데리고 가란 말이지."

"뭐?"

"아저씨를 쫓는 사람들이 누구든, 그자들은 지치고 힘 빠진 남자 한 명만을 찾고 있을 거야. 어린아이랑 함께 있는 남자는 눈여겨보지 않을걸?"

일리있는 말이다. 충분히 구미가 당기는 이야기였다.

아이를 방패 삼아, 또는 아이를 속임수 삼아.

구차하다면 구차한 일이다.

하지만 그런 구차함을 생각하기엔 오기륭이 지닌 운명의 무게가 너무도 무거웠다.

아버지와 형님의 목숨 값, 그 원수를 갚기 위해서는 제아무리 구차한 짓이라도 마다하지 않을 각오가 서 있었다.

'그래도 이건 좀 심하군.'

오기륭은 매끈한 바위 위에 축 늘어진 채 나뭇잎들 사이로 보이는 흐린 하늘을 바라보았다. 회색 구름이 비 맞은 양 떼와 같았다. 검은색 나뭇가지 사이로 회색빛 양 떼가 흘러가는 것을 보고 있자니, 구름이 움직이는 것인지 자신이 움직이는 것인지 분간이 어렵게 느껴진다. 머리가 핑 돌았다.

'아무리 몸이 안 좋다 한들, 꼬마 아이 신세나 지고 있다니…….'

그러면서도 단운룡이 한시 빨리 먹을 것을 구해오길 바라고 있다.

사람이란 그처럼 간사한 동물이다. 철천지원수가 있고, 목숨을 위협하는 추격자가 있어도, 사람은 사람일 수밖에 없었다.

"일어나! 아저씨!"

낭랑한 목소리가 귓전을 울린 것은 열에 들떠 거의 정신을 잃다시피 했을 때였다. 바위밑에 서 있는 단운룡의 손 위에는 아예 둥지째로 가지고 온 새집이 들려 있었다.

"새… 둥지냐? 그런 걸 어디서……."

"나무 위에서 구했지. 어디긴 어디야."

단운룡이 작은 손으로 알 하나를 꺼내 들었다. 무슨 새의 알인지는 모르겠지만 제법 알이 굵었다. 기껏해야 나무 열매 정도라 생각했던 오기륭으로서는 두 눈이 휘둥그레질 만큼 호사스러운 음식이었다.

"재주도 좋다. 그런 재주가 있으면서 먹을 것은 왜 달라 했더냐?"

알의 한쪽 끝을 깨고 안의 것을 입 안에 쏟아 넣은 오기륭이다. 비린 맛에 얼굴을 찌푸리면서도 어느 정도 살아난 목소리었다.

"웩, 맛없어."

단운룡이 오기룡처럼 얼굴을 찌푸리며 말했다. 맛이 없어도 먹어야만 한다는 것을 잘 알고 있는지 두 눈을 질끈 감고 꿀꺽 삼킨다. 역시나 그 나이답지 않은 모습이었다.

"먹을 거? 여기는 산(山)이잖아. 산엔 원래 먹을 게 많아. 거기도 험하긴 했지만, 벌판이었고……. 게다가 아저씰 쫓느라 바빠서 뭘 챙겨 먹을 겨를도 없었어. 걸음이 좀 빨라야 말이지."

"그래그래. 네 말이 다 옳다, 다 옳아."

오기룡은 단운룡의 투정을 끊어내며 묘한 느낌을 받았다.

어린아이에게 핀잔을 받으면서도 듣기 싫지가 않다. 오히려 그런 투정이 기분 좋게 들릴 정도다. 그야말로 묘한 일이었다.

'나도 갈 데까지 갔군.'

왜 그런 느낌을 받는가.

오기룡은 쉽게 그 이유를 찾을 수 있었다.

단운룡의 거침없는 태도도 한몫하고 있었지만, 근본적인 이유는 오기룡 자신에게 있다고 할 수 있다.

외로웠기 때문이었다. 사람이 그리웠기 때문이다. 복수를 위해 도망쳐 온 그의 신세가 고독하고도 기구했기에 그런 느낌을 받는 것이었다.

둘이서 둥지에 담긴 새알들을 전부 다 까먹는 데에는 그리 오랜 시간이 걸리지 않았다. 맛도 없는 것을 되는대로 먹어버린 뒤라 영 속이 개운치 않았다. 그래도 어쩔 수 없다. 이제는 움직여야 할 때다. 오기륭이 바위에서 몸을 일으키며 무거운 발걸음을 내디뎠다.

"그런데, 아저씨. 아저씨는 몇 살이야?"

"엉? 몇 살이냐고?"

"응."

"그건 알아서 뭐 하게?"

"따라 하지 말고 말이지."

오기륭은 비틀거리면서도 자신도 모르게 웃음을 터뜨리고 말았다. 이놈은 걸물이다. 반드시 크게 될 놈이었다.

"좋아. 넌 몇 살이냐?"

"나, 열한 살."

"열한 살 먹은 놈들은 다들 너 같냐?"

"아닐걸."

"하핫! 그래. 아니겠지."

"웃지 마. 다 죽어가는 얼굴을 하고서."

"그래도 네 녀석이 그걸 알고 있다는 게 기특할 따름이다."

"그래서 몇 살이야?"

"이제 서른다섯? 서른여섯?"

"어른이 제 나이도 제대로 몰라?"

"험하게 컸으니까. 너도 나 정도 되면, 네 나이가 어느 정도 되는지 분간 못할 거다."

"알겠어. 그런데 생각보다 많지 않네."

"늙어 보인단 말이냐? 인생이 고달프면 원래 그렇게 되는 법이다."

말 그대로다. 오기륭의 얼굴은 마치 불혹의 나이를 넘겨 버린 중년인 같았다. 풍파에 휩쓸려 변해 버린 모습, 본래부터 그렇지는 않았을 것이라는 것쯤, 누구나 쉽게 짐작할 수 있을 얼굴이었다.

애뢰산을 통과한 것은 열흘 밤낮이나 넘긴 후였다.

걷고 쓰러지길 반복하는 오기륭과 어린 나이에도 꿋꿋하게 곁을 지키는 단운룡.

비 내리는 밤과 바람 부는 낮을 끊임없이 움직인 두 사람은 마침내 신평현이라는 작은 도시에 이를 수 있었다.

"운남은 이래서 좋아. 이갑(里甲)이 엉망이거든."

이갑. 이갑제(里甲制)를 말함이다.

명 태조 주원장 이래, 명나라는 이갑제를 중심으로 백성들의 조세와 부역을 관리하고 있었다. 이갑의 기본 단위로 하여금 백성들의 주거를 묶어두고, 그곳에서 벗어나지 못하도록 강제하는 제도다.

결국 도시와 군현을 오가기 위해서는 그에 맞는 통행증과 신분증을 소지하고 있어야만 했다. 그러지 못한 자들은 통행이 불가하다. 법제 자체는 그처럼 엄격하기만 했던 것이다.

하지만 제아무리 강력한 대명률(大明律)이라 해도, 온 천하에 똑같이 힘을 발휘하고 있는 것은 아니었다. 그러려고 해야 그럴 수 없는 곳도 많았기 때문이다. 운남과 같이 소수 이민족이 많고 지세가 험한 곳 같은 경우가 그러했다. 관군과 대명률이 제 역할을 하지 못하는 대표적인 지역이었다.

오기룡과 단운룡이 신평현에 들어가기 쉬웠던 이유도 그와 같았다.

관병들은 현의 입구를 지키는 둥 마는 둥 하였고, 어쩌다 한번 시비라도 걸 듯이 오가는 사람들에게 금전(金錢)을 요구하고 있을 뿐이었다. 게다가 그런 작태를 보이는 와중에도 한 가닥 양심이라도 있는지, 행색이 초라한 자들은 아예 건들지도 않았다.

도망치는 자, 운남으로 가라.

강호에 전해지는 말이다. 그런 말이 생긴 이유가 무엇인지 그대로 보여주는 광경이었다.

"사람이 너무 많아. 여기까지 들어온 것이 잘한 짓인지 모르겠다."

"그런 말 할 때가 아니야. 아저씨 꼴을 봐."

단운룡이 오기륭의 옷소매를 잡아끌었다.

누가 봐도 유랑하는 부자(父子)임에 다름이 아니었다. 행색 때문에 흘끔흘끔 쳐다보는 사람들이 있었지만, 그것도 그것으로 끝이었다. 누구 하나 제대로 관심을 보이는 이가 없었다.

"그래. 일단 의원부터 찾아야겠지."

오기륭의 얼굴은 단운룡의 말마따나 말이 아니었다.

마을에 들어오자마자 죽립부터 구해 뒤집어썼지만, 그 아래 보이는 얼굴 반쪽만 해도 병색이 완연함을 알 수 있을 정도였다.

의원의 도움이 절실한 시점이다. 그냥 버틸 수 있는 상태가 아니었다.

"아저씨, 아저씨는 이제 아무 말도 하지 마. 혹시나 추격자가 있다면 쫓기게 될 거야."

"왜?"

"아저씨는 말투가 좀 달라. 의심을 사게 될걸."

단운룡은 믿을 수 없이 세심했다.

오기륭은 촉(蜀)의 대지, 사천에서 왔다. 사천성은 운남성과 인접해 있긴 하지만 여기는 신평현이다. 운남에서도 남쪽에 치우친 곳이었다.

사천의 어디에서 왔든 마찬가지다. 두 지역은 그 떨어진 거리만큼 말투도 억양도 다를 수밖에 없었다. 게다가 오기륭은

좀처럼 사천 땅을 벗어나 본 적이 없는 듯, 억양이 강한 편에
속한다. 누구라도 그가 사천 사람임을 알 수 있을 터였다.

"아줌마, 여기 의원은 어디에 있어?"

"어머나, 아버지가 많이 아프신가 보구나. 저쪽 모퉁이를
돌아가서 다시 물어보렴. 거기에선 그다지 멀지 않단다."

"저쪽? 고마워."

단운룡은 의원의 위치를 손쉽게 찾아나갔다. 어린아이가
뛰어와서 물어보고 있으려니, 누구나 경계심을 풀고 친절하
게 대해준다. 오기륭이 직접 하려 했다면 상당히 곤란했을 일
이었다.

"이쪽인가 봐."

단운룡은 거침이 없었다. 작기만 한 단운룡의 등을 보면서
오기륭은 생각한다.

놀라울 따름이다.

단운룡이 없었다면 어찌했을까.

운룡을 만난 것은 오기륭에 있어서 행운이라고밖에 표현
할 수가 없었다. 단운룡도 오기륭과 함께하며 얻은 것이 있을
테지만, 적어도 지금까지는 오기륭이 단운룡에게 얻은 것이
훨씬 더 많게 생각되었다.

"저기네."

아직 거리가 있는데도 약재 냄새가 코를 찔러왔다. 변방에
있는 것치고는 제법 괜찮은 의원 같았다.

두 사람이 의원에 다다랐을 때였다. 단운룡이 오기룡의 옷소매를 살짝 당기며 작은 목소리로 말했다.

"아저씨, 오른쪽을 보지 마."

"……!"

오기룡은 순식간에 단운룡의 경고를 알아들었다.

아무것도 듣지 못한 것처럼 태연하게 발을 옮겼다. 힘을 빼고 자연스럽게. 무인으로서의 경계심은 조금도 드러내지 않았다.

"가슴에 글자가 있어……. 구룡(九龍)이야."

'구룡보……!'

오기룡은 흔들리지 않았다.

예상했던 바다.

정예로 구성된 추격대들은 전부 다 따돌릴 수 있었지만, 주요 현에 깔려 있을 문도들까지 떨쳐 내는 것은 불가능했다. 그들은 원래부터 거기에 있는 자들이다. 구룡보가 운남 진출을 계획했을 초창기부터 박아놓은 문도들이었다.

'알아보진 못할 것이다. 이놈들은 내 얼굴을 본 적이 없어.'

구룡보는 큰 문파다.

아미파와 청성파, 그리고 사천당가.

엄청난 거목들이 버티고 서 있는 사천성의 틈바구니에서 세 거파(巨派)의 완충 지대를 절묘하게 파고든 문파였다.

그렇게 성장해 온 것이 십 년이 넘었다. 분타에 소속된 말단 무인들까지 합하자면, 문도들이 몇이나 되는지도 헤아리기 힘들다. 이런 분타의 문도로서는 오기륭을 알아보기가 힘들 수밖에 없었다.

"어떻게 오셨습니까?"

의원 안에는 시중을 드는 하인들이 다섯 명이나 있었다. 그중 한 명의 질문에 단운룡이 대답한다. 바깥까지 들리도록 제법 큰 목소리였다.

"병(病)이 났나 봐. 노상 열이 나고 기운이 없대."

"그러십니까. 이쪽으로 오십시오."

어린 목소리에 답하는 하인들은 예(禮)를 깍듯이 지키고 있었다. 마치 중원 한가운데 있는 의원 같다. 나쁘지 않은 곳이었다.

하지만 그 와중에도 감시의 시선은 사라지지 않는다. 단운룡이 귀신놀음처럼 따라붙을 때와는 다르게, 송곳처럼 티를 내며 찔러오는 시선이었다.

'의심받고 있군.'

오기륭은 단운룡과 함께 하인의 안내를 받으며 내원으로 향했다. 안쪽으로 들어가도 의심 어린 시선은 떨어질 줄 모른다. 의원 안쪽까지 따라 들어온 모양이었다.

"아, 이 당주께서 여기까지 어쩐 일이십니까?"

"언제나와 같은 용건이다."

"아, 그렇습니까."

아니나 다를까.

쩔쩔매는 하인의 목소리가 들려온다. 오기룡의 경각심이 최고조에 이르렀다.

'잘못하면……!'

당장이라도 달려들 듯, 날카로운 기세가 전해진다. 노골적인 의심을 품고 있었다.

게다가 문제는 그것뿐이 아니었다. 땅을 밟는 발소리가 예사롭지 않았다. 이런 분타에 있는 것치고는 상당한 실력자 같았다.

'당주라 했지…….'

당주쯤 되는 놈이 의원이나 감시하고 있다니 뭐 하는 짓인지 모르겠다. 어찌 되었든 오기룡으로서는 불운이다. 한바탕 싸움까지도 각오해야 할 것 같았다.

"으……. 냄새!"

걷는 자와 뒤따르는 자.

뒤따르는 자가 불러 세울 만한 바로 그 시점이었다. 갑작스레 단운룡이 코를 틀어막으며 맹한 목소리로 외친다. 단운룡이 오기룡을 돌아보며 목소리를 높였다.

"냄새 한번 지독하다. 그치?"

바깥까지 전해지던 약탕 냄새를 말함이다. 고조되던 긴장감을 절묘하게 무너뜨리는 어린 목소리, 뒤따르던 구룡보 무인이 멈칫 그 발을 멈추었다.

'이 녀석, 이 녀석이 나를 살리는구나.'

"무슨 일로 왔어?"

약탕 냄새 휘도는 내원 안에는 백발이 성성한 의원이 몇 안 되는 환자들을 살피고 있었다.

그 의원이 휘적휘적 걸어와 죽립 밑으로 오기륭을 올려다 보더니, 혓바닥을 끌끌 차면서 퉁명스런 한마디를 던졌다.

"모사열(茅沙熱)이구먼?"

"예?"

"모사열 몰라? 운남 쌍강(雙江)의 풍토병이다. 별거 아냐. 허약해 뵈지도 않는데 별걸 다 걸리는군!"

모사열이라는 말이 나온 직후였다.

오기륭은 뒤쪽에 머무르던 의심의 시선이 일순간에 사라 지는 것을 느낄 수 있었다.

"구절초 환약이면 충분해. 하루에 두 번만 먹어. 아침저녁 으로 닷새만."

"아, 예……."

오기륭은 최대한 말을 아끼려고 했다. 아니, 그럴 필요도 없었다.

의심의 시선은 사라져 버렸고, 뒤따라오던 무인은 더 이상 가까이 오지 않는다. 진맥을 하는 둥 마는 둥 하는 노의(老醫) 가 오기륭의 뒤쪽을 쳐다보며 역정을 냈다.

"자넨 왜 또 왔어? 자꾸 들락거리지 말란 말이야."

"되었소. 노인! 확인차 들렀소."

"확인은 무슨 확인! 어디 찢어지고 부러진 놈 찾아오면 내 바로 알려준다니까!"

"누군 여기 있고 싶어 있겠소? 내 나가오."

구룡보 무인이 귀찮다는 듯 손을 흔들며 바깥으로 향했다. 노의가 지겹다는 표정을 지으며 고개를 설레설레 흔들었다.

"원 그지 같은 것들! 다친 사람이 있으면 치료할 생각은 안 하고 잡아갈 궁리만 하니! 저놈들 때문에 환자 보는 것도 못 해먹겠어!"

"예… 에."

"약은 오른쪽에서 받아가! 동전 닷 냥, 돈도 거기다 내면 돼."

"예, 감… 감사합니다."

"잠깐!"

"……!?"

하얗게 센 뒷머리를 긁적이는 노의가 오기룡을 불러 세웠다. 오기룡의 몸이 멈칫 굳어졌다. 노의가 물었다.

"뭘 그리 놀라나? 자네는 그렇다 치고, 아들놈은 멀쩡해?"

"예?"

다소 어리둥절해진 오기룡이다. 그러다가 일순 머리를 스치는 생각에 깜짝 놀란다.

세상에 자기가 그리 아픈 데도 함께 있는 아들을 신경 안 쓰는 아버지가 어디에 있을까.

옮을까 봐, 아니면 언제 같이 아프긴 할까 봐 물어봤어야만 했다. 의심받기 십상인 순간이었다.

"응. 난 괜찮아, 의원 할아버지. 어지간해서는 안 아프거든."

이번에도 빛을 발한다.

단운룡의 기지였다. 어린 단운룡을 흘끔 쳐다본 늙은 의원이 다시금 오기륭을 돌아보며 핀잔을 줬다.

"안 아파 보여도 조심하라구, 이 사람아. 자네 아들놈이 제 아무리 튼튼해도 골로 가는 것은 한순간이야."

"아… 예에……. 조심하겠습니다."

"뭐, 모사열은 보다시피 애들도 잘 안 걸리는 병이긴 하지만."

큰일날 뻔했다. 당황하여 놀란 기색을 너무 뚜렷하게 보여 줬다. 아까 그놈이 옆에 있었다면 모르긴 몰라도 상당한 의심을 받았으리라.

오기륭은 태연함을 가장한 채 약값을 치렀다. 속마음은 살얼음을 걷는 것과 같이 위태위태하기만 했다.

약을 받고 의원에서 나가려고 할 때였다.

다급한 발소리가 땅을 울리며 누군가가 뛰어들어 오는 소리가 들렸다.

'들켰나?'

오기룡이 흠칫 놀라며 고개를 돌렸다.

커다란 그림자가 뛰쳐들고 있었다. 자신도 모르게 주먹을 뻗으려던 순간이다. 늙은 의원이 버럭 질러대는 목소리가 그의 손을 멈추었다.

"넌 또 왜! 뭘 훔쳐 먹고 뛰어와!"

"아… 그게 아니라……. 배가 찢어지게 아파서……!"

"얼굴 봐라. 배 아픈 거 개나 소나 다 알겠다. 이 멍청한 놈아!!"

달려온 놈은 무인이 아니었다. 그냥 덩치만 큰 촌민일 뿐이다. 몸집은 산만 한 놈이 오만상을 찌푸린 채 배를 움켜쥐고 있었다.

'미치겠구나. 정말…….'

이런 것으로 마음을 졸이다니 천하의 웃음거리가 될 일이다. 긴장으로 굳어졌던 얼굴이 풀어지고, 그 자리에 허탈감이 찾아들었다.

'어쨌든… 한 고비는 넘겼다.'

약은 구했고, 감시의 눈초리도 일단은 뿌리쳤다.

위험천만의 순간도 어떻게 넘어갈 수 있었다.

그러나.

어른은 긴장을 늦추었지만, 아이는 그러지 않았다.

단운룡의 눈이 의원 바깥쪽 사람들이 활보하는 거리를 훑어낸다.

　작은 입술이 움직였다.

　들리지 않을 만큼 작은 목소리로.

　혼자서 속삭이듯이.

　"아니야, 아저씨. 아직 끝나지 않았어."

＊　　　＊　　　＊

　"외지인이 나타나면 무조건 곧바로 보고하는 것 아니었나?"

　"하, 하지만……!"

　"하지만 뭐!"

　"애가 딸렸고, 게다가 모사열을 앓고 있다 해서……."

　"모사열?"

　"예. 이 지역 사람들은 다 아는 풍토병입니다. 그래도 불패신룡(不敗神龍)이라 불렸던 고수인데, 그따위 병에 걸릴 리가……."

　"그렇다고 의심스러운 놈이 있는데 얼굴까지 확인 안 하고 돌아와? 네가 그래 놓고도 수석당주 지위를 달고 있냐?"

　"죄, 죄송합니다."

　타호장(打虎掌) 등비는 미친 듯이 화를 내고 있었다.

　타호장이라 하면 구룡보 고수들 전체를 통틀어서도 상당

한 실력자라 알려져 있는 바였다. 일대 분타의 당주로서는 꼼짝 못하는 것이 당연했다.

"분타주, 문도들 관리를 어떻게 하시는 게요?"

타호장 등비가 운남 신평분타주에게 화살을 돌렸다. 우락부락한 얼굴에 침까지 튀어가며 소리친다. 신평분타주 목정인이 난색을 표하며 입을 열었다.

"허허… 그것이……."

"허허? 지금 웃음이 나오오? 목(木) 분타주?"

험하디험한 말이다.

목을 조아리며 질책을 받고 있는 신평분타 수석당주 이복청(李伏晴)의 얼굴이 크게 일그러졌다. 구룡보 본가에서 직접 나왔다는 타호장은 그야말로 안하무인이다. 하지만 이복청으로서도 할 말이 없었다. 자신 때문에 분타주까지 망신을 당하고 있는 까닭이었다.

"허어, 그러지 말고 노화(怒火)를 가라앉히시지요. 아직은 젊은 애들 아니오. 게다가 등 대협, 이 당주의 판단도 그렇게 틀리지는 않았던 것 아니겠소."

"한 식구라고 싸고돌지 마시오! 행여나 그놈이 오가 놈이 맞다고 한다면 어쩔 테요! 목 분타주가 책임을 지시겠소?"

"아, 아니, 그렇게 말씀하실 것이 아니라……."

신평분타주 목정인은 옆에서 지켜보기 민망할 정도로 곤란해하고 있었다. 이복청의 판단도 틀린 것은 아니겠지만,

그렇다고 거기에 대한 책임까지 지기에는 걸려 있는 사안이 지나치게 무거웠다. 목정인이 질린 표정으로 말을 잇지 못했다.

"책임지지 못할 것이면 나서지도 마시오! 그럴 거면 당장 그놈을 찾아가서 확실히 하란 말이외다!"

따지고 보면 한 남자를 추격하는 일에 불과하다.

그런데 그 남자가 영 만만치 않은 인물이라 전 문파가 달려들게 되었다. 그래 놓고도 쉽게 해결을 본 것이 아니라 해를 넘기며 시간을 끌었으니 누구라도 짜증과 분노가 쌓여 있을 만했다.

'그렇다고 한들……'

신평분타주 목정인은 서둘러 지시를 내리면서도 고개를 설레설레 내저을 수밖에 없었다.

어린아이를 데리고, 같잖은 풍토병에 걸린 남자라 했다.

그런 남자가 불패신룡 오기룡이겠는가. 아무나 붙잡고 시비 거는 것에 불과하다.

의심할 건덕지가 별로 없다는 것쯤 타호장 등비도 잘 알고 있을 게다. 다만 마음속에 차곡차곡 쌓아놓은 울화가 문제일 뿐이다. 억지를 부려도 이복청으로서는 어쩔 수가 없었다.

"마음에 담아두지 말아라, 이 당주. 찾는 시늉만 내도 될 일 아니냐."

행여나 타호장 등비에게 들릴까, 작은 목소리로 말한다. 그런 분타주를 보며 이복청이 다시 한 번 고개를 조아렸다.

"죄송합니다."

"괜찮아. 괜찮아. 어서 가봐. 이상하면 바로 보고하고."

"예. 알겠습니다."

이복청은 불편한 마음에 몸 둘 바를 몰랐다.

분타주에게 누를 끼쳤기 때문만은 아니었다. 아까 의원에서 본 남자의 모습이 자꾸만 마음에 걸리는 까닭이었다.

'보는 순간 이놈이다! 란 느낌이 났었는데……'

더 제대로 확인했어야 했다.

못 알아본 것도 문제지만, 만일 놓친다면 그것은 더 큰 문제다.

오기룡은 보통 남자가 아니었다.

구룡보가 전력을 기울여 쫓고 있는 자였다. 벌써 달포가 지나도록 종적조차 못 찾던 자인데 그걸 코앞에서 도망치게 놔두었다면, 그 문책은 아까처럼 몇 마디 욕먹는 정도로 끝나지 않을 것이었다. 참수(斬首)까지도 각오해야 할지 몰랐다.

'그럴 수야 없지.'

등줄기가 서늘했다. 당장 그놈을 찾아야만 했다. 아니면 그놈이 오기룡이 아니길 바라는 수밖에 없다.

오기룡이 맞다면.

그러면 무조건 잡아야 한다. 무슨 수를 써서라도, 그 어떤 무슨 짓을 해서라도 반드시 잡아야만 했다. 세상이 두 쪽 나는 일이 있어도 놓쳐서는 안 될 일이었다.

"그럴 줄 알았어, 아저씨."

"뭐가?"

"위험해. 마을을 벗어나야 할 것 같아."

"뭐라고?"

"모르겠어? 적들이 움직여. 공기가 바뀌었잖아."

객잔에 방을 잡은 지 촌각도 지나지 않았을 때다. 모처럼 제대로 휴식을 취할 수 있겠다 싶었지만, 모든 일이 그렇게 뜻대로 되는 것만은 아니다. 방에 들어와서부터 계속하여 창문에 매달려 있던 단운룡이 오기륭을 재촉했다.

"공기가 바뀌었다고?"

오기륭이 창문 쪽으로 발을 옮겼다. 항상 그랬지만 그런 것은 애들이 할 말이 아니다. 게다가 틀리지도 않는다. 창밖으로 느껴지는 긴장감, 오기륭도 단운룡과 같은 것을 느낄 수 있었다.

"돌아버리겠군."

오기륭이 창틀을 움켜쥐며 내뱉은 말이다. 그가 자신도 모르게 단운룡을 돌아보며 물었다.

"어떻게 해야 되지?"

"난 잘 모르겠어. 내게 물어볼 일이 아니잖아. 이런 상황은 아저씨가 더 익숙할 거 아냐."

오기륭의 표정이 잠시 멍해졌다. 그리고는 한줄기 실소를 내뱉는다. 그가 중얼거렸다.

"그렇지. 내가 더 익숙하겠지."

우스운 일이었다.

불패신룡이란 별명 따위는 어디 뒷간에다 싸버려야 할 판이다. 다급한 상황에서 스스로 해결할 것이 아니라 어린아이의 의견을 먼저 물어보다니, 머리가 어떻게 되어도 한참 어떻게 되어 있었던 모양이다.

"일단 좀 생각을 하자."

오기륭이 질끈 눈을 감았다 뜨고는 빌린 방 내부를 한번 돌아보았다. 방금 벗어놓은 피풍의에 풀지도 않은 행낭이 눈에 띄었다.

"시간이 촉박해. 알지?"

"알다마다. 잠자코 좀 있어봐라. 이 녀석아."

단운룡은 입을 다물고 다시금 창문에 매달렸다. 밖을 쳐다보는 어린아이의 눈이 독수리의 그것처럼 날카롭기만 했다.

'무력 돌파는 불가능하다. 지금 같아서는 아까 본 그놈도 처리하지 못해.'

내공만 멀쩡했다면 단숨에 제압할 수 있는 자다.

하지만 지금은 그런 놈도 이기기에 간당간당한 상태다. 역시나 싸움으로 돌파하는 것은 무리일 것 같았다.

"일단 나가자. 시장으로 가는 척하자. 행낭은 놓고 간다. 어떻게 해야 할지는 알겠지?"

"알았어. 하지만 너무 허술한 것 아냐?"

"그게 옳아. 사람이 많은 곳에선."

"……."

오기륭은 망설이지 않았다. 결단과 동시에 실행이다. 피풍의와 행낭은 그대로 둔 채, 아까 의원에게 받은 구절초 환단만 챙겼다.

그것뿐이다. 준비할 것도 없다.

오기륭이 단운룡을 이끌고 곧바로 객잔 아래층을 향해 내려갔다.

계단에서 들려오는 발소리에 점소이가 빼꼼 고개를 내밀었다. 촌스럽게 생긴 점소이가 고개를 주억거리며 물었다.

"아니, 나리. 벌써 가시려구요?"

"아닐세. 잠시 나갔다 오려고……."

오기륭은 사천 지방 억양을 굳이 감추려 하지 않았다. 다른 것을 따질 때가 아니다. 한시가 촉박했다. 대신 단운룡이 제 역할을 해줘야 한다. 아니나 다를까, 단운룡이 오기륭을 올려다보며 깜짝 놀라는 듯한 목소리로 물어왔다.

"있잖아, 근데 우리 짐 막 그냥 놓고 나가도 돼?"

점소이 바로 앞에서다.

너무도 자연스러워 오기륭조차도 진짜 아들을 둔 느낌을

받는다. 점소이가 순박한 웃음을 지으며 말했다.

"하하하. 나리, 짐 같은 것은 걱정 마시고 다녀오십시오."

"아, 그래도 되겠지?"

"그렇구말구요. 금방 들어오시는 게죠?"

"그럴 걸세."

"금방 들어오다니 무슨 말이야! 건과(乾果)도 사주고 빙당(氷糖)도 사주기로 했잖아! 근데 그렇게 빨리 들어오려고?"

단운룡의 기지(奇智), 더 이상 감탄이 필요없을 정도였다.

이 정도면 충분하고도 남는다.

구룡보 놈들이 이 객잔으로 들이닥친다 해도, 점소이의 말을 듣고 나면 시간을 끌 수밖에 없을 것이다. 시장을 수색하러 가거나 객잔에서 기다리게 된다.

딱 그만큼이다. 길지 않은 시간일 게다. 오기룡은 지체없이 객잔 바깥으로 발을 옮겼다.

"완벽해. 잘했어."

오기룡이 작은 목소리로 말했다. 진심이 담긴 칭찬이다. 그러나 단운룡은 전혀 기분 좋은 얼굴이 아니었다. 단운룡이 말했다.

"이렇게 해도 번 시간은 얼마 안 돼. 금방 들통난단 말야."

"다 싸 들고 급하게 나온 것보다는 열 배 백배 좋은 방법이다. 잘 알잖아."

"……"

"일단 마을을 벗어나야 해. 이쪽이다."

"알고 있어."

오기룡의 걸음이 빨라졌다. 오늘 아침까지도 다 죽어가던 그였지만 지금은 그나마 기운을 차린 모습이다. 받아오자마자 챙겨 먹은 구절초 환약이란 게 효과가 있기는 있는 모양이었다.

"피풍의는 없어도 되겠어?"

"그건 나중에 생각할 일이야."

"얼어 죽어."

"그럴 리가."

오기룡은 자신있게 대답했지만, 한편으로는 걱정이 될 수밖에 없었다.

그 자신의 몸 상태를 잘 알기 때문이다.

지금은 기운이 나고 있지만, 그것은 어디까지나 일시적인 현상일 것이다. 약이 잘 들어서라기보다는 약을 먹었다는 사실 그 자체가 더 큰 힘을 주고 있다는 말이다. 그뿐이 아니다. 얻었던 병이 별것 아니라는 것도 어느 정도 작용하고 있을 터였다. 마을 밖에서 피풍의도 없이 노숙을 하다 보면 단운룡 말마따나 어처구니없게 죽을 가능성도 있었다.

'그래도 간다. 언제는 힘들지 않았던가.'

오기룡은 스스로에게 다시 한 번 다짐했다.

이제는 그 정도 역경 따위 두렵지도 않다. 무엇보다 지금은 믿음직한 동료도 있지 않은가. 비록 열한 살짜리 어린아이였지만, 천군만마보다도 힘이 되는 동료가 그의 곁에 있는 것이었다.

"시장에 나갔다 온다 하셨구먼요?"
"무엇이라?"
"애 데리고 뭐 좀 사 멕이러 가는 것 같던데요?"
어눌해 보이면서도 할 말 다 하는 사람이 있다. 객잔의 점소이가 그랬다. 구룡보 무인들을 앞에 두고도 별반 두려워하질 않는 것 같았다. 고개를 까딱까딱하면서 다그치는 질문에 잘도 대답하고 있었다.
"도망치는 느낌은 없더냐?"
"예? 무슨……. 죄인들이라도 되는갑쇼?"
"묻는 말에만 답해라."
"아따, 나리. 말 한번 겁나게 해부러요."
콰악!
이복청의 손이 점소이의 목줄기를 움켜쥐었다. 그대로 꺾어버릴 기세다. 점소이의 작은 눈에 공포가 가득 찼다.
"케, 케켁. 사, 살려주십시오, 나, 나아리……."
"허튼 말 지껄이다가는 곧바로 죽는다. 알겠나?"
"예……. 켁, 아, 알겠습니다."
이복청은 무인이다. 무인이 마음먹고 내뿜는 살기를 일개 점소이가 감당할 수 있을 리 만무했다.

"그래. 어딜 갔다고?"

"시장에 간다고 했습니다. 금방 올 것처럼 이야기했습죠. 방 안에 짐도 풀어놓은 채로 나갔습니다."

"짐을 놓고 나갔다 했나?"

"예, 예. 그렇습니다."

이복청은 잠시 망설였다. 짐을 놓고 태연히 시장에 나간다. 얼마든지 있을 수 있는 일이었다.

"또 뭐라고 했지?"

"별말은 없었습지요. 애가 뭘 사달라고 떼를 쓰긴 했습니다."

"떼를 써?"

"예. 고놈, 무척이나 똘똘해 보였습니다."

들으면 들을수록 의심할 여지가 사라진다.

너무도 자연스럽기 때문이다. 어딘지 모를 곳에서 밭이나 갈아엎다가 고향을 등지고 흘러들어 온 아비와 아들. 그것이야말로 딱 들어맞을 이야기였다.

"분명히 금방 온다고 했지?"

"아, 예. 하지만 애 때문에 좀 시간이 걸릴지도 모르겠습니다."

"애 때문이라고?"

"예, 그렇습죠. 왜 그 나이 꼬맹이들이 원래 그렇잖습니까.

빨빨거리고 돌아다니길 좋아하기 마련이지요. 나리."

마음 한구석이 찔려온다.

이상하리만큼 완벽한 느낌.

이러면 곤란하다. 그 부자(父子)……. 아들놈은 누군지 알 수가 없고, 아비 놈이 오기륭이 맞다면, 아마도 결코 돌아오지 않을 테다.

"시장이다! 시장을 뒤져!"

이복청의 입이 열리며 다급한 목소리가 터져 나왔다. 그가 뒤에 시립한 문도들을 빠르게 돌아보며 소리쳤다.

"죽립을 쓰고, 꼬마 아이를 데리고 있다. 누구를 불문하고 족쳐서 데려와!"

"예!"

이구동성으로 대답한 문도들은 이십 명에 달했다. 그들이 객잔 바깥으로 썰물처럼 빠져나가며 뻗어 있는 대로를 달리기 시작했다.

'무슨 용(龍) 어쩌구 하는 문파라 해서 좋은 놈들인 줄 알았더니, 완전히 도적 떼로구만.'

점소이의 마음속으로 온갖 욕지거리가 쏟아져 나왔다. 그러나 입 밖으로는 한마디도 뱉어놓지 못했다. 의자 하나를 끌어다 놓은 채, 날카로운 눈빛으로 앉아 있는 이복청 때문이었다.

"그래. 몇 가지 더 묻지. 그 아들놈은 이 동네 꼬마가 아니

던가?'

'내가 이 동네 꼬마들을 다 알게 뭐냐. 이 개똥 같은 놈아.'

"아, 아닌 것 같았습니다."

"아니다? 확실한가?"

"예? 그, 그렇습죠. 그러니까, 말투! 말투만 해도 이 동네 녀석이 아니었습니다."

"말투?"

"예. 이 동네 말은 아니고, 좀 더 북쪽 말투였구만요."

"북쪽이라?"

이복청이 고개를 갸웃거렸다.

오기륭과 아이.

불패신룡과 아이.

부조화다. 그걸 노리고 이 동네 아이를 꼬드겨 데리고 다닌 것이라면…….

그럴 리가 없다. 우스울 뿐이다. 불패신룡이 그럴 자가 아니라는 것쯤은 누구라도 다 알 만한 사실이었다.

'이 동네 아이도 아니라지 않던가.'

이복청은 애꿎은 점소이를 노려본 채 애써 스스로를 위안했다. 하지만 그럼에도 마음은 진정되지 않는다. 뭐가 그렇게 찔리는 것인지 알 수가 없었다.

문도들이 시장으로 나간 사이, 이복청은 점소이를 끌고서 놈이 빌렸다는 객방에도 들어가 보았다.

그곳에도 별다른 것은 없었다.

봇짐, 행낭 모두 다 방 한쪽에 잘 놓아져 있다. 피풍의도 한쪽에 가지런히 벗어놓은 상태다. 객방을 빌린 채, 시장에 나갔다 오는 부자의 흔적을 그대로 보여주는 방이었다.

"이렇게 막 열어봐도 되는 게 아닌데……. 장사하는 사람들 입장도……."

"닥쳐."

코빼기 한번 안 내비치고 있다가 슬그머니 나와서 불평을 늘어놓던 주인장도 이복청의 한마디에 꿀 먹은 벙어리가 되어버렸다. 신경질적으로 아래층에 내려와 탁자를 붙잡고 앉는다. 아래층에 있던 손님들도 험한 분위기를 감지한 듯, 모두 다 사라진 지 오래였다.

이복청은 그렇게 앉아서 잠자코 기다렸다.

일 다경, 차 한 잔이 식어갈 시간이다. 시장에 나간 문도들이 결과를 들고 올 시간이기도 했다. 이복청이 점소이에게 지나가듯 질문을 던진 것은 바로 그때였다.

"북쪽 어디였나?"

이복청의 무서운 기세에 눌려 땅만 바라보고 있던 불쌍한 점소이다. 푹 수그려 있던 그의 머리가 위로 올라왔다.

"예, 예에? 뭐라고 하셨습죠?"

"두 번 묻게 하지 마라."

이복청이 얼굴을 굳혔다. 점소이의 얼굴은 그것보다 열 배는 더 굳어졌다.

"죄, 죄송합니다, 나리."

"네놈이 말한 북쪽이 어디쯤이었나? 아이 놈 말투가 어디 말투였냔 말이다."

"고 꼬맹이의 말투라면……. 아무래도 대리 쪽 말투가 아닌가 싶습니다요."

"대리? 사천은 아니고?"

"예. 사천은 아닙니다."

이복청의 얼굴이 찌푸려졌다. 대리라면 정말로 관계가 없다. 구룡보를 뛰쳐나와 남하한 오기륭은 영인강(映仁江) 물길을 따라 움직인 것으로 알려져 있었다. 대리 근처에는 가지도 않았단 말이다. 물론 워낙에 신출귀몰했던 행보를 볼 때, 대리에 들렀을 가능성도 없는 것은 아니라 할 수 있었다.

'뭐, 아주 불가능한 것도 아니긴 하다만.'

"아, 그런데 나으리……."

"뭐냐."

"그러고 보니, 그 아이 놈은 그래도 운남 쪽 말투였는데, 아버지 쪽은 좀 다른 것 같았습니다. 쓰으읍. 그러니까, 그 아비 놈은 사천 쪽 억양이 섞인 것도 같았는데……."

"뭐, 뭐라고?"

이복청의 안색이 급변했다. 그가 벌떡 일어나며 소리쳤다.

"그걸 왜 이제야 말하는 것이냐!!"

죽일 기세다. 아니, 그대로 놔두었으면 틀림없이 쳐 죽이고 말았을 것이다. 때마침 달려들어 온 문도가 아니었다면.

"당주, 이상합니다! 시장을 구석구석 뒤졌는데, 놈을 봤다는 사람들이 없습니다!"

쫘아아아앙!

이복청이 내려친 탁자가 산산조각으로 부서졌다. 점소이가 머리를 쥐어뜯으며 몸을 숙였다. 분노에 휩싸인 이복청이 점소이에게 뛰어들려다가 마지막 순간 몸을 돌렸다.

여기서 점소이 하나 때려 죽여봐야 아무런 소용이 없다. 죽여놓고 뒤처리를 생각하는 것보다는 당장 닥친 문제를 해결하는 게 먼저였다.

"현 밖으로 향하고 있을 것이다. 일단 네 명씩 각 문에 배치해! 놈들을 보았다는 사람들을 찾아서 어디로 갔는지 파악하라!"

"예, 알겠습니다!"

이복청은 겁에 질려 있는 점소이와 덩달아 몸을 떨고 있는 주인장을 살기 어린 눈빛으로 돌아보고는 곧바로 객잔 밖을 향해 뛰쳐나왔다. 그리고 달린다. 분타 건물이 위치한 동쪽을 향해서다.

'그래, 그놈이야. 그놈이 맞았어!'

타호장 등비가 날뛰는 모습이 눈에 선하다. 그냥 욕을 들어먹는 정도가 아니라 정말로 죽을지 몰랐다.

'그래도 잡으면……. 잡으면 된다. 잡으면 살 수 있어.'

문책을 당하지 않고 목숨을 부지할 수 있는 유일한 방법이다. 아니, 목숨을 부지하는 정도가 아니라 굉장한 공로를 세울 수 있는 절호의 기회이기도 했다. 이 촌구석에서 점소이나 협박하고 사는 게 아니라, 성 전체에 이름을 날릴 날이 올지도 모르는 것이다.

'좋아. 잡는 것이다. 그리고… 잡으려면……. 잠깐, 이게 이럴 것이 아니지.'

미친 듯이 달려서 분타 건물에 도착했다. 곧바로 문을 열고 뛰어들려던 이복청은 일순간 머리를 스치는 생각에 벅차오르던 마음을 가라앉히고 문에 닿은 손을 멈추었다.

서두르되 소란을 떨면 안 된다.

절호의 기회가 왔는데 이걸 놓칠 수는 없었다.

'타호장 등비……. 우리가 죽 쒀서 개 줄 필요가 있나…….'

그렇다.

타호장 등비는 한 달 전까지만 해도 얼굴조차 모르던 놈이다. 그런 놈이 꽤나 높은 인간이라도 되는 것처럼 신평분타를 제집처럼 차지하고 온갖 행패를 부려왔다.

'그래. 그런 놈에게 공로를 넘길 수야 없지. 그런 수모를 당하고서.'

사천 땅에서야 얼마나 이름이 대단한지 모르겠지만, 이곳은 운남이었다. 애뢰산 남쪽 지역에 구룡보의 터를 닦은 것은 그런 놈이 아니라 바로 이곳 신평분타의 토박이들이지 않았던가. 다급하게 달려온 이복청이 숨을 가라앉혔다. 그리고 두 눈에 날카로운 빛을 품는다. 그의 손이 신평분타의 정문을 활짝 열어젖혔다.

제2장 운남(雲南)

운남은 내게 있어 미지(未知)의 땅이었다.

그가 나타나기 전까지는 말이다.

운남은 관심을 가지지 않을 만한, 관심을 가지기 힘든 그런 곳이었다.

운남에는 창산이 있었다.

원의 침습으로 망해 버린 대리국(大理國)의 전설과 천룡사(天龍寺)라 불렸던 숭성사(崇聖寺)의 불심(佛心)을 제하고 나면, 남는 것은 오직 하나 창산……. 창산에 자리잡아 사일검과 분광검의 무학을 살려낸 점창파 하나밖에 없었다.

그것으로 충분하다 생각했다.

점창파에는 명성이 자자한 점창삼대고수가 있었고, 그들 중에는 발군의 실력을 지닌 좌창우검의 점창무왕이 있었다.

그들 외에는 주목할 사람이 없을 줄 알았다. 험난하고 험난하여 알려지지 않는 땅에서 그 이상 나타나기는 쉬운 일이 아니라 생각했다.

하지만 운남에는 우리가 모르는 많은 사람들이 있었다.

중원인이되 중원인이 아닌 자들, 천하의 한편에서 작고도 작은 생(生)을 영위했던 자들이다. 거기에는 한족(漢族)의 눈으로만 바라보아서는 영원히 깨달을 수 없는 놀라운 삶이 있었고, 거기에는 그들의 터전을 지키기 위한 눈물겨운 싸움이 있었다.

그런 싸움들이 모이고 모여서, 거대한 소용돌이를 만들고 있었다는 것을 미처 몰랐다. 아니, 아무도 관심을 가지지 않았다.

그렇기에, 그러하기에 알아차리지 못했다.

그처럼 신비한 용(龍) 한 마리가, 격하게 몰아치는 소용돌이를 꿰뚫고 머나먼 창공으로 솟아올랐다는 사실을. 운남을 뛰어넘고, 광동과 사천의 대지를 가르며 소신풍(小神風)의 광아(光牙)를 뿜내고 있었다는 것을 미처 알 수가 없었던 것이다.

한백무림서 무림편
강호난세사 中에서.

"**갈** 수 있겠어?"

"허억, 허억. 그래. 아직은 괜찮다."

신평현을 벗어난 지 얼마 되지 않았다. 하지만 벌써부터 오기룡은 체력이 바닥난 모양이다.

"쉴까?"

"아니, 계속 가. 조금이라도 거리를 벌어놔야 해."

"그래, 그럼."

오기룡은 사력을 다해 움직였다. 보는 사람에게도 전해지는 각오였다. 단운룡이 연신 뒤를 돌아보며 말했다.

"아직 쫓아오는 느낌은 없어. 놈들도 그렇게 빠르진 않은 것 같아."

"맞는 말이다. 우리가 좀 더 빨라서 다행이었지. 여기가 사천이었다면 이미 잡혔을 거다."

"사천이라면 잡혔을 거란 말이지? 거기 있는 놈들은 여기 놈들이랑 많이 다른가 봐?"

"다르지. 다르고말고."

언덕 꼭대기에 이른 오기룡이 양손을 무릎에 대고 몸을 숙였다. 땀을 삘삘 흘리는 게 무척이나 힘겨워 보였다. 그가 중얼거렸다.

'내공을 제대로 못 끌어올리니 정말로 죽을 맛이군.'

"뭐가 그렇게 다른데?"

"크게 다르지. 사천은 본거지니까."

"본거지?"

"그래. 동원할 수 있는 무인들도 많고, 조직 체계도 잘 짜여져 있다. 조직 체계라고 알겠냐? 그러니까 명령을 내리고 받는 것 말이다."

"잘 알아듣고 있으니까 걱정 마."

오기룡이 피식 웃으며 고개를 끄덕였다. 언덕 능선을 따라 시원한 바람이 불어오는데, 그 공기를 한번 깊게 들이마시고 나니, 조금 더 기운이 나는 듯한 기분이 들었다.

"여하튼 사천은 그렇지만 여기는 운남이다. 구룡보가 운남에 진출한 지는 꽤 되었지만, 아직 그 기반은 미미하기 짝이

없어. 이 신평현 전체에서 사람을 동원한다 쳐도 오십 명을
채 넘기긴 힘들 거다."

"오십 명…… . 꽤 많은데? 아저씨랑 내 입장에서는."

"하하, 네 말도 맞다. 우리에겐 그것도 많지."

오기룡이 천천히 발을 떼었다. 언덕을 내려가는 것은 그나
마 좀 편할 것이다. 옆에 선 단운룡이 물었다.

"괜찮겠어? 좀 더 쉴까?"

"아니다. 가야지."

그러고 보니, 자꾸 말을 건 것은 아무래도 잠시 동안 쉬고
있으라는 단운룡의 배려 같았다. 굳이 알고 싶어서 물었다
기보다는 걸음을 멈추기 위해 일부러 그랬다는 느낌이다.
설마 그 어린 나이에 그런 생각까지 가능할까 싶지만, 지금
까지의 단운룡을 보아하건대, 아주 일리가 없는 발상도 아
니었다.

"하나만 더 물어볼게."

"얼마든지."

"목적지는 있는 거야?"

단운룡의 질문은 확실히 정곡을 찌르는 데가 있었다.

그리고 다행이다.

적어도 대답이 준비된 것을 물어봤으니까.

"당연히 있지. 설마 그런 것도 없이 이 고생을 하겠나."

"그럼 되었어."

단운룡은 짧게 대답했다. 그러자 도리어 오기룡이 무안해
진 듯 걸음을 빨리하며 소리쳤다.

"되었다니, 그게 다야? 어딘지 물어보지도 않을 테냐?"

"아저씨도 문제야. 말한다고 내가 알아듣겠어? 어딘지?"

항상 그렇다. 오기룡은 아무리 답할 말을 찾으려 해도, 마
땅한 말을 찾을 수가 없었다. 운남 저 구석에 있는 지명(地名)
을 이야기해 준다 한들, 그곳이 어딘지 어떻게 가는지는 단운
룡으로서도 알 도리가 없을 것이었다.

"이봐, 그게 다 따지고 보면 네 탓이라고."

"그건 또 무슨 소리야?"

"세상에 모르는 것 없을 것 같은 얼굴로 입을 놀리니, 당연
히 그럴 수밖에 없지."

"모르는 게 없다니? 아저씨, 생각해 봐. 난 어린아이에 불
과해. 지금 이 벌판에 나왔는데 먹을 것도 없고 길도 몰라. 아
저씨가 제대로 안 하면 난 죽는다고."

"죽는다고? 네가?"

"응."

"잘도 죽겠다."

오기룡은 자기가 말해놓고, 그 말에 스스로 감탄했다.

여기 벌판에 버려둔다고 단운룡이 죽는다?

잘도 죽을 일이다. 지나가던 개가 웃을 일이었다.

'잠깐… 그러고 보니……'

　걸음을 빨리하던 오기룡이 멈칫 걸음을 멈추고는 단운룡을 돌아보았다. 한 걸음 뒤처져 따라오던 단운룡이 눈썹을 치켜 올리며 퉁명스럽게 물었다.

“또, 왜?”

“야! 너!”

“엉?”

“근데, 너 왜 따라왔어?”

“뭐?”

“너 그냥 신평현에 있었으면 괜찮았잖아. 처음부터 길 잃었다고, 아무 마을에나 데려다 달라고 따라온 것 아니었어?”

“맞아.”

“그런데 뭐 하러 위험을 자초해? 너 같은 녀석이.”

“글쎄… 걱정이 되어서일까?”

“걱정이 되어서라고? 뭐가?”

“아저씨 목숨.”

“무엇이?”

“아저씨 말야. 그 상태론 죽어. 나 없이는.”

단운룡이 오기룡을 올려다보며 말했다.

오기룡의 도주는 수동적인 핍박이되, 단운룡의 도주는 능동적인 선택이다.

혼자 떠난다 해도 아무런 상관이 없다는 뜻이다.

할 말을 잃어버린 오기룡. 홀리기라도 한 듯 어린 단운룡의 눈을 바라본다.

맑은 눈. 그 안에는 신비로운 광채가 반짝이고 있을 뿐이었
다.

＊　　　＊　　　＊

"이미 마을을 빠져나간 것이 틀림없습니다."

"그래, 그렇겠지."

"추격대를 보내야 해요. 당장! 타호장 그 작자가 모르게."

"추격대! 그래, 그래야지. 그런데 그렇게 해도 되려나?"

"분타주님!"

"그래도 알리는 편이……."

"분타주님, 이것은 분타주님의 자리를 확실히 하기 위한
절호의 기회예요! 만약에 타호장 등비 놈이 그를 잡는다고 생
각해 보십시오. 신평현에서 올렸어야 하는 공적을 그 작자가
다 가져가는 것이란 말입니다."

"하지만 이 당주, 어차피 다 같은 문도들인데 누구 공을 누
가 가로채고… 그런 게 아니질 않나. 게다가……."

"분타주님! 그런 말씀 하실 때가 아닙니다!"

이걸 처음부터 염두에 두었어야 했다.

분타주는 너무나 사람이 좋다. 좋게 말하면 인덕(人德)이
있는 것이고, 나쁘게 말하면 세상 물정을 모르는 것이다. 무

공은 분타주 지위만큼 상당한 편이지만 그것도 그뿐이다. 더도 덜도 말고 딱 이곳 운남 구석에 처박혀 사는 일개 분타주가 어울리는 남자였다.

"분타주님, 여하튼 저는 문도들과 함께 그놈을 쫓겠습니다. 남문(南門)으로 나가는 것을 봤다는 목격자들이 있으니 지금 출발하면 금세 따라잡을 수 있을 겁니다. 분타주께서는 그 작자가 움직이지 못하도록 잠시만 시간을 끌어주십시오."

"이 당주, 다시 말하건대… 그렇게 해선 곤란해."

"분타주님, 이렇게 부탁드립니다."

이복청이 오체투지에 가까운 예를 취하며 고개를 조아렸다. 신평분타주 목정인이 몇 번이나 제 수염을 쓸어내리며 난색을 표했다.

"그리고 이 당주, 상대가 누군지 잊지 말게. 불패신룡, 바로 그 불패신룡이라네. 그런 그를 자네가 잡을 수 있겠나?"

"그것은 걱정 마십시오. 기필코 잡아오겠습니다. 제가 직접 보지 않았습니까. 그자는 지금 아무런 힘이 없습니다. 모사열 따위에 시달린다는 것은 내공조차 제대로 운용하지 못한다는 뜻인데, 어찌 놓칠 수가 있겠습니까?"

"이 당주 자네는 도무지 말릴 수가 없구먼. 내가 졌네. 일단 자네 뜻대로 한번 해보지."

"감사합니다, 분타주님!"

“감사할 게 뭐 있나. 자네가 잘하면 우리 신평분타에도 큰
복락인 걸 말일세.”

*　　　*　　　*

태양이 서편으로 기울고 반쪽 남은 달이 올라왔다. 어두워
진 하늘 저편으로 밤새들이 우는 소리가 아련하다. 오기룡이
다 부러진 나뭇둥걸에 몸을 기대며 한숨을 내쉬었다.

“허억, 허억……. 더는 못 가겠다. 오늘밤은 여기서 자야겠
어.”

“여기서?”

단운룡이 얼굴을 찡그리며 되물었다.

땅 상태가 좋지 않았다. 연못과 진흙탕이 군데군데 펼쳐져
있는 늪지가 발밑에 있었다. 쉬어 가기에는 너무도 안 좋은
곳이었다.

“큰일이긴 큰일이군. 노숙도 어렵겠어.”

알면서도 어쩔 수가 없었다.

오기룡의 몸 상태는 그야말로 최악이라 할 수 있었기 때문
이다. 녹초도 그런 녹초가 없다. 힘겨워하는 표정이 만면에
가득했다.

“못 가겠어?”

“그래. 도저히 안 되겠다.”

오기륭은 순순히 인정했다.

그에게는 이제 아무런 힘이 없다. 다른 안전한 곳을 찾을 만한 체력이 더 이상 남아 있지 않았다.

"어떤 놈들이야?"

"응?"

"쫓아오는 놈들, 어떤 문파냐고."

"구룡보. 사천의 구룡보다."

"아저씨."

"뭐?"

"그렇게 말하면 못 알아들어."

사천의 구룡보.

그것만 가지고는 안 된다. 당연한 일이다. 하지만 오기륭은 그런 간단한 질문마저도 받아줄 여유가 없었다.

"…잘 알아봤자 좋을 것이 없다며? 굳이 알아둘 필요가 있나?"

"이건 그거랑 다르지. 지쳤다고 신경질 부리지 마."

"……."

대답할 기운도 없었다.

오기륭이 비틀거리며 땅을 짚고 일어났다. 비틀거리면서 말라 있는 땅을 찾더니 그곳에 털썩 주저앉아 버렸다.

'차갑군. 곤란해.'

차가웠다. 물기는 없어도 차가운 기운이 절로 올라오고 있었다. 얼어 죽는다? 웃음으로 넘길 일이 아니다. 이대로 쓰러졌다가는 단운룡 말마따나 얼어 죽을지도 몰랐다.

"말 좀 해봐, 아저씨. 어떤 놈들인지 제대로 알아야 도망칠 수도 있을 거 아냐."

"……."

단운룡이 재촉했지만, 오기륭은 대답하지 않았다. 아니, 대답하지 못했다.

무엇인가를 새로 설명하기엔 너무도 지쳐 있기 때문이었다. 심신이 그야말로 한계에 다다라 있었다.

"아저씨."

"……?!"

단운룡이 그를 부른다. 오기륭이 졸린 눈으로 고개를 들어 단운룡을 돌아보았다.

"이대로 자면 죽어. 조금만 기운 차리고 이야기 좀 해봐."

"안 죽는다……. 걱정하지 마."

"정신 좀 차리라니까!"

"……."

단운룡의 목소리가 전에 없이 높아졌다. 하지만 오기륭은 도리어 눈을 감으며 입을 다물어 버렸다.

그 상태 그대로.

오기륭은 죽은 듯 눈을 감은 채 몇 번이나 깊은 숨을 들이쉬었다.

힘을 보충하기라도 하듯, 그렇게 잠자코 숨을 고른다. 그러더니 이내 한줄기 신음 소리를 내뱉으며 고개를 몇 번 흔들었다. 두 손을 들어올려 얼굴을 두어 번 문지르고는 땅이 꺼질 듯한 한숨을 내쉬었다. 그가 천천히 입을 열었다.

"구룡보는 사천이 근거지다. 아, 이 이야기는 했었지?"

오기륭의 목소리엔 힘이 없었다. 하지만 단운룡은 이야기를 시작한 것만으로도 만족한다는 듯 굳게 고개를 끄덕였다. 단운룡이 밝은 목소리로 말했다.

"응, 했어."

"그래. 구룡보는 사천성 구룡현(九龍縣)에서 발호한 문파다. 구룡현은 아미산 서남쪽, 사천 전체를 놓고 봐도 서쪽으로 한참 치우친 곳에 있지. 아미파, 청성파, 사천당문의 영향권에서 어느 정도 벗어난 곳이라고 보면 된다. 아미, 청성, 당문은 들어봤겠지?"

"응. 가까이 있었다가는 쥐어 터졌을 문파들이네."

"맞는 말이다. 잘 아는구나."

"난 대리에서 나고 자랐어. 창산(蒼山)이 옆에 있으니까."

"창산? 점창, 점창파가 지척에 있었군."

"맞아. 점창파는 정말 위세가 대단한 곳이었어. 그런 문파 옆에 자리를 잡았다가는 정말 골치가 아플 거야. 게다가 그쪽은 세 개나 되잖아."

"그래. 세 개나 된다. 하지만 오히려 그 덕분에 구룡보가 유지될 수 있었다. 유지되는 정도가 아니라 꽤나 큰 세력을 만들 수 있었지."

"응? 그건 또 왜?"

"아미파가 있는 아미산, 청성파가 있는 청성산, 그리고 당문이 있는 성도는 서로 거리가 그다지 멀지 않다. 거의 다닥다닥 붙어 있다고 봐야 해. 그만한 문파들이 지척으로 붙어 있으니 어떠했을까. 서로를 의식하는 것이 정말 볼만했다."

"그럼 구룡보는 그들이 밀고 당기는 틈새로 들어간 거구나?"

피곤에 겨워 건성으로 입을 놀리던 오기륭은 일순간 정신이 번쩍 나는 것을 느꼈다.

틈새로 들어간다.

정확한 표현이다.

오기륭이 말하고 있는 것은 결코 쉬운 이야기가 아니었다. 거대 문파와 군소문파, 전통있는 문파와 신생문파의 차이를 말하던 중이다. 아이들이 이해할 만한 이야기가 아니라는 말이다.

그런데 단운룡은 알아듣고 있다. 완전히 이해한 것도 모자라 그 핵심까지 완벽하게 넘겨짚었다. 오기륭이 진지한 표정을 지으며 고개를 끄덕였다.

"맞다. 구룡보는 네 말대로 그 틈새를 노렸어. 세 거대 문파가 서로를 견제하는 동안 생겼던 공백을 파고들었지."

과하다.

가득 차서 넘쳐 내리는 총명이다.

그런 만큼, 본격적으로 이야기를 진행시켜도 괜찮다. 어린 아이이기 때문에 어차피 이해하지 못할 것이라 생각하며 대충 넘어갈 것이 아니었다. 이제는 인정해야 하는 것이다. 단운룡. 같은 수준의 대화 상대로 받아들여야만 했다.

"그래서? 성공한 거야?"

"성공했다. 아주 크게 성공했지. 정말 그때는 하루가 다르게 문파의 힘이 달라지고 있었다."

"……!"

오기룡의 말투. 그것은 어쩌면 자부심이었을까.

단운룡의 눈이 반짝 빛났다. 그 속에 숨겨진 무언가를 읽었기 때문이다. 오기룡이 그런 단운룡을 보며 쓴웃음을 지었다.

'이 녀석, 눈치 채버렸군.'

단운룡에게는 아무것도 감출 수가 없었다. 몇 마디 말만 듣고도 다음에 할 이야기를 넘어서 버리고 있었다. 오기룡이 어쩔 수 없다는 표정을 지었다.

"그럼 아저씬……."

"그래. 짐작했겠지만 나는 구룡보 출신이다. 그것도 구룡보가 이 세상에 주춧돌을 세울 때부터 함께한 사람들 중 하나지."

“구룡보의 처음부터?”

“처음부터.”

오기룡의 목소리에 담긴 감정은 복잡하기 그지없는 것이었다. 그 감정들이 어떤 것이었는지는 총명한 단운룡으로서도 완전하게 알 수가 없었다. 단운룡이 눈썹을 치켜 올리며 물었다.

“그런데 왜 쫓기게 된 거야?”

“왜 쫓기게 되었냐고? 뻔한 이야기다. 너무도 뻔한 이야기야.”

“뻔한 이야기?”

“구룡보…… 구룡보는 본디 체(體)와 신(身)을 단련하고, 정신을 강건하게 바로 세우는 것을 목적으로 만들어진 문파였다. 정도(正道)를 걷는 명문(名門)으로 성장하고 있었어. 아미와 청성이 우리를 두고 본 것도, 그렇게 빨리 힘을 기를 수 있었던 것도 그래서였다. 하지만 어느 순간부터 변했지. 몸과 마음, 협의와 의리 대신에 부(富)와 권력을 욕심내게 되었다.”

“그게… 그렇게 쉽게 변하는 거야?”

“아니지. 아니어야 했지. 쉽게 변해서는 안 되었어.”

“……”

“한빙요선(寒氷曜仙) 원천군 그놈 때문이다. 구룡보의 책사이나 소보주의 스승으로 들어온 그놈. 보주가 천금(千金)을 들여 데려왔다는 그놈! 그놈이 지닌 악마 같은 본성을 일찍부터 알았어야만 했는데……."

오기륭의 목소리는 조용했다. 얼음처럼 차갑고 냉혹한 목소리였다.

"그놈이 구룡보의 모든 것을 망쳤다. 아버님과 형님은 억울한 누명을 쓴 채 세상을 뜰 수밖에 없었지. 한빙요선… 요선(曜仙)이라니, 그놈에게 빛날 요(曜) 자 따위는 어울리지 않는다. 요선(曜仙)이 아니라 요선(妖仙)이야. 신선을 자처하는 요마(妖魔)의 꼬임에 넘어가 버린 보주다. 보주는 허허벌판에 기둥을 세우고 현판을 올린 것이 누구였는지, 아버님의 공로를 까맣게 잊어버리고 만 거다. 그뿐이 아냐. 구룡보 뇌운당의 무인들을 키운 것은 형님이셨다. 한데 형님은 바로 그 뇌운당 무인들에게 죽임을 당하고 말았지. 있을 수 없는 일이 벌어진 것이다."

긴 이야기다.

하지만 오기륭은 그 긴 이야기를 한숨도 쉬지 않고 말했다.

냉정한 말투, 하지만 그의 두 눈에는 목소리의 냉랭함과 정반대로 뜨겁게 이글거리는 불길이 타오르고 있었다. 참을 수 없는 분노가 도리어 지친 육신에 생기를 불어넣은 듯했다.

"복수… 할 거야?"

"물론이다. 복수만이 아니야. 한빙요선을 죽이더라도 구룡보가 남는다. 구룡보를 원래대로 바로잡거나… 혹, 이미 바로잡지 못할 정도로 썩어 있다면……!"

"어떻게 하려고."

"지워 버려야지. 이 세상에서. 내 손으로."

오기룡의 의지는 하늘을 덮을 겁화(劫火)와 같았다.

단운룡에게 위험한 아이라 말하지만, 위험한 남자인 것은 그도 마찬가지다. 쪼그리고 앉은 채 그의 이야기를 듣던 단운룡이 몸을 일으키며 말했다.

"그럼 이렇게 쓰러져 있어서는 안 되겠네. 그렇지 않아?"

"그래. 네 말이 옳다."

오기룡이 죽을 듯한 신음 소리를 내며 몸을 일으켰다. 흔들리는 몸을 억지로 수습하고, 힘겹게 발을 옮긴다.

한 발짝, 한 발짝, 나아가는 그의 앞에 까만 하늘, 하얀 달빛이 쏟아지고 있었다.

"고맙다."

"뭐가?"

"얼어 죽을 걸 살려줘서."

오기룡이 미소 지었다. 월광(月光) 아래에서.

어리지 않은 어린아이.

단운룡도 그를 향해 작고도 여린 한줄기 웃음을 머금는다.

하얗고도 순수한, 또한 솔직한 미소였다.

"횃불이야. 따라오고 있어."

"결국 오는군……. 제기랄."

　단운룡은 언덕 위에 앉아 펼쳐진 어둠 저편을 바라보고 있었다. 오기륭이 욕지거리를 내뱉으며 물었다.

　“얼마나 가깝지?”

　“가깝진 않아. 아주 멀어. 하지만 말이 몇 마리 있는 것 같은데?”

　“기마(騎馬)들이?”

　“응. 횃불 몇 개가 높이 올려져 있어. 사람 키보다 높아. 다른 것들이랑 흔들리는 폭도 다르고.”

　“달리고 있진 않은가 보지?”

　“그런 것 같아. 직접 이리 와서 봐.”

　“그럴 힘 없다. 이 녀석아.”

　“그럼 쉬고 있어.”

　“달리고 있진 않다니……. 아직 이쪽의 위치를 정확히 잡진 못했나 본데?”

　“아니야. 방향이 얼추 맞아. 우리가 온 길을 제대로 따라오고 있거든.”

　“추종술(追從術)을 하는 놈이 있었군.”

　“그런 거 같아. 그냥 떨구어내는 것은 어렵겠어.”

　단운룡이 몸을 돌려 오기륭의 곁으로 왔다. 오기륭이 힘겹게 몸을 일으킨다. 몇 시진을 걸었는데 일 다경도 제대로 쉬지 못했다. 버거웠다.

　“그래도 갈 수밖에.”

오기룡은 비틀거리면서도 용케 발을 옮기고 있었다. 단운룡이 고개를 저으며 말했다.

"우리 속도가 너무 느려. 이대로 가면 확실히 따라잡힐 거야."

"그럼 다른 방법이라도 있나?"

"아니."

단호한 한마디.

단운룡의 대답은 즉각적이었다.

그렇다.

방도가 없었다. 궁지에 몰려 있다는 것을 단 한 마디로 완벽하게 표현하고 있었다.

"시간을 벌어야 할 텐데."

오기룡은 뒤를 돌아보지 않았다. 이제 와서 적들이 어디에 있는지 알아봤자 좋을 것은 하나도 없다. 심리적인 괴로움만 더해질 터였다.

"대체 어쩌려고 그랬어? 처음 계획은. 아무 생각도 없이 나온 것은 아닐 거 아냐."

"그래. 생각은 있었지."

"그런데?"

"잘 알다시피 우리 속도가 너무 느렸다. 계산이 어긋났어."

"그래도 계속 이야기해 봐. 처음 계획."

무슨 소용이 있을까.

오기룡의 머릿속에 가장 먼저 스쳐 간 생각이다.

안 된다. 방도가 없다.

그럼에도 불구하고 오기룡은 입을 열었다. 단운룡의 눈빛, 단운룡의 목소리에서 혹시 모를 가능성을 기대했기 때문이다.

"이 방향으로 쭉 따라가면 구산(嶇山) 줄기의 산림이 나온다. 수림이 빽빽하고, 지세가 험해서 숨을 곳이 많지. 흐르는 물도 지천이라 흔적을 지우기에도 좋다. 거기까지만 가면 문제없어."

"뭐야. 엄청 단순한 생각이네."

"그 이상 더 무엇을 바랄까."

"어떻게 거기까지 이른다 해도 속도가 늦어지긴 마찬가질 거 아냐. 게다가 험하다며."

지세가 험해지면 속도는 더 줄어들 것이다. 지금도 느린데 이보다 느려지면 정말 끝이다. 잡아달라고 목을 내미는 것이나 다를 게 없었다.

"그렇지 않아. 구산은 동굴이 많다. 들키지 않을 곳을 찾아서 숨으면 돼."

"숨는다고 될 일이야?"

"오래 숨는 것은 아니다. 이틀. 이틀이면 될 거야."

"이틀?"

“운기할 시간이다. 이틀이면 조금이나마 힘을 내볼 수 있어. 그래 봤자 고작 한 번 싸울 정도겠지만.”

꾸역꾸역 앞으로 나아가는 오기륭이다. 잠시 뭔가를 생각하던 단운룡이 고개를 들며 오기륭을 올려다보았다.

“결국 거기까지 가는 게 문제잖아. 그렇지?”

“그래.”

“시간을 끌어볼게.”

“뭐?”

“동틀 때까지 정도의 시간은 벌 수 있을 거야.”

“너 설마…….”

“이 방향으로만 쭉 가. 내가 따라갈게.”

오기륭이 단운룡을 내려다보았다.

어린아이답지 않게 날카로운 눈, 흔들리지 않는 눈이 거기에 있었다. 오기륭이 눈썹을 치켜 올리며 물었다.

“너, 무공을 익힌 거냐?”

“도움이 될 만한 건 아냐. 기껏 시간을 끌 수 있는 정도겠지.”

오기륭의 얼굴에 다시 한 번 놀라움이 가득 찼다.

무공을 익혔다는 것에 대한 놀라움이 아니다. 그 사실을 이제야 깨달은 자신의 우둔함에 놀란 것이다.

‘그래. 그럴 수밖에.’

이미 마음 깊은 곳에서는 알고 있었던 사실일 것이다.

기척을 감추고 따라올 수 있었던 능력, 거의 쉬지 않고 이동하고 있는데도 전혀 지치지 않는 체력, 게다가 어린아이라고는 믿기지 않는 감각까지.

그 모든 것이 한 가지 사실을 의미하고 있었다.

단운룡에겐 감추어진 힘이 있는 것이다. 재능이나 지식이 아닌, 어린 나이에도 연마된 육체가 있었던 것이다.

칠흑 같은 어둠은 아버지의 품처럼 익숙했다.

습한 바람이 눈앞을 스쳐 가고, 발밑에선 달 그림자가 일렁였다.

월광의 대지를 가르며 앞으로 나아가는 단운룡이다. 단운룡의 움직임은 그야말로 거침이 없었다. 마치 달빛의 보호라도 받고 있는 것 같았다.

짙은 암흑도 아무런 장애가 되지 않았다.

허리까지 올라오는 풀밭을 헤치고 늪을 뛰어넘는 몸놀림에는 아무런 망설임도 찾아볼 수가 없었다. 한밤중에 사냥감을 찾아가는 한 마리 작은 표범과도 같았다.

한참을 내달린 단운룡이 이내 조금씩 그 속도를 줄여 나갔다. 흔들리는 횃불이 저 멀리 다가오고 있었다. 조심스럽게 접근하는 단운룡이다. 숨죽인 표범의 그것처럼 단운룡의 움직임은 은밀하기 짝이 없었다.

'이 소리는……!'

천천히 나아가던 단운룡의 얼굴이 일순간 크게 굳어졌다.

아련하게 들리는 소리가 있다. 그 소리의 정체를 알아챈 단운룡이 급하게 뒤로 물러났다.

'개가 있었구나……!'

컹……. 컹…….

추격자들은 개까지 동원했다. 짖는 소리가 횃불이 있는 방향으로부터 들쑥날쑥 들려오고 있었다.

'바람은……!'

단운룡은 먼저 바람이 불어오는 방향을 확인했다. 냄새가 그쪽으로 가서는 안 되기 때문이었다. 성급하게 접근하지 않은 것이 천만다행이다. 잠시 뒤로 물러났다가 바람을 보고 들키지 않을 방향을 잡아냈다.

'움직이자.'

이제는 가까이 갈 때다. 상대의 숫자를 확인하고, 그 다음을 생각해야 한다. 불어오는 바람을 생각하며 느릿느릿 횃불 무리를 향해 발을 옮겼다.

풀숲 사이로 비치는 불빛이 점점 밝아지고 있었다. 횃불의 붉은색이 달빛의 푸른색을 몰아낼 정도까지 왔다. 단운룡은 추격대의 면면을 분명하게 확인할 수가 있었다.

'열, 열하나, 열둘……. 열두 명!'

사람의 숫자는 열두 명이었다. 말을 탄 자가 네 명, 걷는 자가 여덟이다. 거기에 땅에 코를 박은 채 으르렁거리는 개들이

다섯 마리나 있었다.

'더 가까이 가면 위험하겠어.'

횃불에 비친 추격자들의 그림자는 무척이나 커다랗게 보였다.

말을 탄 자들이 있어서 더욱 그랬다. 위협적인 장창에 장궁(長弓)까지 장비한 자도 있었다. 횃불을 높이 밝힌 채 짙은 음영을 드리우고 있는 것을 보니 보통 위압적인 것이 아니었다.

'저자는……'

추격대를 살피던 단운룡은 놈들의 앞쪽에서 기억에 있는 얼굴을 발견할 수 있었다.

신평현의 의원에서 보았던 자였다. 오기룡의 등 뒤, 바로 한 발자국 앞까지 다가왔던 자다. 이 열두 명 추격대를 지휘하고 있는 듯 보였는데, 전신에서 풍겨오는 기운이 아무래도 만만치가 않았다.

으르렁, 컹! 컹!

추격대를 이루고 있는 자들은 선두에 있는 그자를 필두로 하여, 하나같이 무공을 제대로 연마한 무인들로 보였다. 하지만 이 추격대에서 가장 두려운 것은 그 무인들이 아니었다. 땅을 훑으며 냄새를 맡고 있는 개들이 가장 문제였다. 한낱 미물에 불과한 개들이 검을 휘두르는 무인들보다야 무서울 리가 있겠냐마는, 지금과 같은 상황에서는 가장 성가신 상대가 될 수 있었다. 산으로 도망친다 해도 숨어 있는 곳을 쉽게 들킬 수 있기 때문이었다.

'게다가… 저 피풍의……!'

단운룡의 날카로운 눈썰미는 또 한 가지 사실을 잡아내고 있었다. 기마 옆에서 횃불을 들고 있는 그 무인의 옆구리에는 객잔에 두고 왔던 오기룡의 피풍의가 들려 있었다. 개들이 그들을 쫓아올 수 있었던 것은 그래서다. 달포는 입고 있었을 피풍의다. 오기룡의 체취가 그보다 진하게 남아 있는 것도 없을 것이다. 피풍의에 남아 있는 냄새를 쫓아 이렇게 따라오고 있다.

너무도 확실한 방법이었다. 추종술을 제대로 알고 있는 자가 없다고 하더라도 쉽게 추격해 올 수 있었을 것 같았다.

'그러게 두고 오면서도…….'

객잔에 놓고 오면서도 왠지 마음에 걸렸던 것은 그런 이유에서였던 것 같다. 단운룡이 더 나이가 들고 경험이 풍부했었다면 그런 실수 따위는 하지 않았을 것이다. 이제 열한 살, 아직은 부족할 수밖에 없다. 어쩔 수가 없었다.

"이(二)분대는 아직인가?"

"동틀 무렵이면 합류할 수 있을 겁니다."

"좋아. 정오가 되기 전에는 잡을 수 있겠어."

추격대의 선두 쪽에서 들려온 대화였다. 그것을 들은 단운룡이 두 눈을 빛냈다.

이분대.

이분대라는 말은 다른 추격대가 더 있다는 이야기일 것이다. 동틀 무렵에 합류한다고 했다. 그렇다면 숫자가 더 늘어난다는 뜻이다.

그전에 행동을 취해야 했다. 이 정도라면 따돌릴 수 있겠지만, 더 늘어나면 단운룡으로서도 곤란했다.

'가장 먼저 해야 할 것은……'

단운룡은 땅바닥에 낮게 엎드렸다. 그리고 기다렸다. 추격대가 더 다가오기를.

이십 장, 십 장……. 가까워지고 있다.

이제 곧 들킨다. 들킬 수밖에 없다.

오기륭마저 속여 넘겼던 은신술이 있지만, 속이지 못할 상대가 있다. 사람들은 알아채지 못할지라도, 이 정도 거리라면 냄새를 맡은 개들이 먼저 반응을 보일 것이었다.

'지금!'

단운룡이 땅을 짚으며 일어난 것은 순간이었다. 땅을 스치며 추격대의 측면으로 돌아간다. 작은 손에는 어느새 집어 든 몇 개의 돌멩이가 잡혀 있었다.

쐐애애액!

목표를 잡은 단운룡의 눈이 강렬한 빛을 뿜었다.

소리없이 달리며 팔을 휘두른다. 열한 살 아이의 작은 팔꿈치가 선명한 곡선을 그려냈다. 그 끝으로 튕겨내는 손목에서

한 개의 돌멩이가 놀라운 속도로 뛰쳐나갔다.

퍼어억!

피가 튀어 올랐다. 숫구쳐 터져 나온 핏물은 마치 현실 속의 그것이 아닌 것처럼 환상적인 궤적을 남겼다.

일격에 부서졌다. 사람의 머리가 아니라 개의 머리다. 잔인하게 흩어진 충견(忠犬)의 머리뼈가 땅바닥을 수놓았다.

"습격! 습격이다!"

누군가의 경호성이 울려 퍼졌다.

하지만 단운룡의 시선은 이미 다른 목표를 조준하고 있었다. 사납게 튄 핏물이 미처 땅 위에 스며들기도 전이다. 단운룡의 팔이 다시 한 번 무서운 속도로 휘둘러졌다.

퍼억! 깨애앵!

이번엔 빗맞았다. 실수다? 그래도 관계없다. 빗맞아도 즉사였기 때문이다. 일격에 목뼈가 부러져 버린 추격견은 그 자리에 널브러진 채 다시는 움직이지 못했다.

"개다! 개를 노린다!"

"암기를 조심해! 전열을 갖춰라!"

쐐애애애액!

조심하라는 고함이 여기저기서 튀어나왔지만, 단운룡의 목표는 무공을 갖춘 무인들이 아니었다. 조심하라는 경고가 제대로 통하지 않는 개들일 뿐이다. 단운룡의 손에서 세 번째가 쏘아졌다.

빠악!! 깨갱!

이번엔 정확했다. 다만 힘이 부족했음인가, 머리가 터져 나가진 않았다. 꼬꾸라지는 추격견의 두 눈 사이에서는 검붉은 핏물이 철철 쏟아지고 있었다.

"어디냐!"

역시나 가장 빠르게 움직인 것은 선두에서 추격대를 지휘하던 자였다. 네 번째를 겨누던 단운룡은 돌을 던지기 바로 직전에 손을 멈추었다. 곧바로 뒷걸음쳤다.

지금 던지면 안 된다. 지금은 던질 때가 아니라 이동할 때다. 세 개만으로도 어디서 날아오는지 대강의 위치는 알아챘을 것이다. 이것까지 던졌다간 단숨에 잡힌다. 어디에 있는지 알려주는 것밖에 안 되었다.

"거긴가!!"

지휘하던 자가 대열을 이탈하며 어둠 속으로 뛰어들었다.

단운룡이 돌을 던지려고 했던 바로 그 위치다. 그러나 단운룡은 이미 거기에 없었다. 한발 빠른 대응이었다. 순간의 판단력에서 어린 단운룡은 이미 그보다 우위에 있었던 것이다.

"제길!!"

욕지거리를 내뱉으며 분통을 터뜨렸지만, 놓친 것은 어쩔 수 없다. 황급히 주변을 둘러보는 그자의 뒤로 추격대의 무인 하나가 달려왔다.

“당주! 세 마리가 당했습니다.”

“세 마리! 이런 쳐 죽일!!”

당주. 수석당주 이복청이 바로 그였다. 그가 소리쳤다.

“놈은 멀리 못 갔다! 아직 이 근처에 있어! 두 명은 개를 보호하고 나머지는 여기를 뒤진다! 알겠나!”

굳이 직접 가서 전하지 않아도 추격대 전체에 들릴 만큼 커다란 목소리였다. 모여 있던 횃불이 사방으로 흩어졌다. 개들 주변으로는 말을 타고 있던 무인 두 명이 땅에 내려서며 병장기를 꺼내 들고 있었다.

“약삭빠른 놈! 개들을 노리다니!”

이복청은 화를 내면서도 한 가지 사실을 간과하지 않았다. 직접 싸움을 걸어오지 않은 채 개를 노렸다는 점이다. 절정의 무공을 자랑하는 그 불패신룡이 말이다.

“놈은 궁지에 몰렸다! 발견하면 주저하지 말고 공격하라! 놈은 이미 불패신룡이 아니야!”

연신 소리를 지르는 이유는 다른 것이 아니었다. 그만큼의 압력을 가하겠다는 뜻이다. 상대를 다급하게 만들어 움직임을 유도하겠다는 속셈이었다. 그게 오기룡 본인이었다면 상당히 주효했을지 모를 그런 행동이었다.

‘꽤 위험했어. 그래도.’

하지만 불행히도 그의 상대는 불패신룡 오기룡이 아니었다. 그리 멀지 않은 작은 풀숲 속에 엎드린 채 풀잎 사이로 이복청의 동향을 살피는 단운룡일 뿐이다. 제아무리 소리를 친다 해도 섣불리 움직일 단운룡이 아니었던 것이다.

'같은 수는 통하지 않을 거야.'

단운룡은 잠자코 있었다. 자그마한 풀숲 밑에서 숨을 죽인 채 미동도 하지 않았다. 진흙에서 올라오는 흙냄새가 코를 찔렀다. 키 작은 풀들이 물기를 머금은 채 흔들리고 있었다.

"나와라! 어디에 숨어 있느냐!"

잠시 멈추었던 고함 소리가 다시금 쩌렁쩌렁하게 밤하늘을 울렸다. 검자루를 들고 이곳저곳을 들쑤신다. 멀어지는 듯하다가 몸을 돌리더니 단운룡이 숨어 있는 풀숲 쪽으로 다가오기 시작했다. 외치는 목소리가 한 걸음 한 걸음 가까워졌다.

"겁에 질린 게로군! 불패신룡이여! 그 이름이 아까운 줄 알아라!"

풀숲을 가르는 소리가 천둥소리처럼 컸다.

단운룡의 눈에 이복청의 상체가 비쳐들었다. 단운룡의 손이 가볍게 쥐어졌다.

'아직은 아냐. 아직은……!'

단운룡의 눈에 긴장감이 깃들었다.

들킨 것은 아니다.

걸어오는 방향이 공교롭게 맞아떨어졌을 뿐이다.

단운룡이 숨어 있는 한 무더기 풀숲은 무척이나 작았다. 오기룡같이 체격 좋은 남자가 숨어들 수 있는 풀숲이 아니다. 그래서 여기 숨었다. 누군가가 숨어 있으리라고는 생각하기 어려운 곳이었다.

찰박, 찰박.

물 고인 진흙땅을 내딛는 발소리였다. 바로 앞, 지척으로 다가온 이복청이다. 분노하여 씩씩거리는 숨소리가 귓전에서 들리는 것 같았다.

'안 돼……. 열두 명을 상대하려면…….'

어린 단운룡의 머릿속에서 그 어떤 어른들 못지않을 착잡함이 휘몰아쳤다.

들키면 어떻게 해야 될까.

싸워야 하나. 아니면 아무것도 모르는 척 잡혀주어야 하나.

결정을 내려야 했다. 살아남으려면, 살아남으라는 한마디를 남기고 하늘로 돌아간 아버지를 생각하면.

바로 그때였다. 저쪽으로부터 이복청을 부르는 외침 소리가 들린 것은.

"당주! 신평으로부터의 전갈입니다! 분타주께서 보내셨답니다!"

"분타주님이?"

"예! 그렇습니다!"

"제기랄!"

찰박, 사사사삭!

땅을 한 번 박차고 멀어진다.

주고받는 고함 소리를 끝으로 몇 개의 인영이 횃불이 모여 있는 추격대 쪽으로 향했다. 단운룡이 숨을 바싹 죽인 채 정면을 주시했다.

'정말일까?

이복청은 분명히 저쪽으로 갔다. 하지만 단운룡은 곧바로 움직일 만큼 바보가 아니었다. 함정일 수도 있기 때문이다. 서서히, 서서히 쥐었던 주먹을 풀고, 속으로 숫자를 스물까지 셌다. 주변을 한번 둘러보고는 작은 이마에 눈썹을 찌푸렸다.

'진짜 갔잖아.'

이상했다.

개들을 죽인 사람이 근처에 있을지도 모르는데 곧바로 수색을 멈춘다? 제아무리 분타주가 보낸 전갈이라 해도 선뜻 이해하기 힘든 일이었다. 지체없이 몸을 빼려던 단운룡이 멈칫 움직임을 멈추었다. 단운룡이 이를 악물었다.

'아니야. 아직은 가면 안 돼.'

이대로 갈 수 없다. 왜 수색을 멈추었는지 알아야 했다.

단순한 호기심이 아니었다.

뭐가 어떻게 돌아가고 있는지 확실히 알아두어야 앞으로도 어떻게 할지 정할 수가 있다.

가면 안 되는 이유는 또 있었다.

개들을 세 마리 죽였을 뿐, 시간을 충분히 끌지 못했다. 다소의 위험을 감수하더라도 할 수 있는 만큼은 해야만 했다.

단운룡은 마음을 결정했다. 은밀하게 몸을 일으킨 단운룡이 조심스레 앞쪽으로 나아갔다. 살려고만 한다면 지금 당장 도망쳐야 옳겠지만, 그러지 않기로 한 것이다. 대담하기 짝이 없는 행동이었다.

'이 정도…….'

추격대가 보일 만한 곳에 이른 단운룡은 더 이상 접근하지 않았다. 돌을 던져 개들을 죽였을 때보다 훨씬 더 떨어진 거리다. 이 정도면 충분하다. 지금은 놈들도 경계를 하고 있을 테니 더 갔다가는 위험할 수 있다. 추격대의 대화만 들을 수 있는 정도면 더 바랄 것이 없었다.

"타호장……. 오고……. 합니다……."

"곧 있으면……."

두런두런 들리는 소리다. 당주라는 남자의 흥분한 목소리 외에는 잘 들리지 않았다. 어쩔 수가 없다. 조금 더 가까이 가야 한다. 한 치 나아가는 만큼 위험도 더 심해질 테지만, 그래도 단운룡은 앞으로 갔다.

"등비님께서 오시면 더 좋은 것 아닙니까?"

"모르는 소리! 지금 이것으로도 충분해!"

"하지만 당주. 놈은 바로 그 불패신룡입니다. 개들도 세 마리나 당하지 않았습니까. 손도 못 쓰고요."

"닥쳐!"

다행이다. 당주라는 남자는 웬일인지 무척이나 불안한 얼굴을 하고 있었다. 단순히 화가 나 있는 상태가 아닌 것 같았다.

"네 녀석들은 배알도 없느냐! 네놈들도 충분히 당했지 않나! 타호장 그 작자가 거들먹거리는 꼴을 난 더 이상 못 보겠다!"

추격대의 무인들은 기세등등한 이복청에게 아무런 말도 하지 못했다.

험악함으로 엉망이 되어버린 분위기다. 이복청이 시뻘겋게 변한 얼굴로 말을 이었다.

"고생은 우리가 다 하고, 그 작자는 좋은 것만 먹겠다는 속셈이다. 그렇게는 해줄 수 없지! 안 되고말고! 불패신룡은 우리가 잡아야 해! 싸울 생각도 못한 채 개들을 노리는 것을 보면 그놈도 궁지에 몰린 거다."

"……"

큰 소리로 윽박지르듯이 소리치고 있는 이복청이었지만 만면에는 안절부절못하는 기색이 가득했다. 이곳저곳으로 시선을 돌리던 그가 다 들리는 혼잣말로 중얼거렸다.

"개가 죽었다. 개가 죽었어. 놈이 이 길에 있다는 것은 확실하다. 이쪽이 맞는가를 확인하지 못해서 그렇지, 이 길이라면 다른 곳은 없어. 그래. 다른 곳이 없지. 구산……! 구산이다.”

그가 앞쪽에 있는 말고삐를 잡아챘다. 이복청이 소리쳤다.

“구산으로 간다! 구산밖에 없어! 산에 들어가기 전에 잡아야 해! 모두 서둘러라.”

당주라는 지위를 거저 먹은 것은 아닌 모양이다.

자제력도 없고, 제멋대로인 성격이지만, 판단력만큼은 나쁘지 않았다. 잠자코 지켜보던 단운룡이 눈을 빛냈다.

‘그대로 보내줄 수는 없지.’

지금이라면 가능하다.

그대로 뜨지 않고 접근한 것은 올바른 선택이었다. 단운룡이 움직였다.

쐐애애액!

아까부터 들고 있었던 돌멩이다. 무서운 파공음과 함께 킁킁대고 있는 개 한 마리에게 향했다.

채앵! 하고 찢어지는 금속성이 울려 퍼졌다. 기대했던 소리가 아니다. 추적견의 옆에서 신경을 곤두세우고 있던 무인이 검을 휘둘러 쇄도하는 돌멩이를 막아버린 것이다.

하지만 상관없었다.

개에게 돌을 던진 것은 시선을 끌기 위한 것에 불과하다.

맞아 죽었든 죽이지 못했든 하등 문제될 것이 없었다. 단운룡이 측면으로 몸을 돌리면서 있는 힘을 다해 팔을 휘둘렀다. 허리에서 시작된 격한 회전이 빠르게 뻗어나가는 그의 손목에서 폭발한다. 돌멩이 하나가 지금까지와는 다른 속도로 허공을 갈랐다.

퍼어억!

히이이이이잉!

무인이 타고 있던 말이다. 튼튼한 목덜미를 파고든 돌멩이에 커다란 기마(騎馬)가 투레질을 하면서 난동을 부렸다. 떨어뜨린 횃불이 하늘을 날고, 검은 그림자가 사방으로 일렁였다. 추격대 한복판이 일순간에 난장판으로 변했다.

'하나 더!'

물러서던 단운룡이 마지막 돌멩이를 던졌다. 방금 것과 같이 온몸의 힘을 실은 일격이다. 퍼억! 하고 험악한 소리가 터져 나왔다. 다른 쪽에 있던 기마였다.

사사사삭!

단운룡은 그 기마가 쓰러지는 것을 눈으로 확인하지도 않았다.

돌을 던지는 탄력을 그대로 이용하여 몸을 튕겼다. 뒤쪽을 향해서다. 기척을 감출 생각도 하지 않은 채 있는 힘을 다해서 내달렸다.

"저쪽이다!"

“저기다!”

다급한 경호성이 터져 나왔다. 무작정 쫓아오는 소리가 어지럽게 들려왔다. 몸을 낮추고, 뒤를 돌아보지 않았다. 수풀과 수풀을 뛰어넘으며 밤바람에 섞여든다. 분노한 무인들이 그 뒤를 질주하고 있었다.

‘그 녀석은 괜찮을까.’

동이 트고 있었다. 오기룡의 눈앞에는 이미 구산(嶇山) 줄기가 그 험한 모습을 드러내고 있었다. 정신력으로 버티면서 쉬지 않고 걸어온 덕분이었다.

‘더 가야 할 텐데.’

오기룡은 망설였다.

단운룡과 헤어졌던 곳부터 여기까지는 일직선으로 걸어왔지만 산지로 접어들게 되면 가던 방향과 어긋날 수밖에 없었다. 몸을 감추려면 당장이라도 산속에 들어가야 했지만, 그렇게 되면 단운룡이 그를 따라잡기 힘들게 되는 것이다. 단운룡과 합류한 후, 산으로 들어가야 했다.

“해가 뜰 때까지 안 오면 그냥 도망쳐. 기다리지 말고.”

헤어지기 직전에 단운룡이 남겼던 말이다. 그렇게 단운룡은 어둠 속으로 사라졌다. 따라잡지 못할 속도로 말이다.

‘잡히지는 않았을 것이다. 잡혔더라도 그 녀석이라면 문제 없이 살아나겠지.’

두고 보면 참으로 이상한 일이었다.

길을 잃었다면서 함께 가달라고 먼저 말했던 것이 단운룡 이다.

길을 잃었다?

우스운 일이다. 무공이 어느 정도인지는 모르겠지만 벌판 에서 죽을 수준은 아닐 것이다. 굳이 오기룡과 동행하지 않아 도 괜찮았을 녀석이었다.

오기룡은 뒤를 돌아보았다. 우거진 숲들 사이로 질퍽한 습 지가 펼쳐져 있다. 순수한 자연이 지배하는 이 대지에서 사람 이 따라올 만한 길은 오기룡이 걸어온 길, 오직 하나밖에 없 었다. 그리고 그 길의 끝을 바라보는 오기룡의 눈에는 그 어 떤 사람의 그림자조차 비쳐들지 않았다.

‘그 녀석 말대로 해야 돼.’

뻗어 있는 길 저편을 바라보던 오기룡이 단호하게 몸을 돌 렸다.

혼자만 살아남겠다는 생각은 절대로 아니다. 지금은 싸울 수 있는 힘을 회복하는 것이 급선무다. 그래야만 행여 단운룡 이 적들의 손에 넘어갔다 하더라도 다시 되찾아올 수 있을 것 이었다.

오기룡은 떨어지지 않는 발을 어렵사리 움직여 앞으로 나아갔다. 어느새 동료가 되어버린 단운룡의 얼굴이 마음에 밟혔지만, 그래도 갈 수밖에 없었다. 이대로 시간을 지체하다 잡혀 버린다면 그 총명한 어린 눈을 마주할 면목이 없을 것이다. 아니, 잡히게 되면 다시 볼 기회조차 없을 테지만.

산줄기는 험했다.

험할 구(嘔) 자가 괜히 붙은 것이 아니다. 땀을 뻘뻘 흘리면서도 오기륭은 멈추지 않았다. 이제 그의 몸을 움직이게 하는 것은 아버님과 형님의 원한뿐만이 아니었다. 지금 어떻게 되었을지 모를 어린 친구의 모습 또한 그를 나아가게 하는 한줄기 힘이 되고 있었다.

"헉! 헉!"

오기륭은 한나절 동안 그 험한 산줄기를 타 올랐다. 평소에는 조금도 두려워하지 않던 독사(毒蛇)에 깜짝깜짝 놀라고, 행여나 산짐승을 만날까 봐 노심초사하면서 가파른 협곡들을 힘들게 넘어갔다.

'좋다. 저기면 되겠어.'

오기륭은 마침내 계곡의 외진 곳에서 하나의 동굴을 발견할 수가 있었다. 바깥에서부터 조심스레 접근한 오기륭은 행여나 곰이라도 살고 있지 않은지 꼼꼼하게 살폈다. 짐승 특유의 노린내도 없고, 배설물도 보이지 않는다. 아무것도 없는 동굴이 확실했다.

‘습하다. 운기하기에 그다지 좋은 곳은 아니군.’

동굴 안쪽은 좁은 입구처럼 그다지 넓지 않았다. 아닌 게
아니라 곰 한 마리도 들어와 있기 힘든 크기였다. 그래도 한
사람 몸을 숨기기엔 충분하고도 남았다. 지체없이 눅눅한 땅
위에 가부좌를 틀고, 한 모금 깊은 숨을 들이켰다. 차가운 공
기가 폐부로 들어와 새로운 진기(眞氣)의 근원이 되었다. 천
천히 조식을 시작하는 오기륭의 얼굴에는 평온함이 아닌 비
장함이 감돌고 있었다. 어떻게든 힘을 회복하려는 강렬한 의
지 때문이었다.

둘째 날 밤을 넘긴 오기륭이다. 새벽녘에 비로소 두 번째
운기조식을 마친 오기륭은 그동안 축적한 진기(眞氣)의 안정
화에 들어갔다. 무아지경에 빠져 운기를 하는 것이 아니라,
눈과 귀를 열어둔 채 내공을 조절하는 것이다. 어느 정도 힘
의 여유가 생겼기에 가능한 방식이었다.

하지만 이 방법은 운기에만 모든 것을 집중하는 것이 아
니기 때문에 축기(畜氣)의 효율이 무척 떨어질 수밖에 없었
다. 대신 이렇게 하면 누가 접근해도 재빨리 운기를 중단할
수 있었다. 이틀째에 접어들어 적의 접근이 예상되고 있으
니, 이 시점에서 선택할 수 있는 최선의 방법이라 할 만했
다.

‘이제 겨우…….’

이전에도 이렇게 할 수 있었으면 좋았을 것이다. 그러나 그 전에는 하고 싶어도 할 수가 없었다. 내력이 바닥나 있었기 때문이다. 내부를 관조하는 일주천의 내공과 바깥을 감시하는 외부 감각을 동시에 일깨우기 위해서는 어느 정도 이상의 내력이 반드시 필요했던 까닭이다.

얼마나 지났을까. 동이 트는 모양이다. 동굴 입구를 통하여 가느다란 햇빛이 비쳐들고 있었다. 음기와 양기가 교차하는 순간이었다. 밤이 물러가고 아침이 밝아오는 순간이 들이마시는 공기를 통하여 뚜렷하게 느껴져 왔다.

차분하게 진기를 모으면서 단전을 보듬어가고 있을 때였다. 오기륭의 머릿속에서 경고의 신호가 요란하게 울리기 시작했다. 위험한 기운이 느껴지고 있다. 적들이 가깝게 다가오고 있었다.

'결국 쫓아왔군.'

동굴 바깥까지 펼쳐 놓은 감각의 거미줄 끝에 몇 개의 인기척이 걸려들어 있었다. 숲을 헤치면서 접근하고 있다. 살기와 분노의 파동이 먼 거리에서부터 진하게 뻗어오는 중이었다.

"후우우우우우."

오기륭은 가부좌를 풀고 몸을 일으켰다. 팔과 다리를 한 번씩 휘돌리며 굳어 있던 근육을 풀었다. 한결 나아진 몸, 조금은 강인해진 육체가 그의 마음속을 기분 좋게 달구었다.

사삭! 사사삭!

며칠 전을 생각하면 온몸이 날아갈 듯 가벼워진 상태였지
만 오기룡은 결코 방심하지 않았다. 높게 봐줘야 삼분지 일,
기껏해야 삼 할이다. 온전할 때의 삼 할 정도 힘밖에 없으니
마음을 놓기엔 한참이나 일렀다.

적들이 어느 정도 규모인지, 어느 정도 실력자가 와 있는지
도 모르는 상황이다. 오기룡은 서둘지 않고 신중하게 움직였
다. 적들이 가까운 곳에 있긴 했지만 이 동굴이 있는 계곡까
지는 진입하지 못한 상태였다.

'몇 명이나 왔는가.'

오기룡은 소리없이 동굴 밖으로 나와 미리 봐두었던 바위
그늘 속에 몸을 숨겼다. 계곡 위쪽 내리막길을 따라서 풀숲을
헤치는 소리가 들려오고 있었다. 여러 명, 움직임이 제법 빨
랐다.

컹……! 컹컹!

'이 소리는……!'

내력을 모아 청각을 키운 오기룡은 이내 귀에 거슬리는 한
가지 소리를 들을 수가 있었다. 개가 짖는 소리다. 지금 내리
막길로 내려오는 놈들보다 조금 먼 곳, 몇십 장 밖에서 들려
오는 소리였다.

'수색견(搜索犬)이 있었나!'

추격견, 또는 수색견.

오기룡은 고개를 설레설레 흔들었다. 개를 앞세워 방향을 잡고, 무인들은 산길에 남겨진 흔적을 찾는다. 제법 그럴듯한 방법이었다.

'하지만 개라니……. 너무 얕보였는걸.'

개의 후각에 의지하여 사람을 추적하는 것은 분명히 나쁘지 않은 방법이라 할 수 있다. 그러나 그것은 어디까지나 도망치는 사람이 보통 사람일 경우에나 해당되는 이야기였다. 도망자가 고수일 경우, 개를 이용하는 것은 결코 좋은 수법이 될 수 없었다. 개가 짖는 소리로 인하여 추격하는 자들의 위치가 들통나기 때문이었다. 무림인들 사이의 추격전에 개가 동원되는 일이 드문 이유가 그러했다.

"당주! 여기에 발자국이 있습니다!"

멀지 않은 곳에서 고함 소리가 들려왔다. 누구나 다 들을 수 있을 정도로 커다란 소리다. 오기룡이 몸을 날리며 쓴웃음을 지었다.

'추격의 기본도 안 되어 있는 놈들에게 이토록 고생을 하다니…….'

오기룡의 눈이 차갑게 변했다.

반격을 가하고 싶은 생각이 굴뚝같았다. 하지만 그럴수록 오기룡은 마음을 차분하게 가라앉혔다. 아직 싸워서는 안 된다. 싸움으로 추격을 완전하게 끊을 수 있다는 확신이 들 때, 그때 싸워야만 했다. 싸울 기회는 단 한 번밖에 없기 때문이었다.

"이 근처다! 멀지 않아!"

요란한 수하들 못지않게 지휘하는 놈 역시도 허술하기 짝이 없었다. 사천에서 도망 올 때는 그렇지 않았다. 도망치는 오기륭보다 추격하는 놈들이 더 은밀한 경우도 있었다. 특히나 심했던 것은 형님이 키웠던 뇌운당 놈들이다. 아무런 기척도 내지 않고 소리없이 다가와 살검(殺劍)을 내뿜는 일이 허다했다.

'벗어나자. 이런 놈들에게 기력을 낭비하긴 아까워.'

오기륭은 냉정했다. 분노로 판단을 그르치는 실수 따위는 하지 않았다. 추격전이라는 것은 본래부터 장기적인 안목이 필요한 법이었다. 당장 따라오는 놈들을 죽인다고 하여 상황이 좋아지리라는 증거는 아무 데도 없었다. 더욱이 지금 같은 경우에는 도리어 상황을 악화시킬 가능성이 무척이나 높았다. 지금 이 근처에 있는 몇 명이 적들의 전부가 아닐 것이기 때문이다.

사아악!

오기륭은 수풀 그림자들을 빠르게 타 넘으며 계곡의 위쪽으로 향했다.

은밀하기 짝이 없는 움직임이었다. 생사(生死)를 걸고 도망쳤던 사천에서의 경험이 그로 하여금 그 어떤 은신술보다 뛰어난 능력을 발휘하도록 만들고 있었다.

“저기 동굴이 있습니다!”

오기룡이 있던 동굴을 찾은 모양이다. 그렇게 계속 떠들어 주면 줄수록 도망자로서는 고맙기만 할 뿐이다. 잡목 사이로 몸을 숨기며 시야를 확보한 오기룡의 눈에 동굴 쪽으로 달려가는 적들의 모습이 뚜렷하게 비쳐들었다.

‘다섯……. 여섯. 이쪽은 여섯인가.’

동굴 앞에 이른 놈들의 숫자는 여섯이었다. 개 짖는 소리가 들려오는 저쪽에도 그 정도 숫자가 있을 터. 적게 잡아서 열, 많게 잡아서 스물이었다. 일단 이 근처까지 따라온 놈들은 그 정도가 전부인 것 같았다.

‘그래도 여섯은 많아.’

오기룡은 자신의 힘을 과신하지 않았다. 무리를 한다면 해볼 만한 숫자긴 하다. 그러나 이 앞의 여섯 중에는 그때 의원에서 본 놈도 있었다. 다른 놈들은 몰라도 지금 몸 상태로는 단숨에 제압하기가 어려운 놈이었다.

‘행운인 줄 알거라.’

오기룡은 애써 마음을 잡고 몸을 돌렸다. 그대로 도망치려는 생각이다. 놈들이 주고받은 말만 아니었다면 그렇게 사라질 수 있었던 순간이다.

“방금까지 이곳에 있었습니다. 움직이기 시작한 지 얼마 되지 않았습니다.”

“또 꽁지가 빠지게 도망치는 것인가! 어린애만도 못한 놈!”

속도를 내려던 오기룡은 발을 멈출 수밖에 없었다.

차라리 듣지 못했으면 어땠을까.

'어린애' 라는 한마디.

오기룡은 멈춘 발에 천 근의 무게를 느꼈다. 도저히 앞으로 뗄 수가 없다. 단운룡이 어떻게 되었는지 확인해야만 했다.

"근처에 있는 것을 안다! 불패신룡! 언제까지 도망만 칠 테냐!"

그놈이었다.

의원에서 보았던 그놈. 그놈의 목소리가 틀림없었다.

"불패? 이길 수 없을 때는 도망만 치니까 불패(不敗)라는 이름을 얻은 것이겠지! 용보단 뱀이 어울리는 놈이다! 어서 모습을 보여라, 이 비겁한 놈아!!"

제멋대로 뱉어내는 저급한 욕지거리 따윈 들어줄 마음이 조금도 없었다. 오기룡이 관심있는 것은 오직 그놈이 말한 '어린애' 라는 단어뿐이었다. 오기룡은 발길을 돌렸다. 놈의 고함 소리가 더 커지고 있었다.

"나오지 않겠다는 생각인가! 어린애나 앞잡이로 보내놓은 놈이라면 어쩔 수가 없겠지! 넌 가서 그 애새끼를 데려와!"

오기룡의 눈이 커졌다.

잡힌 것이다. 잡힐 리가 없다고 생각했건만.

그의 마음이 급해졌다.

“나오지 않으면 애새끼부터 죽이겠다! 살리고 싶다면 나오거라!”

오기륭의 눈빛이 급격하게 흔들렸다.

정말로 잡혔는가.

눈 뜨고도 걸릴 수밖에 없는 함정인가.

확인하고 나서면 늦는다.

동굴 앞에 있는 것은 다섯 놈. 단운룡을 진짜로 데리러 간 것인지 속임수인지는 모르겠지만, 어쨌든 한 놈은 그 자리에 없다.

오기륭은 오래 망설이지 않았다.

일단 이놈들을 치고, 그 다음에 단운룡을 구한다. 단운룡을 앞에 둔 채 실제로 목숨을 위협하고 있는 상황이 되어버릴 경우, 오기륭으로서는 속수무책일 수밖에 없다. 그러기 전에 움직여야 했다.

오기륭의 신형이 풀숲을 꿰뚫고 뛰쳐나왔다.

파아아아아!

바람에 흩날린 나뭇잎들이 격한 기세로 흩어졌다. 그 가운데에 광풍을 꿰뚫는 오기륭이 있었다. 놀라운 속도로 쇄도한 오기륭이 땅을 박차고 뛰어오른다. 그의 발이 하늘을 갈랐다.

빠아악!

머리부터 자른다? 아니다.

불리한 상태로 다수와 싸울 때는 가장 약한 놈부터 노려야 한다. 튕겨내는 발끝에 온몸의 회전을 이용한 각법(脚法)이다. 한 자루 대도(大刀)와 같이 깎아 차는 각법에 한 놈의 팔꿈치가 완전히 박살나고 말았다.

쐐액! 뻐억!

흐르듯이 몸을 낮추고 날렵하게 땅을 스쳐 갔다. 그대로 휘둘러 차는 일격에 한 놈의 다리가 험악한 각도로 꺾여 버렸다. 피할 수도 막을 수도 없는 공격이다. 무서운 위력이었다.

다시금 몸을 돌려 발끝을 들어올렸다. 하지만 이번에는 곧바로 차낼 수가 없었다. 가운데에 있던 놈이 예리한 검날을 휘두르며 앞쪽으로 달려들었기 때문이다.

'역시나……!'

제법 날카롭게 찔러 들어온다. 나쁘지 않은 실력이다. 되도 않을 소리를 있는 대로 지껄였던 바로 그놈이었다. 오기륭이 발을 바꾸며 몸을 돌렸다. 스쳐 가는 검끝을 확인하고 왼쪽 발에 날을 세운다. 측면으로 일 보(步) 나아감과 함께 그의 각법이 전광석화와 같은 속도로 뻗어나갔다.

파아악! 스각!

들어가긴 했지만 얕았다. 회전이 충분하게 실리지 못한 까닭이다. 거리를 두며 물러선 상대가 검자루를 고쳐 잡으며 살기 어린 목소리로 말했다.

"불패신룡의 발도각(拔刀脚)은 역시나 만만치 않군! 하지만 그 정도론 안 돼."

그 일격에 끝냈어야 했다. 앞으로 보이는 이놈에 더하여, 남아 있는 두 놈이 양옆을 차단해 왔다. 처음 일격에 끝냈다고 생각했던 한 놈도 부러진 팔을 축 늘어뜨린 채 병장기를 꺼내 들고 있었다.

"이름이 뭐냐."

상황에 어울리지 않는 질문이다.

낙관할 수 없는 상태, 하지만 오기룡은 조금도 초조해하지 않았다. 도리어 나직하게 이름까지 물어보며 절정고수의 위엄을 뽐낼 뿐이다. 검을 겨눈 놈이 신경질적으로 소리쳤다.

"여유 부릴 때가 아니지 않나? 오기룡, 네놈은 끝났어!"

"이름이나 밝혀라."

오기룡은 곧게 선 채 그 어떤 자세도 취하지 않았다.

그래서 더 위압적이다. 네 명에게 둘러싸여 있건만 그 기세만큼은 조금도 밀리질 않았다.

"정 그렇다면 가르쳐 주마! 네놈을 잡은 사람의 이름 정도는 기억해 두는 것이 좋겠지. 나는 구룡보 신평분타 수석당주인 이복청이다!"

쐐애애액!

말이 끝나기가 무섭게 이복청의 검날이 사나운 기세로 짓처들었다. 중단을 노려오는 검격이었다. 오기륭의 몸이 오른쪽 측면으로 가볍게 돌아갔다.

왼발로 땅을 밟고, 오른발을 치켜 올렸다. 그러나 이번에도 오기륭은 각법을 끝까지 쳐낼 수가 없었다. 이복청의 검격을 봉쇄한다고 끝날 일이 아닌 까닭이다. 옆에 있던 무인이 박도를 쳐올리며 열려 있는 옆구리를 노려오고 있었다.

'이런 식으로 합공이란 말이지!'

일 대 일씩 싸워서 곱게 끝낼 것을 기대한 것은 물론 아니었다. 하지만 이렇게까지 노골적으로 덤벼올 줄은 몰랐다. 무인의 자존심은 저 멀리 내팽개쳐 둔 채, 어떻게든 일단 죽이고 보자는 식이었다.

"합!"

오기륭의 입에서 기합성이 터져 나왔다. 오른쪽을 박차고 하늘 높이 뛰어올라 왼발을 돌려 찼다. 공기를 베어 가르는 각법에 맹렬한 파공성이 뒤따른다. 박도를 휘두르던 상대가 황급히 무기를 회수하며 몸을 숙였다. 그 위력에 두려움을 느낀 것이다. 일개 분타의 무인으로는 막을 수 있는 공격이 아니었다.

"비켜!"

움츠린 무인을 밀어내며 거칠게 달려드는 자는 다름 아닌 이복청이었다. 이복청의 검이 상단을 베어온다. 공중에 떠 있던 오기륭의 몸이 가볍게 회전했다. 검의 궤도를 완벽하게 흘려내는 절묘한 움직임이었다.

"카앗!"

이복청이 괴성을 내지르며 검을 내려쳤다. 피해내는 오기류의 등 뒤로 예리한 파공성이 들려왔다. 뒤로 돌아온 다른 무인이 검을 날린 것이다. 오기류의 두 눈에 강렬한 분노가 깃들었다.

'역시나 돌이킬 수 없는 것인가!'

예전의 구룡보는 이렇지 않았다. 적어도 한빙요선이 오기 전까지는.

구룡보의 무인들은 스스로 닦은 무예와 정신에 대해 빛나는 긍지를 지니고 있었다.

무인과 무인의 대결은 정정당당한 일 대 일이 기본이었으며, 사정이 여의치 않아 여러 명으로 승부를 갈라야 할 때에도 도리에 어긋나는 짓은 하지 않았다.

어디까지나 과거의 일이다.

이들에게는 그런 것이 전혀 없다. 등 뒤를 노리는 짓까지도 서슴지 않는다.

한빙요선의 요사스런 입김이 이토록 넓게 퍼져 있었던가.

본래부터 위험스럽기 짝이 없었던 뇌운당 무인들이라면 몰라도, 분타의 말단 무인들까지 이렇게 변해 있었을 줄은 상상도 못했던 일이다. 도저히 용납하고 볼 수 없었다.

타탓!

오기룡의 발끝이 계곡의 바위를 박찼다.

그의 머리가 커다란 원의 중심이 되고, 반원을 그리는 두 발끝은 저 하늘 위의 높은 곳을 내디뎠다. 느리게 흘러가는 시간, 공중에서 거꾸로 선 채 아래를 내려다보는 형세다. 등 뒤로 찔러오던 검날이 그의 눈 아래쪽에서 시야 정가운데를 가로질렀다.

적이 내민 검날, 손목, 그리고 적의 머리가 앞쪽으로 나아가고 있었다. 하늘 위의 두 발이 남은 반원을 그리면서 아래쪽으로 떨어진다. 적의 검격과 몸을 통째로 타 넘은 오기룡이 땅을 밟으며 곧바로 오른발을 올려 찼다.

적의 검격과 몸을 통째로 타 넘은 오기룡이 땅을 밟으며 곧바로 오른발을 올려 찼다.

뻐어억!

아래에서 위로 비스듬히 올려 찬 일격이다.

무지막지한 일격.

어깨가 부서지고 갈비뼈가 박살난다. 상체 전체가 대각선 위쪽으로 기이하게 비틀려 버렸다. 불안정한 자세로 펼친 각법임에도, 그 위력이 믿을 수 없을 만큼 강했다. 불패신룡의 신위가 여기에 있었다.

"이놈!!"

다음은 이복청이었다. 쓰러지는 무인을 뛰어넘으며 발악적인 고함을 질러온다. 짓쳐오는 검을 맞이하며 빠르게 몸을 움직인다. 검격의 거리와 각법의 거리가 어지럽게 교차했다.
세 합을 주고받고 기회를 본 오기륭이 발끝을 휘돌리며 이복
청의 손목을 노려갔다.

오기륭의 발이 이복청의 손목을 노렸다.

"어딜!"

이복청은 확실히 만만치 않았다. 널브러져 있는 무인들과
는 수준이 다른 놈이다.

재빨리 검을 회수하면서 중단을 막아내는데, 그 방어초가
상당히 튼튼했다. 내공이 정상이었다면 이 정도 방어쯤이야
단숨에 깨뜨릴 수 있었겠지만, 지금으로서는 아무래도 무리
다. 힘과 속도가 충분하지 않았다. 단숨에 제압하려고 할 것
이 아니라 투로를 파악하고 허점을 노려야 할 것 같았다.

쐐애액! 스각!

게다가 상대해야 할 것은 이복청 하나뿐이 아니었다. 끝낼
기회를 잡고도 단번에 쳐들어가기가 힘들다. 다른 놈들의 견
제 때문이었다. 이복청의 장검과 옆에서 달려드는 박도를 피
하고 나면, 한쪽 팔을 쓰지도 못하는 놈이 불쑥 달려와 협봉
검을 찔러온다. 성가시기 짝이 없는 합공이었다.

'일단 이놈부터.'

오기륭은 이복청을 내버러 둔 채 협봉검을 든 놈을 향하여
몸을 날렸다. 팔꿈치가 아작난 상태로도 용을 쓰는 것이 가상
하긴 하다만 그렇다 해도 적은 적일 뿐이다. 불안하게 내치는

협봉검을 가볍게 흘려내고 측면으로 돌아가 축이 되는 발을
밟았다. 발도각, 각법의 칼이다.

반대편 발이 전광석화와 같은 속도로 뻗어 올라 상대의 머
리를 가격했다.

쿵!

꼬꾸라진 무인을 옆에 두고 몸을 돌렸다.

남은 것은 두 명뿐이다. 의기양양했던 이복청의 얼굴이 이
제는 딱딱하게 굳어져 있었다.

"오라."

오기룡이 말했다. 오연한 목소리다.

일어나지도 못하는 세 명을 둘러보고 둘밖에 남지 않았다
는 것을 실감했는지, 이복청은 더 이상 입을 놀리지 못했다.
막무가내로 떠드는 대신 검을 고쳐 쥐고 눈을 부릅뜬다. 이내
무언가를 결심한 듯, 이를 악물며 사나운 기세로 땅을 박찼
다.

파악! 쒜엑!

지금까지와는 달라진 검공이었다. 더 거칠고, 더 강한 기세
를 품고 있다. 뒤로 물러나며 검초를 확인한 오기룡의 미간이
가볍게 좁혀졌다.

'평무검(平武劍)! 평무검까지 익혔나!'

오기룡은 이복청의 검법을 대번에 알아보았다.

평무검, 평무검법은 구룡보의 절기 중 하나로서 문인들에

게 가르치는 무공 중 가장 위력적인 검법 중 하나였다. 그럭
저럭 흉내만 내도 어지간한 분타주 수준까진 이를 수 있을 만
한 무공이었다.

'하지만 내 앞에서 그것을 꺼낸 것은 실수다.'

다 죽어가는 줄 알았건만 의외로 건재했던 불패신룡.

당황한 나머지 평무검이라는 무리수를 두게 된 이복청이
다. 그러나 이복청의 선택은 옳지 못했다. 차라리 이전처럼
다짜고짜 살검을 펼치는 편이 더 나았을지 모른다. 평무검이
뛰어난 무학(武學)이라 해도 어디까지나 구룡보의 무공, 오기
룡은 그 구룡보의 무공을 완벽하게 꿰고 있는 남자였기 때문
이다.

파앙!

발도(拔刀)의 기세처럼 날카롭던 각법이 일순간에 변화했
다. 날이 서 있는 일타가 아니라 가볍게 느껴질 정도로 경쾌
한 각법이다. 돌려 차는 반경이 줄어들고, 움직이는 진퇴가
좁아졌다. 불패신룡의 또 다른 절기, 단타 위주의 각법인 단
파각(短波脚)이었다.

파박, 빠악!

"크윽!!"

하단으로 꽂히는 발등이다. 발목을 격타당한 이복청의 자
세가 급격하게 무너졌다. 구룡보의 반석을 다졌던 오기룡이
다. 평무검법이라 하면 그 기본 투로부터 절대적인 약점까지

완전하게 파악하고 있는 그였다.

이복청이 주춤거리고 물러난 사이 다른 무인이 그 자리를 메우며 박도를 휘둘러 왔다. 뒤쪽으로 상체를 젖혀 박도의 예봉을 피하고 그대로 손을 뻗었다. 어깨 어림의 옷소매를 강하게 잡아채자 상대의 몸 전체가 힘없이 끌려왔다. 노출된 등허리, 단파각 일격이 등줄기를 파고들었다.

"커헉!"

숨넘어가는 소리와 함께 자갈밭을 나뒹군다.

쓰러진 네 명.

그리고 앞에 있는 이복청.

이제 하나 남은 것인가.

아니, 아니다.

소리가 들린다. 가까워지는 소리에 오기룡의 눈빛이 차갑게 굳어졌다. 반대로 이복청의 얼굴에는 생기가 돌아온다. 이복청이 이빨을 드러내며 말했다.

"실로 대단하다. 불패신룡. 그러나 거기까지다. 네놈은 이곳을 절대로 벗어날 수 없어."

개 짖는 소리가 바로 근처까지 왔다.

풀숲을 헤치는 소리도 들린다. 최소한 다섯은 되는 것 같았다.

'오기 전에 끝낸다.'

생각은 짧고 행동은 빨랐다. 오기룡은 그대로 이복청을 향해 몸을 날렸다.

　황급히 검을 내뻗는 이복청이다.

　오른쪽에서 왼쪽으로. 평무검법 십사식 우슬격검(牛膝擊劍)이었다.

　'중하단, 좌측. 빈 곳은 경문혈!'

　파훼법을 알고 있는 무공이다. 간단히 상대할 수 있었다. 그러나 그것은 생각뿐이었다. 이복청의 검을 완벽히 피해내고 단파각을 찔러 넣으려던 오기륭은 순간, 몸속의 진기가 덜컥 끊어지는 느낌을 받았다. 순탄하게 이어지던 투로가 흔들리면서 발끝의 타격점까지 흐트러지고 말았다.

　"큭!"

　오기륭에게는 불운.

　이복청에게는 천운이었다. 아슬아슬하게 오기륭의 발을 피해내고는 반격을 가해온다. 오기륭이 땅을 박차고 급하게 몸을 숙였다.

　'내력이……!'

　겨우 수습했던 내공이 급격하게 요동치고 있었다. 서두른 것이 화근이다.

　일격에 한 놈씩 끝내야 한다는 생각 때문에 지나친 힘을 쏟아버렸다. 발경에 실린 힘이 너무도 과했던 것이다.

　'위험하다.'

　뒤로 물러선 오기륭이 거리를 두고 깊은 숨을 들이켰다. 내

력을 진정시켜야 했다. 이런 상태로 싸워서는 공격과 방어 어
느 쪽도 제대로 할 수가 없었다.

하지만 이복청은 바보가 아니었다.

갑자기 끊겨 버린 공격과 창백해진 안색.

오기륭의 상태가 정상이 아니라는 것을 단숨에 눈치 챈 이
복청이다. 이복청이 득의의 미소를 지으며 입을 열었다.

"뭔가 문제가 있나? 천하의 불패신룡께서?"

그렇게 빈정거리면서도 이복청은 섣불리 다가오지 못했
다.

오기륭의 무공을 경계하며 한 발 한 발 조심스럽게 내딛고
있다. 지척까지 다가온 이복청이 두 눈에 음흉한 빛을 떠올리
며 말했다.

"그래. 이제야 오는군."

도착한 무인들의 인기척이 계곡 안을 가득 메웠다. 오기륭
의 눈이 미세하게 흔들렸다. 그리고 이복청은 바로 그때, 그
절묘한 때를 놓치지 않았다.

"데려왔는가? 그래, 그 애새끼를 죽여라. 지금 당장!"

오기륭의 표정이 다급하게 변했다.

뒤를 돌아보는 오기륭이다.

알면서도 당한다.

계곡을 휘돌아 보는 시야에 적들의 모습이 비쳐들었다.

무인들, 두 명 세 명⋯⋯

여섯 명.

그리고.

퍼억! 퍼어억!

오기륭의 눈이 부릅떠졌다.

이질적인 무엇이 옆구리와 복부를 파고들어 있었다.

차가운 느낌에서 뜨거운 느낌으로.

뜨거운 느낌이 강렬한 통증으로 바뀌기까지는 찰나의 시간밖에 필요하지 않았다.

오기륭의 얼굴이 고통으로 얼룩졌다.

'암기(暗器)… 인가……!'

검으로 짓쳐들어왔다면 어떻게든 막을 수가 있었으리라.

하지만 이복청은 철저했다.

철저하게 비겁했다.

이복청이 한 발 다가오며 말했다.

"반철시(拌鐵矢)다. 사천당문의 반혈접(拌血蝶)을 본떠서 만들었다 하지. 직접 맞아보니 어떤가? 반혈접만 할까?"

반철시는 유명한 암기였다. 다루기 쉽고 그 위력이 상당한 데다가 발출이 은밀하기까지 하여 고수들로서도 상대하기가 까다롭다고 알려져 있었다. 사천당문이 자랑하는 반혈접에 견주기에는 한참이나 모자란 암기였으나, 지금 오기륭이 입은 타격은 반혈접 열 발을 맞은 것 못지않았다. 비겁하기 짝이 없는 속임수에 당했으니 말이다.

"아이는 어떻게 했나."

옆구리와 배 쪽에서 뜨끈한 핏물이 번져 나오고 있었다.

어처구니없는 실수.

돌이킬 수 없는 실책이었다.

"아이? 아이를 어떻게 했냐고? 핫하! 불패신룡이 그 정도밖에 되지 않았나?"

이복청의 목소리는 컸다.

승자의 기분을 한껏 만끽하는 이복청이다.

오기룡이 비틀거리며 다시 한 번 뒤쪽을 돌아보았다. 포위하듯 거리를 좁힌 여섯 무인이 거기에 있었다.

여섯 명일 뿐이다. 덧붙여서 개 한 마리까지.

단운룡은 없다. 처음부터 없었다.

"그랬군."

이복청의 말을 믿었다?

물론 믿지 않았다.

그래도 걸려들어 줄 수밖에 없었다. 만에 하나 때문에.

툭.

오기룡이 무너지듯 한쪽 무릎을 꿇었다. 옷을 물들이며 배어 나온 선혈이 진득한 핏방울로 맺혔다.

"결국 잡는구나. 불패신룡. 내가 불패신룡을 잡았어. 으하하하하."

이복청이 걸어왔다.

웃음을 터뜨리면서.

들려진 검끝이 목덜미에 이르렀다.

모든 것을 포기한 듯, 눈을 감고 고개를 숙인 오기룡의 목이었다.

'잡히지 않았어. 그렇지?'

단운룡.

어린아이가 보여주었던 재능.

알고 있었다.

잡히지 않았을 것이라는 것.

그럼에도 의심을 했기에, 단운룡의 능력과 오기룡 자신의 안목을 의심했기에 이처럼 궁지에 몰렸다.

오기룡의 마음속에 다시 한 번 같은 말이 새겨졌다.

'넌 잡히지 않았어.'

그리고 그 말끝에 어린 목소리가 환청처럼 화답했다.

'물론이야. 난 잡히지 않았어.'

쐐애애액!

어디에선가.

공기를 찢어발기는 소리가 들려온다.

오기룡의 눈이 번쩍 뜨였다. 그 안에서 강력한 안광이 터져 나왔다.

하늘을 가르며 날아온 것은 누군가가 던진 돌멩이 하나.

오기룡은 그 누군가와 미리 약속이라도 한 듯, 격하게 땅을 박찼다.

텅!

머리로 날아오는 돌멩이에 이복청의 자세가 무너지고 있었다. 오기룡의 목을 노리던 검날도 상단을 방어하기 위해 회수하고 있는 중이었다.

오기룡은 그것을 놓치지 않았다.

앞으로 뛰어들며 그대로 단파각을 내뿜었다.

세 개의 단파.

거의 동시라고 할 만큼 빠른 각법이었다. 이복청의 무릎, 다리, 옆구리에서 맹렬한 격타음이 터져 나왔다.

퍼퍼퍽!

이복청의 얼굴이 처절하게 일그러졌다.

머리로 날아오던 돌멩이는 피했지만, 오기룡의 각법은 하나도 남김없이 그야말로 깨끗하게 들어간 것이다.

손에 쥐었던 검까지 떨어뜨리며 나뒹구는 이복청이다. 한 발을 축으로 몸을 돌리고, 급하게 달려드는 여섯 놈을 상대한다. 오기룡의 몸이 빠르게 움직였다.

쐐액! 쐐애액!

날아드는 돌멩이도 처음 하나뿐이 아니었다. 두 발 세 발 연이어서 짓쳐들며 적들이 한꺼번에 붙지 못하도록 견제해 주고 있었다.

위기를 넘기도록 도와주는 자.

동료가 있다.

그 사실이 오기륭에게 무한한 힘을 주고 있었다.

내력이 엉망일지라도, 몸 상태가 완전하지 않더라도 놀라운 위력을 발휘한다. 정신이 육체를 지배하는 순간이다. 일타일격, 단파각이 발도각으로 바뀌었다.

휘어 차는 발끝에 적들의 머리가 걸려들었다.

빠악! 빠아악!

넘어지는 것은 순간이다. 옆머리를 가격당하면 균형 감각이 무너지고 몸 전체를 가눌 수가 없게 된다. 일 보 나아가고, 이 보 움직이며 연속적으로 각법을 차냈다. 피하는 자들이 있었지만, 일격이라도 허용하는 자는 절대로 버티지 못했다. 어깨에 맞으면 어깨뼈가 박살났고, 다리에 맞으면 다리뼈가 부러졌다. 세 명이 쓰러지고 네 명이 쓰러졌다. 격한 움직임 가운데에는 등줄기에 돌멩이를 얻어맞고 쓰러진 놈도 있었다. 그놈까지 다섯 명, 오기륭의 몸이 마지막 한 놈의 앞에 이르렀다.

"이얍!"

창봉을 휘두르며 용기있게 달려든다.

오기륭의 발이 무서운 기세로 짓쳐 나갔다:

우직! 뻐억!

강목으로 만든 단단한 창대를 단숨에 박살 내고 턱까지 날려 버렸다. 운이 나쁘다면 즉사일 것이다. 그대로 눈동자를 까뒤집으며 힘없이 허물어지고 말았다.

"상황이 바뀌었군."

오기룡의 말이었다. 이 상황을 더 제대로 설명할 수 있는 말이 또 있을까.

순식간에 끝났다.

숨 돌릴 틈도 없이 전세 역전이다.

그것이 바로 진정한 고수의 힘이라 할 것이다. 위기를 넘기는 저력에서 지닌바 그릇이 달랐다.

"크윽. 이놈……!"

돌아선 오기룡의 눈으로 비틀비틀 일어나는 이복청의 모습이 비쳐들었다.

꺾여 버린 다리를 질질 끌고 옆구리를 부여잡았다. 악귀처럼 일그러진 얼굴에는 갈 곳 없는 살의와 두려움이 가득했다.

"불패신룡……. 네놈은 도망치지 못할 것이다……."

끝까지 입을 놀리는 이복청이었다.

그것을 아주 잠시 동안 바라본 오기룡이 곧바로 발을 옮겼다.

이복청을 향하여 성큼성큼 걸어갔다.

"이 죽일……."

빠아악!

가차없이 머리를 날려 버렸다.

그제야 조용해진다.

떨어져 나가 버릴 듯 튕겨 올려졌던 머리였지만, 그 같은 참극만큼은 용케 면했다. 목줄기가 비틀린 채 쓰러져 버린 이 복청이다. 몸 전체가 꿈틀꿈틀 떨리고 있었다.

오기륭은 가치없는 자에게 일별도 하지 않았다.

다시금 몸을 돌리며 사방을 둘러보았다. 한구석에 으르렁 거리고는 있지만 한편으로 겁을 먹은 듯, 달려들지도 못하는 개 한 마리가 보였다.

'미안하게 되었군.'

죄없는 개. 주인을 잘못 만난 것이 죄랄까. 오기륭이 다가 가자 두려움에 질린 모양으로 미친 듯이 짖어댔다.

뻐억!

단파각 일격에 머리를 꺾는다.

굳이 죽이지 않아도 될 일일지 모르겠지만 뒤를 생각하면 죽여놓는 것이 옳다. 비축해 놓은 힘을 다 써버렸으니까. 이 제부턴 이틀 전과 같다. 아니, 이틀 전만도 못했다. 개 한 마 리도 성가신 상태가 되어 있었다.

터벅. 터벅.

오기륭이 계곡을 벗어나 수풀 속으로 들어갔다. 그가 뒤도 돌아보지 않은 채 말했다.

"가자."

"잠깐만."

"뭐 하고 있어?"
"이것만 챙기고."
"뭘?"
"다 됐다. 지금 가."
작은 그림자가 대답한다.
어른과 아이, 두 사람이 어두운 운남의 산속으로 빨려들 듯
사라지고 있었다.

"잡혔을 거라 생각했어?"
"아니."
"그런데 왜 그런 바보짓을 한 거야?"
"글쎄다."
"진짜로 나올 줄은 정말 몰랐어. 그런 뻔한 속임수에."
"나갔어야지, 그래도."
"……."

단운룡의 귀는 오기륭의 목소리를 듣고 있었으되, 가슴으
로 받은 것은 오기륭의 마음이었다. 아무 말 없이 눈을 빛내
는 단운룡이다. 잠자코 있던 오기륭이 묘한 표정을 지으며 말
을 이었다.
"그래도 놈들 눈에 띄긴 했나 보더군? 아이라는 것을 다 알
고."
"실수였을 뿐이야."

　단운룡의 대답에 오기룡의 눈이 커졌다. 놀란 표정으로 되물었다.

　"하! 실수도 하나?"

　"멍청한 아저씨보다야 덜하겠지."

　오기룡이 피식 웃음을 지었다. 그러나 그 웃음은 이내 숨죽인 신음 소리로 변했다.

　핏기없는 안색이었다. 하얗게 질린 얼굴에서 출혈의 심각성이 고스란히 드러나고 있었다. 반철시에 당한 상처 때문이었다.

　"괜찮긴 한 거야?"

　"물론이다."

　장담하는 오기룡이었지만, 그 뒤끝은 그리 좋지 않았다.

　산중턱을 넘기고 체력을 소진한 오기룡은 더 이상 가파른 산길을 오를 수가 없게 되었다. 어렵사리 짐승 없는 동굴을 찾아서 몸을 숨겼다. 실신하다시피 정신을 잃은 오기룡의 몸에서 열이 펄펄 끓었다.

　"일어나."

　"그래."

　"가야 돼."

　"가야지."

　오기룡이 눈을 뜬 것은 저녁 무렵이었다. 멍한 상태로 대답하는데, 정신을 반쯤 놓고 있는 것 같았다.

“일어나자. 가는 거다.”

오기륭이 겨우 몸을 일으킨 것은 하늘 가운데에 달이 올라온 한밤중이었다. 손으로 땅을 짚고 일어나 동굴 벽에 기대면서 힘들게 걸음을 옮겼다. 모든 것을 다 아는 것 같았던 단운룡도 이러한 부상자만큼은 어찌할 바를 모르겠는지 조용히 입을 다문 채 그저 지켜보기만 했다.

동굴 밖으로 나와 달을 만나고 어둠을 만났다. 까마득한 숲 속 먼 곳에서 산짐승이 우는 소리가 처연하게 들려왔다.

맹수라도 만나면 죽을지도 몰랐다.

그런 산속을 오기륭은 부상 입은 몸으로 겁도 없이 나아갔다. 단운룡도 마찬가지다. 오기륭이 문득 생각났다는 듯 단운룡을 돌아보며 입을 열었다.

“너 말이다.”

“응?”

“너 혹시… 왕족이냐?”

“왕족? 무슨 소리야?”

“말 그대로다. 왕족(王族).”

“지금은 주(朱)씨 천하잖아. 운남에 왕족이 어딨어.”

단운룡의 표정은 변하지 않았다.

그렇다. 변하지 않을 것이다. 어떤 것이 진실이든 간에.

그래서 오기륭은 단도직입적으로 물었다. 가감없이 느낀 바대로.

"대리국, 대리 단씨."

"대리국?"

"그래, 대리국."

"대리국이 망한 게 언젠데."

"언제였지?"

"남송(南宋)보다도 이십 년은 빨랐어. 그 왕족이 지금까지……."

단운룡이 일순간 말을 끊었다.

아차 싶은 얼굴이다.

그 반대로 오기륭의 입가에는 가벼운 웃음이 머물러 있었다.

"남송보다 이십 년 빨리 망했다라……. 그렇지. 그렇겠지."

오기륭이 고개를 끄덕이며 말했다.

그런 오기륭을 본 단운룡이 고개를 저으며 재빨리 대답했다.

"아저씨가 생각하는 그런 게 아냐."

"고집 부리지 마라. 이놈아."

"아니라니까."

"대리국이 남송보다 먼저 망했다는 것은 나도 지금 처음 알았다. 언제 멸망했는지 정확하게 알고 있는 열한 살 꼬마가 몇이나 될 것 같으냐."

마치 항상 당하기만 했던 복수라도 하는 것 같다.

단운룡의 실수가 통쾌하다는 듯, 오기륭은 다 죽어가는 안색을 하고서도 두 눈에 참을 수 없는 웃음기를 머금고 있었다.

"왕족은 없어, 아저씨. 단씨는 단씨일 뿐이야."

"대리 단씨……. 대리국 왕가(王家)의 이름들은 전설과도 같다. 그렇지?"

"전설이라니, 무슨 말을 하고 싶은 건데."

"대리국이 번성했을 때, 대리국의 왕족들을 하나같이 문무겸전(文武兼全)이라 했었다. 놀라운 무공들이 많다고 들었지. 중원천하 어디에 가도 절학을 논할 수 있는 신공무학이라 했었다."

"그런 것은 어디에도 남아 있지 않아. 게다가 아저씨, 나는 직계도 아냐."

포기했다는 듯, 이야기한다.

시인 아닌 시인이었다.

직계가 아닌 방계일지라도 핏줄은 핏줄이란 말이다. 몰락한 왕조(王朝)의 후손, 긴 세월의 이어짐이 오기륭의 눈앞에 있었다.

'놀랄 것도 아니겠지.'

나라가 망하면 왕족은 비참해질 수밖에 없다. 가장 먼저 죽는 것이 왕족이요, 가장 먼저 도망치는 것 또한 왕족이다.

누렸던 부귀와 영화는 일순간에 사라진다. 남는 것은 보통 백성과 다름없는 육신뿐이다.

이후엔?

끝이 나쁠 수밖에 없다. 당연한 일이다. 기름진 음식을 마음껏 먹던 사람이 하루아침에 취향을 바꿔 풀뿌리를 뜯을 수는 없는 법이었다.

'그래도 이어지는 것이 있는 법이지.'

생활이 어려워지고 모든 것이 변할지라도, 세상에는 없어지지 않는 것이 있다.

머리에 새겼던 지식과 몸에 두른 품격이 그것이다.

문무겸전의 대리 단씨라 했다.

그런 그들이 그들의 지식과 품격을 그리 쉽게 포기했을 리가 없다. 그런 것은 어떻게든 이어지기 마련이다. 누군가가 왕족을 보필하고, 누군가는 그들의 식구를 보살피고, 누군가는 그들의 자식을 가르치고, 누군가는 그들의 힘을 물려준다.

단운룡도 마찬가지일 것이다.

왕족으로서의 편안한 생활과 왕족으로서의 화려한 부귀는 누리지 못했을지라도, 누군가가 지켜온 지혜와 힘이 아무도 모르는 사이에 이어져 있었을 테다. 어린 나이답지 않은 지식과 능력은 그런 식으로 길러진 것이 틀림없었다.

"왕족… 왕족……."

되뇌는 오기륭이다.

산길을 타 내려가던 오기륭이 나뭇가지 하나를 붙잡고 고개를 돌렸다. 그가 묘한 표정을 지으며 말했다.

"복수를 위해 후일을 도모하는 사람과 그와 함께 도망치는 왕가의 후손……."

발을 멈추고 머리를 긁적인다. 그가 물었다.

"어디서 들어본 이야기 같지 않냐?"

오기륭의 목소리는 자못 진지한 데가 있었다. 상황에 맞지 않는 이야기, 그 이면에는 부상으로 인한 고통을 다른 데로 돌려보고자 했던 마음이 있었는지도 몰랐다.

"잘 모르겠는데."

"아니야. 있어. 오자서(伍子胥)의 고사(古事)."

"오자서? 춘추(春秋)의?"

"그래. 오월춘추. 오자서 말이다."

"엄청 오래된 사람이잖아."

"그래도 넌 알고 있지. 그 정도까진 몰라야 정상이야. 네 나이엔."

"…자세히는 모른다고."

단운룡은 마치 약점이라도 잡힌 사람처럼 오기륭의 말을 쉽사리 받아넘기지 못하고 있었다. 아니, 어쩌면 오기륭의 용태가 걱정되어서일 수도 있다. 핏물이 굳어져 갈색으로 변한 옆구리……. 단운룡에겐 떠올리기 싫은 기억 중 하나였을 터이다.

"오자서…… . 그러고 보면 오자서도 아버지와 형이 죽었다고 했다. 간신배의 꼬임에 넘어가서 억울하게 사형당하고 말았다고 하지."

"그랬었어?"

"그래. 간신배의 살수를 피해 태자와 함께 도망쳤지만 결국은 태자의 어린 아들인 승(勝)만 남았다. 승과 둘이서 산속을 헤맨 적도 있어. 추격자들을 뿌리치면서."

"…… ."

"도주, 또다시 도주…… . 복수를 도모하기 위해 오나라까지 흘러들어 간다. 고생은 고생대로 하고, 다른 사람의 힘을 빌리게 되지. 후우…… . 그야말로 남 이야기가 아니군."

이상한 공통점이었다.

오월춘추, 오자서의 이야기를 떠올리면 그와 다를 것이 별반 없는 것 같았다.

초나라의 유능한 신하였던 오자서.

초나라의 태사인 비무기라는 간신에게 모략을 당하여 가족을 잃고 복수의 칼을 갈았다. 오(吳)로 피신하여 장군인 공자 광(光) 밑으로 들어간다. 오자서는 이 광을 보좌하여 결국 오나라의 왕(王)이 되도록 만드니, 이때 사용된 무기가 그 유명한 어장검(魚腸劍)이며, 왕위에 오른 광이 바로 시대의 패자(覇者)였던 합려(闔閭)이다.

협곡의 비탈길을 내려가며 춘추의 고사를 이야기하는 오기룡이다. 잠자코 듣고 있던 단운룡이 눈을 빛내며 물었다.

"어장검이라면 그 물고기 뱃속에서 칼을 빼 찔렀다는 그 검이잖아?"

"그래. 바로 그 검이다. 자객 중의 자객이었던 희대의 칼잡이, 전제(專諸)가 그 검을 휘둘렀지."

"그 전제 뒤에 오자서가 있었어? 처음 알았네."

"거기까진 안 배웠나? 그럴 리가. 나는 네 녀석이 서너 살에 사서오경을 뗀 천재인 줄 알았다."

"아니야. 춘추(春秋)와 예기(禮記)는 마치지 못했어."

"두 개는 못 배웠다?"

"응."

그것만으로도 대단하다. 그래서 물을 수밖에 없었다. 단운룡 정도의 재능이라면 사서오경이 아니라 그 이상이라도 습득할 수 있었을 것이다.

"왜 못 배웠는데?"

"죽었거든."

"응?"

"글선생이."

말하는 어투가 너무도 자연스러웠다. 오기룡이 흘끗 단운룡을 돌아보았으나, 단운룡의 표정에는 아무런 변화가 없었다. 오기룡이 고개를 끄덕이며 물었다.

"어떻게 죽었기에?"

"어떻게 죽긴. 살해당했지."

단운룡. 그리고 오기륭.

어울리는 대답이라고 생각했다.

더 이상 충격을 받지 않는 것이다. 단운룡의 입에서는 어떤 이야기가 나와도 이상하지 않았다. 글선생이 살해당하고, 부모를 잃었으며, 제 홀로 운남의 대지를 떠돈다. 그런 것이 묘하게 어울리는 아이도 이 녀석 단운룡 외에는 없을 것이다.

좀처럼 이야기하지 않는 단운룡의 과거.

흥미롭긴 하지만 굳이 캐물을 필요는 없다.

다소 어색해진 공기, 그것을 흩어놓기 위해서였는지, 오기륭이 말을 빨리하며 화제를 바꾸었다. 춘추의 이야기로 되돌린 것이다.

"뭐, 여하튼……. 그 전제가 오왕이었던 요(僚)를 암살하게 됨으로써 오자서가 모시던 광(光)이 왕좌에 올랐다. 왕위에 등극한 광은 결국 오왕 합려(闔閭)를 칭하게 되었지. 합려는 군력과 용맹이 뛰어난 왕으로서 오나라의 힘은 무척 강해지게 되었다. 초나라를 치는 데 부족함이 없을 정도로 말이다."

"그래서… 오자서는 성공했어?"

"성공? 복수 말이냐?"

“응. 복수.”

비탈길을 내려와 숲 한가운데로 들어간다. 단운룡의 질문, 대답해야 하는 오기룡의 얼굴에 어두운 표정이 떠올랐다.

“성공이라……. 그걸 성공이라 말할 수 있을까.”

그것은 아마도 그 결말 때문이었을 것이다. 역동의 춘추 시대, 오자서가 벌인 처절한 복수극의 대단원은 희극보다 비극에 가까웠던 까닭이었다.

“어떻게 되었기에 그래?”

“일모도원(日暮途遠)……. 오자서가 한 말이다. 그의 복수는 완전하지 못했다.”

“일모도원이라니… 그것도 오자서 이야기였어?”

“그래.”

오기룡이 대답했다.

단운룡이 알겠다는 듯 고개를 끄덕였다.

“해는 지고 갈 길은 멀다. 세월은 사람을 기다려 주지 않는다는 말이잖아. 오자서… 결국 실패한 거야?”

“아니, 실패라고 할 수도 없겠지. 오자서가 합려를 왕으로 만든 것은 합려를 부추겨서 자신의 조국이었던 초나라를 치기 위해서였다. 초나라를 치고, 어리석은 초평왕과 비무기를 죽이고자 했던 것이지. 그러나 그러기까지는 세월이 너무나 많이 흐른 뒤였다. 오왕 합려가 초나라를 칠 수 있게 되었을 때는… 초평왕과 비무기가 이미 죽고 없어진 후였던 것이야.”

“이미 죽었다면… 결국 복수는 못한 거잖아.”

“그래서 오자서는 평왕이 있었던 초나라, 자신을 버렸던 초나라를 철저하게 짓밟았다. 초나라의 도성은 철저하게 파괴되었고, 죽은 사람들이 온 거리에 넘쳐났지. 그런 후에도 오자서는 아버지와 형의 원수를 잊지 않았다[伍子胥念念不忘爲父兄報仇]. 평왕의 무덤까지 파헤쳐 시신을 꺼내고, 육신이 남아나지 않을 때까지 철매질을 했다 전해지고 있지. 천도(天道)를 넘어설 정도로 복수심에 불탄 것이다.”

역사의 한편으로 사라진 오자서의 복수는 그토록 강렬했다. 한 나라의 왕을 바꾸고, 한 나라의 백성들을 짓밟았다. 복수의 대상이 죽어버리자 그 시신까지 망가뜨렸다.

무서운 원념(怨念)이었다. 천고에 회자될 집념이었다.

“그래서 아저씨도 그렇게 할 거야?”

“아니.”

그리고 역사를 뛰어넘은 이곳에 오기룡이 있다. 단운룡의 질문에 단호한 거부의 뜻을 보인다. 오기룡은 오자서가 아니다. 오자서처럼은 하지 않는다. 오기룡이 덧붙였다.

“그전에 죽일 거다. 무덤에 들어가기 전에.”

＊　　＊　　＊

"실패했군. 뒈질 것들."

동굴 앞의 계곡에는 쓰러진 무인들이 즐비했다.

어찌어찌 목숨을 건진 서너 명의 무인도 전의를 상실해 버린 지 오래였다. 밝혀진 횃불 가운데에서는 타호장 등비가 욕지거리를 내뱉고 있었다.

"잘 죽었다. 이 개 같은 놈아!"

퍼억!

난데없는 격타음이 터져 나왔다.

격타음의 근원은 타호장 등비의 발밑에 있었다.

이복청의 시신이다.

큰대(大) 자로 뻗어버린 이복청의 시신에 발길질을 내갈긴 것이다. 살기와 광기가 함께 어우러진 모습이었다.

"퉤!"

침까지 내뱉는 등비의 얼굴에는 이복청에 대한 분노가 가득했다.

공을 탐한 이복청이 아니었더라면, 이 지리한 추격전도 일찌감치 끝낼 수 있었을지 모른다. 제 주제도 모르고 날뛴 놈에게는 결국 이와 같은 비참한 죽음이 어울릴 수밖에 없었다.

"이 개 같은!!"

발길질을 하는 서슬에 이복청의 시신이 뒤집혀 나뒹굴었다.

꺾여 있는 무릎과 비틀린 허리가 드러나 있었다. 그것을 본 등비가 눈살을 찌푸리며 입을 열었다.

"이건 또 뭐야."

분통을 터뜨리면서도 등비는 중요한 사실을 놓치지 않았다. 몸을 숙이며 이복청의 시신을 차근차근 훑어보고는 이를 갈면서 말했다.

"이런 같잖은 놈에게 단파각을 세 발이나 질러 넣었다? 불패신룡, 정상이 아니군! 죽을 때가 되었어!"

타호장 등비의 눈은 분명히 예리한 데가 있었다. 여타 무인들하고는 다르다는 말이다. 몸을 일으킨 그가 진득한 목소리로 물었다.

"얼마나 지났느냐."

퍽!

말없는 시체에 다시 한 번 발길질을 가하고 몸을 돌렸다.

얼마나 지났냐니, 제대로 알아듣지 못한 무인들이다.

누구에게도 대답을 들을 수 없게 된 타호장이 짜증이 치밀어 오르는 듯 얼굴을 있는 대로 찌푸렸다. 오기룡에게 당한 부상으로 팔다리를 싸맨 채 끙끙대고 있는 무인에게 곧바로 걸어간다. 바로 앞에서 무인의 머리카락을 움켜잡고서는 위쪽으로 얼굴을 들어올렸다.

"아, 아악!"

"그놈이 사라진 지 얼마나 되었냐는 말이다!"

"아익! 그, 그자는 저희가 급습한 아침나절에……!"

짜악!

무인의 얼굴이 한쪽으로 확 돌아갔다. 터져 버린 입술로 붉은 피가 배어 나온다. 타호장이 손을 확 놓으며 분노에 찬 목소리로 말했다.

"등신 같은 놈들!"

죽일 기세로 손바닥을 펼쳤지만 내려치지는 않았다.

억지로 화를 삭이며 돌아서서는 뻣뻣하게 시립한 무인들을 돌아보았다.

"놈은 멀리 가지 못했다. 샅샅이 뒤져라! 절대로 살려 보내지 마!"

타호장 등비의 목소리가 어둠 속의 계곡을 쩌렁쩌렁하게 울려놓았다. 이복청 다음은 타호장, 싸움은 아직도 끝나지 않았다.

＊　　　＊　　　＊

오기룡과 단운룡은 쉴 새 없이 전진하고 있었다. 오기룡의 상처를 생각하면 당장이라도 휴식을 취해야 했지만, 그러기엔 여유가 없었다. 위험이 남아 있기 때문이었다.

"하필이면 타호장이라니."

언젠가 흉수에게 복수하게 될 날을 꿈꾸지만, 그것은 결국 훗날의 이야기다. 그때는 그때고 지금은 지금이다. 단운룡이 엿들었다는 이야길 듣고 보니, 당장 눈앞의 상대도 쉽지가 않을 듯했다.

"타호장 확실했나? 그놈이 말한 게?"

"확실해. 합류해야 한다고 했었어."

"끄응……."

오기룡이 신음 소리를 내며 머리를 좌우로 흔들었다. 이복청 따위에도 애를 먹었는데, 타호장 등비라면 얼마나 고생이 심할지 불 보듯 훤했다.

"강한가 봐? 그 타호장이라는 자."

"강하지. 이복청 같은 놈하고는 비교할 수 없다."

"이길 수는 있어?"

"멀쩡했다면."

오기룡의 대답은 간단했다.

몸 상태가 정상이었다면 이길 수 있었다는 말이다. 곧 그것은 달리 말해 지금은 이길 수 없다는 것과도 상통하는 이야기였다. 단운룡이 고개를 끄덕이며 말했다.

"어렵겠어. 그렇지?"

"맞아. 어려울 거다."

그것을 끝으로 한참 동안 침묵이 이어졌다.

그저 걸음을 빨리할 뿐이다.

협곡을 지나서 숲 하나를 가로질렀다. 그러고 나자 까마득한 산비탈이 눈앞을 가로막아 왔다. 그것을 올려다보던 오기룡이 결국 고개를 젓고 말았다. 그가 무겁기 짝이 없는 목소리로 입을 열었다.

"이대로는 안 돼. 운기가 필요할 것 같다."

"운기조식을?"

"그래. 운기조식."

"잡힐 거야. 우리는 생각보다 거리를 벌려놓지 못했어."

"언젠간 잡히고 말 거다. 내 속도가 너무 느려, 이대로는."

"……."

오기룡의 말은 틀린 데가 없었다.

이대로 가다 보면 잡히고 말 것이다. 어느 정도까지 따라붙었는지는 몰라도 그 거리는 계속 좁혀지고 있으리라. 지금 이 순간에도 예외없이 말이다.

두 사람은 서둘러 몸을 숨길 만한 곳을 찾았다.

뭐든지 억지로 찾으려 하면 찾기가 힘들다고 하더니, 그렇게 험한 산속에서도 마땅한 곳이 영 보이질 않았다. 한참을 헤맨 끝에 어렵사리 동굴 하나를 확보했다. 오기룡이 지체없이 가부좌를 틀고 앉아 운기조식에 들어갔다.

잠시 동안 그것을 지켜보던 단운룡은 이내 있던 자리를 옮겨 동굴 입구에 딱 붙어 앉았다. 바깥의 동향을 살피기 위해서다. 단운룡의 눈이 경계의 빛을 담고 날카롭게 반짝였다.

시간이 흐르고 날이 저물었다.

오기륭의 운기가 길어지고 있음에도 밖을 바라보는 단운룡의 자세는 흐트러짐이 없었다. 어른도 힘든 일, 집중력과 지구력이 놀라운 수준에 이르러 있었다.

밤이 깊어지고, 온 세상에 어둠이 깔렸다.

바깥을 살피던 단운룡이 한순간 움찔하며 두 눈을 크게 떴다. 작은 몸을 일으켜 슬그머니 동굴을 나섰다. 어둠 속을 응시하는 작은 얼굴에 긴장감이 어렸다.

'위험해……'

멀리서부터 개 짖는 소리가 들리고 있었다. 한참 먼 곳, 고개를 들면 보이는 산중턱으로는 붉은색 불빛 몇 개가 가물가물 일렁이고 있었다.

'여기까지 오는 것도 금방이야.'

단운룡이 고개를 돌려 동굴 쪽을 바라보았다.

어둠에 묻혀 달빛 그림자조차 비쳐들지 않는 동굴이었다. 스스로의 내공과 외롭게 싸우고 있는 오기륭이 그 안에 있었다.

'버리고 가진 않겠어. 아저씨도 그만한 의리를 보여줬으니까.'

살아남으려면 지금이라도 혼자 도망쳐야만 할 것이다. 오기륭의 복수는 어디까지나 오기륭의 복수일 뿐, 단운룡의 싸움이 될 수 없었다.

하지만 단운룡은 도망치지 않았다.

오기룡의 마음을 받았기 때문이다. 오기룡은 그 자신이 그렇게 급박하고 힘들었던 와중에도 도리어 단운룡을 걱정하며 함정에 빠지기를 주저하지 않았다.

바보다.

세상에 다시없을 바보다.

그러나 바보 같은 사람을 앞에 두고 있자면 똑같은 바보가 될 수밖에 없는 모양이었다.

'어떻게든 살아남으라 했었지.'

아버지의 마지막 말이 작은 마음속을 울렸다.

살아남아라.

살아남아라.

그래서 단운룡은 앞으로 나아갔다. 위험 속을 향해서.

'어떻게든… 살아남으면 그만이야.'

단운룡은 바보가 되기로 했다.

바보라도 살아남지 말라는 법은 없는 것이다.

단운룡의 몸이 어둠 속을 갈랐다. 풀숲을 헤치고 나무 둥지를 박차며 산비탈을 평지처럼 올라갔다. 한참을 올라간 단운룡의 눈으로 위험스런 불빛들이 비쳐들었다. 적들이 들고 있는 횃불이었다.

'저자구나……!'

깎아지른 석벽을 뒤로한 채 추격대의 선두 쪽에서 거침없이 걷고 있는 남자가 보였다. 다른 어떤 무인들에 비해서도 돋보이는 자다. 먼 거리에서도 눈에 확 띄는 남자였다.

'타호장, 틀림없어.'

무서운 기세였다.

열 명 남짓의 무인이 그의 뒤를 따르고 있었지만, 이제 그 숫자 따위는 의미가 없게 느껴졌다. 타호장이라는 자 하나가 나머지 열 명을 합친 것보다도 강해 보였기 때문이다.

'쉽지 않겠는걸. 이번에는.'

단운룡은 더 이상 접근하지 못했다.

저번에 추격대를 흐트려 놓았을 때보다 두 배는 더 떨어진 거리였음에도 도무지 마음을 놓을 수가 없었다. 돌멩이를 던지고 주의를 끌었다 해도 금세 잡혀 버릴 가능성이 있었다. 이복청 때와 달리 저질러 놓고 볼 수 있는 상대가 아니었다.

'이 정도 거리……. 아니야. 안 돼. 조금만 더 멀어지자.'

뒤쪽으로 물러나며 거리를 쟀다.

잡히면 안 된다. 그러면서 최대한 시간을 끌어야 했다.

단운룡이 마지막으로 뒤쪽을 돌아보았다.

오기륭이 있는 동굴 쪽이다.

나무들에 가려 보이지 않는 어디쯤이다.

단운룡이 마음속으로 말했다.

'아저씨. 아저씨한테 달렸어.'

심호흡을 한 번 하고, 발끝에 힘을 주었다.

이어서 작은 손을 들어올리고 나무줄기를 건드렸다.

소리가 나도록. 일부러 소리를 내서 이쪽을 돌아보도록.

파사삭!

마치 실수로 낸 것과 같은 인기척.

단운룡은 그대로 땅을 박찼다.

뒤도 돌아보지 않는다. 쫓아올 것이 뻔했기 때문이다.

단운룡의 몸이 어둠 속으로 빨려 들어갔다. 까맣게 다가오는 나무줄기를 돌아 넘고 비산하는 나뭇잎들을 흘려보냈다. 우거진 숲에서 빠져나와 산중턱의 풀밭에 이르렀다. 구름 낀 하늘 위에 하얀 달무리가 가득했다.

사사사사삭.

허리까지 올라오는 수풀을 헤치고 빠르게 앞으로 나아갔다. 풀밭을 가로질러 반대편 숲까지 왔다. 몸을 숙이고 고개를 돌려 적의 접근을 확인했다.

‘빠르다.’

전속력으로 달려왔음에도 상대는 어렵지 않게 따라붙고 있었다. 순식간에 풀밭 저편까지 이르러 검고 커다란 그림자를 드리워 버린다. 그림자의 주인, 타호장 등비가 커다란 목소리로 외쳤다.

“오기룡이 아니로군! 웬 놈이냐!”

대답해 줄 단운룡이 아니었다.

장단을 맞추어주는 대신 숲 그늘에 몸을 숨겼다. 타호장 등비가 이를 갈며 고래고래 소리를 질렀다.

"뒈질! 어떤 놈이든 잡아서 족치면 그만이겠지!!"

하얀 달이 구름 사이로 얼굴을 내밀며 어두운 그림자가 걷혀지고 있었다.

성큼성큼 풀밭을 헤치며 걸어오는 타호장이다. 거친 수염이 가득한 얼굴에 부라리는 두 눈에선 광기(狂氣)가 번뜩였다. 흉악하기 짝이 없는 모습이었다.

사사삭!

흉포한 모습도 모습이었지만, 느껴지는 기세가 실로 만만치 않았다. 싸우는 것은 아무래도 무리일 것 같다. 땅을 박찬 단운룡이 다시 한 번 도주를 감행했다.

"거기냐!!"

파아아아아!

타호장 등비의 움직임은 무척이나 빨랐다. 체격에 어울리지 않는 민첩함이다. 풀밭에 돌풍을 일으키며 단운룡이 사라진 숲 속으로 돌진했다. 망설임없이 어둠 속으로 뛰어들며 빽빽한 나무들을 누빈다. 흉맹한 성격은 단지 성격일 뿐, 무공만큼은 확실히 고강한 것 같았다.

나무 사이를 낮게 달려가던 단운룡이 움직이던 발끝에 힘을 더했다.

이전까지 놈들과 다른 상대라는 것쯤은 뒤를 돌아보지 않고도 분명하게 느낄 수가 있었다. 당장이라도 무언가가 등 뒤를 내려칠 것 같은 기분이다. 전해오는 압력이 등줄기를 찌릿찌릿하게 만들 정도였다. 칠흑 같은 어둠 속, 울퉁불퉁한 땅바닥이 미친 듯한 기세로 눈앞을 스쳐 갔다.

'위험!!'

속도를 더 냈음에도 안 되는가.

단운룡이 급작스럽게 방향을 바꾸며 두 그루 나무 사이로 몸을 던졌다. 그 뒤를 따라 강렬한 경풍이 나무줄기를 뒤흔들었다. 바로 등 뒤까지 왔다. 다 따라잡혔다는 이야기였다.

"잡았다! 이놈!"

고함 소리가 귓전을 울렸다.

뒤쪽.

그리고 앞쪽.

단운룡의 두 눈으로 오래되어 비틀린 아름드리 나무가 빠르게 확대되고 있었다. 땅 위까지 솟아 있는 뿌리들을 뛰어넘은 직후, 단운룡의 발이 두꺼운 나무줄기를 박찼다.

'지금!!'

방향을 바꾼 것은 순간이었다.

단운룡의 신형이 나무 뒤로 돌아가기 무섭게 방향을 바꾼 바로 그 자리로 타호장의 일장이 틀어박혔다. 폭음과도 같은 격타음이 커다랗게 울려 퍼졌다.

꽈아앙!

오래된 나무, 치렁치렁하게 뻗어 있던 가지들이 한꺼번에 요동을 쳤다. 타호장의 분노 어린 고함이 사위를 울렸다.

"쥐새끼 같은!!"

나무와 나무 사이를 날아들며 또다시 일장을 날렸다. 파공성에 반응한 단운룡이 아슬아슬하게 방향을 꺾으며 타호장의 공격을 피해냈다. 그렇게 몇 번인지 모른다. 간발의 차이로 위험천만한 순간들을 비껴가고 있었다.

파사사사삭!

한밤의 숲이 광풍으로 가득 찼다. 타호장의 장력을 맞은 나무들이 무섭게 흔들린다. 줄기가 굵지 않은 나무들은 빗나간 일격조차 버텨내질 못했다. 쓰러지는 나무줄기들과 부러져 날아오르는 나뭇가지들이 단운룡의 등 뒤를 따라오면서 빠른 움직임을 재촉하고 있었다. 몇 번이나 위기를 넘긴 단운룡이 한순간 두 눈에 반짝이는 빛을 품었다.

'이 소린……!'

물소리가 들려오고 있었다. 그것도 그냥 개울 소리가 아니라 꽤나 풍성하게 들려오는 물소리였다. 다시 한 번 방향을 바꾸어 그쪽으로 향했다. 바로 뒤에서 우지끈 하는 소리와 험악한 욕지거리가 동시에 들려왔다. 우거진 수풀을 헤치고 나무줄기 뒤엉킨 바위들을 뛰어넘으며 깊은 수림(樹林)을 통과했다. 갑작스레 시야가 트이면서 앞을 가로막던 나무들이 한꺼번에 사라진다. 숲과 함께 땅바닥이 끊겨 버린 곳, 절벽인

모양이다. 그 아래쪽으로 물소리가 요란하게 들려오고 있었
다.

　"애송이였군! 궁지에 몰린 쥐새끼가 따로 없구나!"

　우거진 수풀이 없어진 곳.

　단운룡의 모습이 달빛을 받아 뚜렷하게 드러나고 있었다.
타호장 등비가 다 잡았다는 듯 여유로운 걸음걸이로 거리를
좁혀왔다. 단운룡이 뒷걸음질을 쳤다. 절벽의 가장자리가 단
운룡의 발뒤꿈치에 걸렸다.

　'높지 않아.'

　깎아지른 절벽이라 생각했건만 그 높이는 생각보다 낮았
다.

　기껏해야 이삼 장 높이다. 절벽이라 부르기엔 부족할지
몰라도 그 경사만큼은 수직에 가까울 정도였다. 튀어나온 바
위들 밑으로 제법 커다란 물줄기가 굽이치며 흘러가고 있었
다.

　"정체가 뭐냐? 오가 놈의 제자라도 되는가!"

　언제나와 같다.

　단운룡은 대꾸하지 않았다. 그 대신 아래쪽을 살피며 물살
의 흐름을 가늠한다. 격한 급류까지는 아니더라도 꽤나 험하
게 부서지는 물살이다. 검게 흘러가는 물줄기가 마치 거대한
물뱀의 움직임 같았다.

　"대답해!"

타호장 등비가 눈썹을 꿈틀거리며 소리쳤다. 단운룡이 겁이라도 집어먹은 듯 움찔 몸을 굳히면서 상체를 숙였다. 작은 손을 뻗어 땅바닥을 훑는다. 몸을 일으킨 단운룡의 손에는 돌멩이 몇 개가 꽉 쥐어져 있었다.

"카핫! 고작 돌멩이냐!"

타호장이 비웃음을 던지며 앞쪽으로 성큼 발을 내디뎠다. 단운룡이 팔을 뒤로 하고 힘껏 돌멩이를 던져 냈다.

휘익!

하지만 단운룡이 던져 낸 돌멩이에는 제대로 된 힘이 실려 있질 않았다. 이복청을 막으면서도 보여주었던 날카로움이라고는 조금도 찾아볼 수가 없었다. 도망치면서 보여주었던 몸놀림 때문이었는지, 던져 오는 돌멩이도 예사롭지 않을 것이라 생각한 듯 잠시 멈추어 섰던 타호장이었지만, 쭉 날아오는 돌멩이는 그저 어린아이치고 빠르다 생각할 수준의 보통 돌멩이에 불과했다. 타호장이 손을 뻗어 날아온 돌멩이를 툭 쳐내 버렸다.

"오가 놈은 어디에 있느냐?"

타호장의 고함 소리는 마치 무엇인가 잘못을 저지른 아이에게 화를 내며 윽박지르는 동네 어른과 같았다. 단운룡은 고집 부리는 어린아이처럼 계속하여 돌을 던질 뿐이다. 지치기라도 한 듯 무기력하게 던져 내는 돌멩이는 타호장에게 아무런 위협이 되질 못했다. 타호장이 신경질적으로 돌멩이들을 쳐내면서 빠르게 앞으로 다가왔다.

'조금 더 가까이……!'

몸을 한 번 더 숙이고 재빨리 돌멩이들을 주운 다음 몇 개를 한꺼번에 던졌다. 더 오지 말라는 무언의 몸짓이다. 어린아이다운 짓이었다. 타호장 등비가 고개를 돌려 침을 뱉고는 한 발 더 다가왔다.

'지금……! 아니다, 이자에겐 통하지 않아!'

한쪽으로 돌린 오른손에 힘을 모으던 단운룡이다. 그러나 단운룡은 던지지 못했다. 직감적으로 통하지 않는다는 사실을 깨달아 버렸기 때문이다. 일부러 대충 던지면서 확실하게 맞을 만한 거리까지 유인하려 했다. 하지만 이 타호장은 그런 술책이 먹힐 만한 상대가 아닌 것 같았다.

맞지 않는다.

맞는다 해도 완전하게 방어해 낼 테다.

짐작이 확신으로 변하기까지는 찰나의 시간으로 충분했다.

단운룡의 머릿속에 힘껏 던져 낸 돌멩이가 그려졌다. 그리고 그 그림에 돌멩이를 막아내는 타호장의 모습이 겹쳤다.

무공을 뛰어넘은 육감이었다. 천부적인 감각이 돌멩이를 던져서는 안 된다 말하고 있었다. 손에 실린 힘을 거두며 다시금 아무렇게나 돌멩이를 던져 냈다. 타호장 등비가 날파

리를 쫓듯 손바닥을 휘둘러 날아온 돌멩이를 가볍게 튕겨냈
다.

'써야 하나? 아니야. 마지막까지 남겨놓자.'

단운룡은 더 이상 공격을 시도하지 않았다.

상대는 이미 오랫동안 무공을 익혀 명성을 얻은 고수다. 하
지만 이쪽은 고작 열한 살의 어린아이일 뿐이다. 배운 것이
다르고 재능이 달라도 좁힐 수 없는 차이가 있다.

아직 잡히지 않은 골격이다.

다듬어지지 않은 육체였다. 정면으로 싸우기엔 역시나 무
리였다.

"뒈질 놈의 애송이. 오가 놈이 어디에 있는지 알려주면 목
숨만큼은 부지하게 해주마!"

고작 몇 걸음 앞까지 다가온 타호장이다. 타호장이 손만 뻗
어도 닿을 것 같다.

단운룡이 발끝을 뒤로 하며 물러날 곳 없을 데까지 물러났
다. 그러면서 말했다. 처음으로 들려준 대답이었다.

"그건 당신이 할 말이 아니야. 당신이 들어야 할 말이지.
돌아가도록 해. 이대로 물러가면 목숨만큼은 부지할 수 있을
거야."

그것으로 끝이었다.

단운룡의 발끝이 땅을 박찼다.

타호장 등비가 황급히 달려들었지만 손쓸 겨를이 없었다.

절벽 뒤쪽, 아무것도 없는 허공에 떠올랐던 작은 그림자가 이내 쏟아지는 달빛을 받으며 아래로 내려갔다. 흐르는 물결 위에 떨어져 내린 것이다.

첨벙! 쏴아아아!

흘러가는 물줄기가 단운룡의 몸을 삼켜 버린 것은 순간이었다.

타호장 등비가 절벽 밑을 내려다보며 이를 갈았다. 그의 입에서 험악한 욕지거리가 터져 나왔다.

"뒈질 놈! 카악……. 퉤엣!"

뒤따라 몸을 날릴 수도 없다.

오기룡 본인도 아니요, 어디서 굴러온지도 모를 귀찮은 애송이 하나를 잡기 위해 이런 물속으로 뛰어든다는 것은 그야말로 말이 되지 않는 일이었다.

망설일 것까지도 없었다. 시간만 낭비했다.

그렇다.

시간만 낭비했다. 그것이 이 애송이의 목적이었을 것이다. 아니, 저런 꼬마가 혼자서 그랬을 리도 만무한 일, 오기룡이 그렇게 시간을 끌도록 만들었을 것이 뻔했다.

'씹어 먹어도 시원찮을 것들!'

콰앙!

타호장 등비가 애꿎은 나무줄기에 장력을 뿜어냈다. 분통을 터뜨리며 몸을 날리는 그의 뒤로는 까맣게 흐르는 물소리만이 울려 퍼질 뿐이었다.

"푸하!"

밤바람이 온몸을 휩쓸고 지나가며 오싹한 한기(寒氣)를 안겨주었다. 어렵사리 물 위로 기어오른 단운룡이다. 흠뻑 젖은 몸에 움직이는 발걸음마다 물방울이 뚝뚝 떨어지고 있었다.

'용케 다치지 않았구나.'

위에서 내려다보던 것과 직접 빠지는 것은 하늘과 땅처럼 큰 차이가 있었다.

흐르는 물살 옆으로 헤엄쳐 운 좋게 잡아챈 넝쿨이 아니었다면, 그야말로 꼼짝없이 죽을 뻔했다. 생각보다 훨씬 더 물살이 거셌던 것이다.

'후우……'

얼굴을 문질러 물기를 닦아내고 하늘을 올려다보면서 위치를 가늠했다. 물에 빠진 지 얼마 되지 않았건만 꽤나 긴 거리를 떠내려온 것 같았다. 상류 쪽으로 고개를 돌려 보았으나, 뛰어내렸던 절벽은 시꺼먼 숲에 가려 보이지도 않았다.

'그렇게 많은 시간을 벌지는 못했어.'

타호장만한 고수와 일 대 일로 대치하고도 살아 나온 것이 다행이랄까.

단운룡은 상황을 낙관하지 않았다.

제자리에서 몇 번 뛰어오르며 온몸을 적신 물방울을 털어냈다. 차가운 기운이 뱃속까지 스며들었다. 몸을 한번 떨고 이를 악물며 추위를 견뎌냈다.

'진짜 고생한다. 모처럼 마음에 든 아저씨인데 때려칠 수도 없고 말야……'

애가 어른을 돌보는 격이었다.

이 무슨 생고생인지 모르겠다. 그래도 가야 한다. 살려내고 싶었다. 살려내야만 할 것 같았다. 더 이상 누가 죽는 것은 싫었다.

'서둘러야 해.'

곧바로 몸을 날려 우거진 숲으로 향했다. 깜깜한 어둠 속에 처음 보는 지형들이 눈앞을 채웠다. 어림짐작으로 방향을 잡은 후 거침없이 앞으로 나아갔다.

달리는 서슬에 젖은 옷의 한기가 기승을 부렸지만 그런 것쯤은 가볍게 의식 저편으로 밀어두었다. 펼쳐진 숲의 능선을 타고 비탈진 경사를 빠르게 올라갔다.

한참을 달려가자 눈에 익은 길이 나타났다.

아까 정신없이 헤쳐 왔던 수풀이었다. 단운룡이 잠시 발을 멈추고 정신을 집중했다. 들려오는 소리를 잡아내기 위함이었다.

컹……! 컹……!

단운룡은 오래지 않아 듣고자 했던 소리를 들을 수가 있었
다.

방향을 대충 잡고도 길을 잃었을까 걱정하지 않았던 것은
바로 이 소리 때문이다. 적들이 끌고 온 추적견들이 가야 할
곳을 가르쳐 주고 있었다.

목적지가 정해졌으니 달리는 일만 남았다.

땅을 박차고 속도를 빨리하며 적들이 있는 곳으로 향했다.
올라가던 경사가 이제 아래쪽 비탈로 이어졌다. 바위를 휘감
고 자라난 나무줄기들을 옆으로 스쳐 보내면서 정면을 살폈
다. 눈에 익은 수목들이 점점 더 많아지고 있었다.

'가깝다. 들켜 버린 건가?

본 적 있는 나무들이 많다는 것.

당연한 일이다. 오기룡이 있던 동굴까지 거의 다 와버린 까
닭이었다. 동굴 근처, 개 짖는 소리와 수풀을 헤치는 인기척
들이 멀지 않은 곳에 있었다.

'확인부터 해야……!'

단운룡이 나무줄기 하나를 타고 올랐다.

꽤나 높이 올라간 단운룡의 두 눈에 밝혀진 횃불들이 비쳐
들었다. 벌써부터 합류해 있는 타호장 등비의 모습도 보였다.
성난 얼굴로 무인들을 지휘하는 중이었다.

'아직은 아니구나.'

동굴과 멀지 않은 곳, 아직 찾아내진 못했다. 그렇지만 그

것도 잠시일 뿐, 이 정도로 접근해 왔다면 들통나는 것도 금방이었다. 단운룡의 얼굴에 다급함이 깃들었다.

'너무 가까운걸. 이렇게 되면 어쩔 수 없어.'

조금이라도 시간을 더 끌어야 했다.

재빨리 나무에서 내려와 땅바닥으로 몸을 숙였다. 주먹만 한 돌멩이들을 찾아서 축축하게 젖은 옷소매에 감아 넣었다. 묵직한 소매를 품에 안고 심호흡을 하며 마음을 가다듬었다.

이번에는 정말 위험했다.

단운룡 자신보다 오기륭이 문제였다. 운기조식이 끝났는지 어땠는지는 모른다. 만일 운기조식 도중에 적들이 들이닥치기라도 하게 되면 돌이킬 수 없는 일이 생기고 말 것이다. 그래서는 안 된다. 이제는 싫다. 그렇게 잃는 것은 더 이상 안 될 일이었다.

'가자!'

단운룡이 우거진 숲을 우회하며 적들의 배후로 돌아갔다.

횃불을 치켜든 무인들이 빠르게 전진하며 사방을 뒤지고 있었다.

단운룡은 망설이지 않았다. 전력을 다해 팔을 휘둘렀다. 돌멩이 하나가 거센 파공음을 울리며 무인들의 한가운데로 뻗어나갔다.

퍼억! 깨애앵!

이번에도 전과 같았다.

표적은 개다. 등줄기를 얻어맞은 수색견 하나가 낑낑대며 땅바닥을 뒹굴었다. 듣기 싫은 고함 소리가 곧바로 뒤를 이었다.

"웬 놈이냐!"

소리침과 동시에 몸을 날려온다. 단운룡이 있는 쪽이었다.

이복청보다 훨씬 뛰어난 감각, 고수의 능력이었다.

단 한 번 돌을 던졌을 뿐인데도 단운룡의 위치를 거의 정확하게 잡아내고 있었다.

'잡힐 수야 없지.'

단운룡의 움직임이 더 빨라졌다. 품속에서 돌멩이 하나를 잡아 들고 땅을 스치듯이 몸을 날렸다. 공중에 뜬 단운룡의 몸, 낮게 깔아서 던진 돌멩이가 날카로운 파공성을 울렸다.

빠악!

수색견 한 마리가 더 쓰러진 것은 그야말로 순식간에 벌어진 일이었다. 단운룡이 작은 몸을 굴리며 옆의 풀숲으로 뛰어들었다. 강력한 경풍이 단운룡이 있던 자리를 휩쓸었다.

"이놈!"

풀줄기를 옆으로 젖히고서 나무 위쪽으로 뛰어올랐다. 타호장 등비가 따라붙으며 지체없이 장력을 날려왔다.

꽈앙!

　단운룡의 움직임은 절묘했다. 나뭇가지 하나를 붙잡고 가
볍게 몸을 날리면서 덮쳐 오는 장력을 비껴내 버렸다. 타호장
등비가 어처구니없다는 표정을 지으며 큰 소리로 외쳤다.
　"애송이 주제에 겁대가리가 없구나!"
　급류에 뛰어들며 도망친 것이 방금 전인데, 얼마나 되었다
고 다시 나타나는 것인지 이해할 수가 없다는 투였다. 타호장
등비의 장력이 강렬한 경풍을 일으켰다.
　파사사사삭!
　풀잎이 비산했다.
　공격하는 타호장과 피하는 단운룡.
　두 사람의 신형이 어지럽게 움직였다.
　조금 더 절박해진 단운룡이라는 것과 조금 더 화가 난 타호
장이라는 점이 다를 뿐, 아까와 똑같은 상황이라 해도 과언이
아니었다.
　조금만 가까워도 장력이 날아든다.
　타호장 등비의 공격이 끊이지 않고 이어졌다. 깊게 축적된
공력을 바탕으로 연신 장력을 날려오는데, 그야말로 숨 돌릴
틈이 없을 정도였다.
　무작정 피하는 것 외에는 다른 방도가 없다. 결국 단운룡으
로서는 체력적인 면에서도 열세를 느낄 수밖에 없었다. 살아
온 세월에 차이가 있는 만큼 쌓아온 내공에도 차이가 있었기
때문이다.

파앙! 콰아앙!

기세를 탄 타호장의 장력은 위치를 가리지 않으며 쏟아졌다. 그 경력의 여파가 단운룡의 움직임마저 둔하게 만들고 있었다.

위기였다.

헤쳐 나갈 방도가 없었다. 당장이라도 죽게 될 만큼 급박한 상황이었다.

'이대로는 죽겠어.'

살아야 한다는 약속을 지키기가 이렇게 어려울 줄은 몰랐다. 그렇다고 이렇게 나선 것에 대한 후회는 느끼지 않았다. 죽음에 대한 두려움 따위, 단운룡에게는 없었기 때문이다.

'죽으면 죽는 거지.'

단운룡은 그렇게 생각했다.

죽음의 의미를 몰라서 두려워하지 않는 것이 아니라, 죽음이 무엇인지 잘 알기 때문에 두려워하지 않는다. 여력이 안 되면 죽을 수밖에 없다. 누구를 탓할 것도 아니었다.

그때였다.

변화가 생긴 것은.

"으아악!"

아련하게 들려오는 한줄기 비명 소리가 있었다.

먼 곳에서 울려오는 소리.

잘못 들은 것이 아니었다. 한 마디, 두 마디 외침이 들려오더니 다급한 고함 소리가 들려오기 시작한다. 소란스러움이 심해지고 있었다.

"어디! 어디냐!"

"이쪽이다! 막아라! 막아!"

미친 듯이 달려들던 타호장이 멈칫하며 고개를 돌렸다. 그의 눈에 핏발이 섰다. 입가에는 진득한 미소가 깃들었다. 타호장 등비가 비틀린 목소리로 중얼거렸다.

"나온 것이냐."

단운룡도 들었다.

멀리서 들려오는 외침들을.

단운룡의 눈이 반짝이는 빛을 발했다.

숲 저편, 몰아치는 파도가 있다. 적들을 휩쓸며 무서운 위용을 보여준다. 그 놀라운 기세가 이곳까지 전해오고 있었다.

"크아악!"

"피해라! 막을 수 없어!"

타호장의 표정이 더욱더 흉악하게 변했다.

단운룡을 향해 잔인한 시선을 보내더니 이내 몸을 돌려 땅을 박찼다. 새로운 사냥감을 발견한 한 마리 야수와도 같은 모습이었다.

'일단은 넘겼지만……!'

멀어지는 타호장의 뒷모습을 보며 한숨을 내쉬었다.

당장 죽는 것은 면했다. 그러나 아직 끝난 것은 아니었다.

몇 번 더 가슴 깊이 숨을 들이쉬고는 새롭게 기력을 보충했다. 곧바로 따라가야 했다. 이 극적인 변화를 가져온 게 누구인지 너무도 잘 알고 있기 때문이다.

'가야 돼.'

맥이 빠질 만큼 지쳤다.

타호장 같은 고수의 공격을 이만큼이나 버틴 것만으로도 대단한 일이다. 당장 쓰러져 쉰다고 해도 이상하지 않다. 아니면 이 기회에 혼자 도망쳐 버리거나.

'버려두진 않아.'

그만큼이나 궁지에 몰렸었음에도 단운룡은 다시금 위험을 향해 발을 옮겼다.

타호장의 뒤를 따라 이 파도의 중심지로 나아간다. 풀숲을 뛰어넘고, 나무 위에 올랐다. 아수라장이 된 추격대를 보고 있는 단운룡의 마음속에서 걱정스런 한마디가 소리없는 울림을 일으켰다.

'괜찮은 거야? 아저씨?'

보인다.

피에 물든 옷을 휘날리며 몸을 날리는 한 남자가 있었다. 그의 발이 날카롭게 하늘을 갈랐다. 장쾌한 타격음이 그 뒤를 따랐다.

빠아악!

칼을 휘두르던 무인 하나가 땅바닥에 처박히고 있었다.

제멋대로 일렁이는 횃불들 한가운데, 패하지 않는 신룡의 위용을 뽐낸다.

그 위엄, 그 위력으로.

'괜찮은 거로구나. 그렇지?'

'물론이다. 난 괜찮아.'

단운룡의 마음속에 환청과도 같은 대답이 새겨지고 있었다. 오기륭이 곧바로 몸을 돌리면서 달려오는 상대에게 깨끗한 일격을 선사했다.

누워 있는 자들만도 벌써 일곱 명.

감히 덤비지 못할 만큼 굉장한 무공을 보여주고 있었다.

"카하하하하! 오랜만이다, 불패신룡. 이 어르신께 그동안 잘도 고생을 시켰겠다!"

"여전하군, 등비."

불패신룡 오기륭의 목소리는 차분했다. 방금 전까지 그렇게 격하게 움직인 사람이라고는 전혀 생각되지 않았다. 그 여유가 마음에 들지 않았던 듯 등비가 웃음을 뚝 그치며 나직한 목소리로 말했다.

"그 건방진 낯짝도 이제는 끝이다. 구룡보의 불패자? 도망이나 치고 있는 주제에 가당치도 않은 말이겠지. 패배를 모른다던 네놈의 명성도 오늘로서 마지막이 될 것이다."

구면이다.

등비가 분출하는 감정은 하루 이틀에 만들어진 것이 아니었다. 오랫동안 쌓아왔던 질투와 적의(敵意)를 마음껏 풀어놓고 있다. 예전부터 잘 알던 사이라는 뜻이었다.

하지만 그것을 정면으로 받는 오기룡은 아무런 동요를 보이지 않았다. 잠자코 듣던 그가 턱을 치켜들며 간결한 어조로 말했다.

"말이 많군. 덤벼라."

오기룡의 한마디는 컸다.

등비의 이마에 퍼런 혈관이 튀어나왔다. 그가 분노에 가득 찬 목소리로 소리쳤다.

"오기룡! 네놈 무덤이 바로 이곳이다!"

외침과 동시에 땅을 박찼다.

쇄도하며 뻗어내는 장력에는 타호장이란 이름자처럼 호랑이라도 때려잡을 만한 기력이 실려 있었다. 강력한 경풍이 오기룡의 전신을 덮쳤다.

파아앙!

그러나 오기룡은 호랑이가 아니었다. 상처 입은 용이다. 상처를 입었음에도 패배를 모르는 신룡이었다.

그의 발이 승천하는 용과 같이 신묘한 움직임을 보였다. 아래에서 위쪽으로 손목부터 밀어낸다. 비껴내는 장력, 불패신룡의 또 다른 절기인 승천각(昇天脚)의 공부였다.

첫 일격이 무위로 돌아갔음에도 타호장 등비는 전혀 당황하지 않았다. 흥분하고 있긴 해도 고수는 고수라는 이야기다. 순식간에 자세를 바꾸면서 재차 장력을 날려온다. 올라갔던 손목부터 내려치는 장법. 임기응변으로 내치는 절묘한 한 수였다.

파팡!

타호장의 실력도 만만치 않았지만, 오기룡의 대응은 더욱 놀라웠다. 올려 찬 자세 그대로 몸을 띄우고 허리를 돌리며 다른 쪽 발을 뻗어냈다.

짧게 끊어 차며 장력의 축이 되는 팔꿈치를 막았다.

승천각에서 단파각으로 이어지는 연환각이다. 자세가 무너진 채였지만, 또다시 한 바퀴 돌면서 날카로운 각법을 보탠다. 일도(一刀)의 날카로움, 발도각의 일격이었다.

스각!

등비의 거구가 빠르게 뒤쪽으로 물러났다.

피해내는 등비의 앞섶이 칼에 베인 것처럼 길게 찢겨져 있었다. 발도각의 예리함을 그대로 보여주는 광경이었다. 등비가 거친 수염을 파르르 떨면서 이빨을 드러냈다.

"성가시기 짝이 없는 놈……!"

서로가 마찬가지다.

일이 합으로 승부를 가릴 수 있는 싸움이 아니었다.

명성만큼, 아니, 명성 이상으로 뛰어난 기량을 지녔다. 타호장 등비가 두 손을 쫙 펴고 옆으로 움직이며 빈틈을 노렸다. 오기륭의 눈이 미세하게 흔들렸다.

'길게 가면 불리할 텐데……!'

오기륭이 생각한 것, 단운룡의 생각도 똑같았다.

부상을 입은 몸에 운기조식도 충분하지 못했다. 고질적인 내상도 있는 데다가 상대의 힘도 보통이 아니다.

'지금 내력으로는 '그것'도 쓸 수 없다.'

내력이 부족하여 진정한 절기를 쓰지 못한다는 뜻이다.

두 팔을 묶인 채 싸움터로 내보내진 것이라 해도 과언이 아니었다. 싸움이 길어지면 길어지는 만큼 패색도 짙어질 것이 뻔했다.

'그렇다면 선공밖에 없어.'

단운룡의 마음이 전해지기라도 한 것일까.

오기륭의 신형이 앞으로 나아가고 있었다. 그의 입에서 호쾌한 기합성이 터져 나왔다.

"합!"

날아들며 무릎을 돌렸다.

돌리는 무릎 끝에서 한 자루 보도(寶刀)가 격발된다. 어느 때보다 날카로운 발도각이 등비의 상단을 노렸다.

파아아앙!

등비는 오기륭의 굉장한 기세를 정면으로 받아낼 수가 없었다.

옆으로 몸을 틀면서 황급히 장법을 내뻗는다. 각법의 날 끝에 비껴 맞은 일격이 무서운 파공성을 일으켰다.

그 경력의 여파를 미처 흩어내기도 전이다.

오기룡의 발은 멈추지 않았다.

단파각 두 발이 거의 동시에 뻗어나갔다. 실로 대단한 몸놀림이다. 발끝의 탄력과 경력이 이른바 상승의 경지에 이르러 있었다.

파팡!

기세를 타고 몰아치는 공격이다.

축이 되는 발이 바람을 가르는가 하면, 뻗어나갔던 다리가 어느새 몸의 중심을 이어받고 있었다. 막아내기에 급급한 등비의 모습이 곧, 불패라는 이름의 진가를 그대로 드러내 주고 있었다.

'하지만……!'

싸움의 우위는 확실하게 잡았다.

하지만 문제는 결정적인 일격을 가하지 못하고 있다는 데 있었다. 그것이 부상자의 한계였다. 등비로서도 오기룡이 승부를 서두르고 있다는 사실을 알아버렸는지, 무리하게 공격을 해오지 않고 방어에 온 힘을 기울이고 있었다. 강맹한 장력을 방패 삼아 물샐틈없는 방어를 보여주고 있으니, 치명타를 꽂아 넣기가 무척 어려워 보였다. 오기룡의 얼굴이 점차 굳어지기 시작했다.

'안 돼. 아저씨. 이대로는.'

지켜보던 단운룡의 얼굴도 굳어지기는 매한가지였다.

공격 횟수는 많지만 그만큼의 타격은 못 주고 있었다. 이렇게 되면 방어하는 사람보다 공격하는 사람이 더 지치기 마련이다. 서두르는 쪽으로서는 최악의 상황이라 할 수 있었다.

'다른 놈들이라도 막아놔야 해. 아저씨, 그놈은 아저씨가 어떻게든 해줘.'

공방의 전환이 워낙 빨랐다.

등비에게 돌을 던져 본다 해도, 저렇게 격하게 움직이는 싸움이라면 한순간에 표적이 바뀌어 버릴 수가 있었다. 등비를 노린 것이 오기룡을 맞춰 버릴 수도 있다는 말이다.

결국 이 싸움에는 끼어들 수가 없다.

그렇다고 구경만 할 텐가.

그럴 수도 없다.

단운룡도 단운룡이 할 수 있는 싸움을 해야만 했다. 나무에서 뛰어내려 소리없이 몸을 숨겼다. 단운룡처럼 끼어들지 못한 채 이 대단한 격전을 지켜보기만 하고 있는 자들. 구룡보 신평분타 무인들이 저편에 있다. 그들이 곧 단운룡이 처리해야 할 적들이었다.

꽝! 파파파팡!

폭음처럼 이어지는 경력의 충돌을 귓전으로 흘리며 숲 그림자 사이로 발을 옮겼다. 나무 몇 개를 돌아 나지막한 풀숲

으로 몸을 날린다. 무인 하나의 등이 검은 그림자로 비쳐들었
다. 오기륭과 등비의 싸움을 정신없이 바라보고 있는 무인이
었다.

쐐애액! 빡!

"크헉!"

말하자면 암습이었다.

단운룡이 던진 돌멩이가 무인의 등줄기에 여지없이 틀어
박혔다.

그대로 쓰러진 채, 한쪽 팔을 등 쪽으로 돌리고 고통에 겨
운 신음 소리를 뱉어냈다. 온몸을 부들부들 떨고 있는 것이,
다시는 일어나기가 힘들 것 같았다.

'이제 둘!'

"무슨 일이야!"

순식간에 당해 버린 동료를 보고 깜짝 놀라 달려오는 무인
이 보였다. 저쪽에 서 있는 나머지 한 명의 무인은 아직까지
도 오기륭과 등비의 싸움에 정신이 팔려 있는 상태였다.

'조금 더 뒤로.'

단운룡이 숲 그늘로 이동하며 무인까지의 거리를 쟀다.

다가온 무인이 나뒹굴고 있는 무인에게 몸을 숙인 순간이
었다. 단운룡의 팔이 빠르게 휘둘러졌다. 마치 발도각의 그것
처럼 날카로운 움직임이었다.

쐐액! 퍼어억!

“크악!”

옆구리에 직격이다. 안쪽으로 틀어박혀 일순간 보이지도 않을 만큼 깊게 파고들었다. 비명에 가까운 소리를 뱉어내며 몸통을 부여잡았다. 단운룡의 눈이 냉정하게 빛났다.

파락! 쐐애애액!

고통으로 상체를 비틀고 있었지만, 그런 것을 봐줄 겨를이 없었다.

이쪽에는 물러날 곳이 남아 있지 않은 것이다. 인정사정 볼 것 없다. 단운룡의 팔이 빠르게 휘둘러졌다. 짓쳐드는 돌멩이를 포착한 무인의 얼굴이 하얗게 질렸다.

채앵!

용케, 그야말로 용케 검을 휘두르며 돌멩이를 막아냈다.

운이 좋았다.

뛰어난 반응 능력이라 보기에는 요행 쪽에 가깝다는 뜻이다. 그리고 그 요행은 어디까지나 한 번으로 족했다.

쐐애액! 빠악!

마치 막을 것을 예상하기라도 했다는 듯 연발로 날아온 돌멩이다. 첫 번째 돌멩이를 막아낸 검날의 떨림이 채 가라앉기도 전이다. 두 번째 돌멩이가 무인의 가슴을 무지막지하게 파고들어 버렸다.

“끄어억……!”

바람 빠지는 소리를 토해내며 무릎을 꿇는다. 늑골 몇 대가 부러져 폐장이라도 찌르게 된 모양이었다. 다시 일어나려 애를 쓰는 것 같았지만 오래가지 못했다. 버텨보려던 두 눈을 까뒤집은 채, 이미 쓰러진 무인의 몸 위에 그대로 겹쳐 눕고 말았다.

"적인가!"

마지막 무인은 생김새처럼 둔했다.

그제야 놀란 얼굴로 황급히 달려온다. 단운룡이 아름드리 나무 뒤쪽으로 돌아 들어갔다. 정면에서 던지는 것보다 측면의 암중에서 던지는 편이 좋다. 풀숲을 헤치고 무인의 측면을 점했다.

"나와라! 어디 있느냐!"

박도를 뽑아 드는 모양도 그닥 위협적이지 못했다. 말단 중에서도 말단 무인이다. 그렇다 해도 단운룡은 방심하지 않았다. 짧은 시간이나마 충분히 기회를 본 후, 완전한 타격점을 찾아 팔을 휘둘렀다. 쏘아져 나간 돌멩이가 매섭게 뻗어나갔다.

빠악!

"컥!"

날아오는 돌멩이에 놀라면서 횡으로 박도를 휘둘렀지만, 단운룡의 투석술은 실력있는 궁수(弓手)의 화살처럼 정확하기만 했다. 박도의 도신을 멋지게 스쳐 지나가며 목덜미를 거세게 파고들었다. 제 목을 부여잡고 비틀거리더니, 들고 있던 박도마저 떨어뜨리고 말았다. 앞쪽으로 꼬꾸라지는 몸통이 풀숲 전체에 둔탁한 소리를 울려냈다.

'좋았어.'

단숨에 세 명을 처리했다.

상대하기가 수월한 자들이다. 타호장 등비는 이복청보다 훨씬 강한 고수였으나, 나머지 무인들은 이복청이 데리고 있던 무인들보다 수준이 떨어지는 것 같았다.

이복청의 욕심 때문이다. 괜찮은 무인들은 이복청이 먼저 모조리 끌고 나왔던 까닭이었다. 그것이 바로 구룡보라는 신생문파의 한계였다. 단운룡이나 오기룡으로서는 다행이라고밖에 말할 수 없는 부분이었겠지만 말이다.

그렇게 행운이 따른다고 해도 절박하게 이어온 싸움이 쉽게 풀리리라는 보장은 없었다. 마지막 무인을 쓰러뜨린 단운룡이 급하게 수풀 쪽으로 고개를 돌렸다. 오기룡과 등비의 싸움이 계속하여 이어지고 있는 것이 보였다. 단운룡의 눈이 가볍게 찡그려졌다.

파팡!

밀리고 있었기 때문이다. 교차되는 공방에서 오기룡은 더 이상 우위를 점하고 있지 못했다. 여전히 뛰어난 무공을 보여주고 있긴 하지만 그 날카로움은 조금 전과 크게 달랐다. 자꾸 부딪쳐서 무뎌져 버린 칼날이다. 간담을 서늘하게 만들던 예리함이 현저하게 떨어져 있었다.

퍼엉! 파아앙!

두 사람의 각법과 장력이 연속으로 충돌했다. 서로의 힘을 상쇄하기 위해 일보씩 물러난다. 등비가 회심의 미소를 지으며 오기룡을 도발했다.

"힘이 다한 모양이지? 이젠 그 잘난 눈에도 패배라는 것이 보이느냐? 카하하하!"

"웃기엔 아직 이르다고 생각지 않나, 등비?"

"지쳐서 숨까지 몰아쉬는 처지에 입만 살았구나! 네놈도 끝이야!"

오기룡의 호흡은 등비의 말마따나 심하게 불안정해진 상태였다. 내가고수가 호흡의 정순함을 잃어버렸다는 것은 곧, 힘의 조절 자체가 어려워졌다는 이야기와 같았다. 타호장 등비가 기세 좋게 달려들며 팔을 휘둘렀다.

'안 돼……!'

너무나 안 좋았다. 단운룡의 주먹이 꽉 쥐어졌다. 솟아 나온 땀방울이 손아귀에 가득했다.

텅! 파아아앙!

"느려!!"

등비의 외침은 그가 잡은 승기를 그대로 보여주고 있었다.

연신 뒤로 물러나는 오기룡이다. 타호장의 경력을 완전하게 흩어내지 못하는 것이다. 내상이 도지기라도 하는지, 오기룡의 몸놀림 전체가 파탄을 드러내고 있었다. 힘겹게 차올리

는 각법을 가볍게 막아낸 등비가 기고만장한 목소리로 소리
쳤다.

"그것밖에 안 되나? 천하의 불패신룡이?"

오기룡을 밀어낸 후 곧바로 달려들지 않은 채 비아냥거리
는 여유까지 보여줬다. 등비가 손을 치켜들고 힘을 모으더니
굉장한 속도로 땅을 박찼다. 그 일격으로 끝내려는 심산, 끝
을 보겠다는 생각이 펼쳐 낸 손바닥 전체에서 뚜렷하게 전해
져 왔다.

짓쳐오는 장법을 앞에 두었다.

절체절명의 순간이다.

바로 그때. 밀리기만 하던 오기룡의 눈이 번뜩이는 빛을 발
했다. 다급함과 힘겨움이 씻은 듯 사라진 눈빛이었다.

'그 방심이……'

오기룡의 몸이 측면으로 돌아갔다. 타호장의 강맹한 장력
에 어깨와 등을 대주었다. 침투해 오는 경력이 무지막지했
다.

'네놈의 목을 칠 것이다……!'

살을 내주고 뼈를 깎는다.

등비의 일장을 고스란히 허용했다. 엄청난 충격이 몸 전체
를 흔들었지만, 그것으로 끝이 아니었다. 오기룡의 발은 이
미 충만한 진기를 실은 채 놀라운 속도로 뻗어나가는 중이었
다.

빠악! 우직!

전가의 보도다.

돌아서 올려 차는 발도각의 일격이 강렬한 타격음을 울렸다. 등비의 거구가 단숨에 튕겨 나갔다. 장력을 뽑아내던 어깨와 팔이, 오른쪽 상체 전체가 기묘한 각도로 뒤틀려 있었다.

쿠웅!

등비의 몸이 땅바닥에 처박히며 둔중한 소리를 냈다. 나뒹구는 서슬에 솟아오른 풀잎들이 사방으로 흩날렸다.

"컥. 커억……!"

자세를 바로잡으려던 오기륭도 미처 몸을 가누지 못한 채, 두 손으로 땅을 짚으며 무릎을 꿇었다. 그의 입과 코에서 붉은 선혈이 콸콸 쏟아지고 있었다.

"아저씨!"

단운룡이 달려갔다. 단운룡이 한 걸음 옆으로 다가왔을 때까지도 오기륭이 토해내는 선혈은 멈출 기미를 보이지 않았다. 심각해진 내상을 여지없이 드러내고 있었다.

"쿨럭! 커허억……!"

오기륭의 얼굴은 창백하기 그지없었다. 핏발이 선 두 눈에 이마와 얼굴에는 푸른 혈관이 무섭도록 불거져 있었다. 단운룡이 부축해 보려 했지만 그마저도 쉽지 않았다. 땅바닥을 흥건하게 수놓은 핏물이 달빛을 받아 불길하게 빛났다.

그리고.

오기륭과 단운룡의 얼굴.

두 사람의 얼굴이 동시에 굳어졌다.

어느새 걷혀진 구름으로 밝은 자태를 드리우는 운남의 달.

월광에 드리워지는 커다란 그림자가 있었다.

"제법이구나. 오기륭."

들려오는 목소리엔 고통의 신음 소리만큼이나 치 떨리는 분노가 묻어 있었다.

단운룡의 고개가 위쪽으로 들렸다.

제멋대로 젖혀진 한쪽 어깨가 눈에 들어왔다. 어깨에서 팔, 그쪽 옆구리까지, 오기륭의 일격에 완전히 박살나 버렸다는 것을 겉으로 보아서도 충분히 알 수가 있는 모습이었다.

"마지막 한 수를 숨겨두었다니."

불패신룡에 대한 집념인지.

아니면 흉맹한 천성이 심어준 들끓는 분노 덕분이었는지.

그 정도로 부서진 몸을 지니고도 일어날 수 있었던 것이 놀라울 따름이다. 타호장 등비가 이를 갈면서 왼손을 들어올렸다. 재빠르게 손을 놀려 망가진 오른쪽의 혈도 몇 개를 짚어 놓았다. 점혈법, 고통을 막기 위한 처치였다.

"그래도 내가 이겼다. 불패? 지금이야말로 패배를 인정할 때야."

치명상을 입은 등비다. 그러나 오기륭의 상세는 훨씬 심했다.

　가벼운 일격으로도 저승길을 벗어나기 힘들다. 타호장의 왼손 하나만으로도 오기룡의 목숨 정도는 충분히 빼앗을 수 있다는 뜻이었다.

　"죽여주마, 오기룡."

　등비의 목소리는 선언과도 같았다. 물씬 풍겨 나오는 살기가 주변을 채운다.

　이제는 물러날 곳이 없다.

　그렇다면 나아갈 수밖에.

　일어난다.

　작은 몸을 일으키며 앞으로 나섰다.

　단운룡의 목소리가 오기룡의 앞에 굳건한 방패를 만들었다.

　"그렇게는 안 돼. 내가 막겠어."

　단운룡의 양손에는 어느샌가 집어 든 돌멩이가 잡혀 있었다.

　돌멩이 두 개.

　그렇게 날뛰던 타호장으로서도 이번에는 비웃지 않았다. 남아 있던 무인들이 누구 손에 쓰러졌는지 알아챈 까닭이다. 이 꼬마의 짓이다. 제아무리 쓰레기 같은 무인들일지언정, 일어나지도 못할 정도로 당했다는 것은 가볍게 넘길 만한 일이 아니었다.

"죽고 싶나? 꼬맹이가 나서보았자 달라지는 것은 없다. 비켜라!"

"……."

단운룡은 대답하지 않았다. 그 대신 단운룡의 뒤쪽으로부터 속삭이는 듯한 작은 목소리가 흘러나왔을 뿐이다.

"우, 운룡……. 도망가라."

오기륭의 부탁이었다.

그러나 단운룡은 이 목소리에도 대답하지 않았다. 대신 마음속으로 말할 뿐이다.

'놓고 가지 않겠다고 했지.'

한 발짝도 물러나지 않았다.

흔들리지 않는 두 눈으로 노려볼 뿐.

그 눈을 본 타호장 등비가 신경질적인 어투로 소리쳤다.

"애송이가 감히! 정 그렇다면 한꺼번에 끝내주마! 뒈져라!"

타호장의 발이 앞으로 나왔다.

왼손이 들어올려지고 그 가운데 내력이 집중된다. 단운룡의 어깨가 가볍게 뒤로 돌아간 것은 그와 동시에 벌어진 일이었다. 뻗어내는 손끝에서 예의 돌멩이가 거센 파공음을 터뜨렸다.

쐐애애액! 퍼억, 퍼석!

통하지 않는다.

방비하고 있던 타호장의 손은 어렵지 않게 첫 일격을 막아
내고 있었다.

이어지는 두 번째 돌멩이.

타호장의 손이 빠르게 움직였다. 쇄도하던 돌멩이가 조각
조각으로 부서지며 비산하는 돌가루로 변해 버렸다.

오른손, 왼손.

돌멩이가 없어지고 남은 것은 없다.

타호장이 땅을 박찼다.

그 순간, 아무것도 없는 것처럼 보였던 단운룡의 오른손에
거무튀튀한 무언가가 잡혀들었다. 소매에서 끄집어낸 그것
을 들어올리며 왼손으로 아래쪽을 잡아 눌렀다. 검은색 물체
의 끝부분에서 두 자루 금속 화살이 뻗어나왔다.

픽! 퍼픽!

피하기엔 너무나 가까운 거리다. 거리뿐이 아니다. 단운룡
이 던져 내던 돌멩이보다 빠르면 빨랐지 전혀 느리지 않은 속
도였다. 복부를 뒤흔드는 충격으로 인하여 내치던 장력까지
도 제 갈 길을 잃어버렸다. 타호장이 한 걸음 뒤로 물러나며
복부를 부여잡았다.

"그… 그것은……."

눈에 익은 암기였다. 실력이 모자라는 구룡보 무인들 사이
에서 꽤나 인기있다고 알려진 물건이었다.

"…반철시……! 비, 비겁한!"

등비가 이를 갈며 말했다.

배를 잡은 왼손의 손가락들 사이로 검붉은 피가 빠르게 새어 나오고 있었다. 절망적인 상황에 도망치라고 이야기하던 오기륭의 얼굴에도 놀라움의 빛이 가득 찰 뿐이었다.

그들의 놀라움을 뒤로한 채.

단운룡이 반철시의 암기통을 땅바닥에 던져 버리며 말했다.

"비겁하다니, 당신이 할 말이 아니잖아."

단운룡의 목소리에는 아무런 변화가 없었다.

태연자약한 얼굴이다. 당연한 결과라는 듯한 모습이었다.

"애송이 놈이……!"

등비의 표정이 흉신악살처럼 일그러졌다. 배에서 손을 떼고 한 발 더 다가온다. 뭉클뭉클 솟아 나오는 선혈을 아랑곳하지 않았다. 그의 입에서 험악한 괴성이 터져 나왔다.

"크아아아!"

타오르는 노화(怒火)가 곧 힘의 원천이 되고 있었다. 단운룡만큼은 죽이고 말겠다는 기세였다. 짓쳐드는 등비의 장력에 오기륭의 경호성이 뒤를 따랐다.

"피해!"

최후의 최후까지.

놀라움은 아직 끝나지 않았다.

단운룡의 몸이 가볍게 돌아갔다. 거칠게 내쳐 오는 장력을 절묘하게 피해내고 몸을 띄운다. 단운룡의 발이 공중에서 멈추는가 싶더니, 일순간 발도의 날카로움을 품었다. 뻗어나가는 발끝에 보도의 도광(刀光)이 머무르는 것 같다. 오기륭의 눈이 커다랗게 치떠졌다.

'저, 저건!!'

빠아악!

멋지게 들어간 일격이었다. 깃들어 있는 진기가 얼마만큼이었는지는 중요하지 않았다.

예측 불허의 일격이다.

스스로 달려들던 힘까지 고스란히 받았다. 등비의 목이 한쪽으로 완전하게 꺾여 버렸다.

돌아서 착지하는 단운룡의 뒤쪽으로 등비의 거구가 기울어지는 것이 보였다. 쓰러지는 거구에 육중한 소리가 울려 퍼졌다.

이번에는 다시 일어나지 못한다. 누구라도 장담할 수 있다.

단운룡이 걸어왔다.

오기륭이 고개를 설레설레 저었다. 들끓는 내상조차 잊은 듯한 표정으로 신음 같은 목소리를 흘려냈다.

"발도각……. 그것을 언제……!"

그렇다. 본 그대로다.

마지막 일격은 다른 것이 아니었다.

움직이는 힘, 각도, 자세.

호흡에서 발경까지.

완벽한 발도각이었다. 단운룡이 대수롭지 않다는 목소리로 말했다.

"몇 번 봤잖아, 아저씨 기술. 그 순간엔 그것밖에 떠오르는 것이 없었어."

"그것이 무슨……!"

"제대로 익힌 실전 투로가 없었단 말야. 못 배웠거든."

오기륭은 할 말을 잃고 말았다.

소름 끼치는 이야기다.

배운 것이 없었다?

몇 번 보았다고 거기까지 해낸다?

경이롭다는 말로는 표현하기가 어려웠다.

충격적이다. 두려울 정도의 그릇이었다.

'이 아이……!'

오기륭의 머리에 순간적으로 한 가지 그림이 그려졌다.

이 재능. 이 역량.

그것밖에 없다.

언젠가 이어질 인연의 사슬이 그의 마음속에서 첫 태동을 시작했다. 지금은 아니지만, 결국 이어갈 수 있을지 모르는 꿈의 사슬이었다.

"일어날 수 있겠어? 심각해 보이는데."

오기룡은 상념을 씻어냈다.

결국은 나중 일이다. 먼저 이 지긋지긋한 곳을 벗어나야 했다. 오기룡이 힘겹게, 그야말로 힘겹게 몸을 일으켰다.

추격대를 모두 다 뿌리치고.

구산을 넘는다.

운남의 하늘이 또 다른 모습으로 그들을 기다리고 있었다.

제3장 전장(戰場)

그의 어린 시절 반생에 대해서는 거의 알려진 바가 없다.

대리국 단씨 왕족의 후손이라는 이야기도 있었지만, 이제 와서 그 사실이 그렇게 큰 의미가 있을 것이라고는 생각하지 않는다. 대리국이 멸망한 지도 일백오십 년이 넘어가는 상황이니 말이다. 옛 영화가 전설처럼 되어버린 지금, 대리 단씨란 이름은 중원의 다른 세가들처럼 강성한 힘을 지니고 있었던 것이 아니었으되, 강성한 힘은커녕 오히려 그 흔적조차 찾기 힘든 가문일 따름이다.

다만, 그가 보여주는 지모나 품격의 틀을 놓고 보면, 대리 왕가의 후손이라는 이야기도 허황되게 꾸며진 것만은 아닐 것이라 생각되는 면이 있다. 아무래도 대리 왕가라는 혈족은 문무 양면에 있어 뛰어난 능력을 보유하고 있었다고 알려졌던 바, 그 흐르는 피부터 다르다고 할 때 그가 지닌 범상치 않은 재능들도 납득의 여지가 생기는 까닭이다.

하지만 정작 중요한 것은 그가 지닌 출신 성분이 아니라 그가 겪어온 삶의 힘이다.

그가 드러낸 천명의 그릇이란 것은 그러한 핏줄만으로는 설명할 수가 없는, 다시없을 특별함을 품고 있었던 것이다. 그 그릇의 상당 부분은 그에게 무공을 가르쳤던 사부에게서 비롯된 것이라 여겨지지만, 그것만으로는 설명되지 않는 것이 있다. 그의 회(會)가 벌인 몇 가지 사건들의 내막들을 들추어보고 있자면, 그의 알려지지 않은 과거들이 자꾸만 표면 위로 떠오르게 된다. 회의 움직임 자체에 그의 과거가 묻어 있다는 뜻이다.

정란지변으로 온 천하가 소란스럽던 그때, 운남에서는 어떤 일이 있었는지.

굳게 잠겨 열리지 않은 쌍룡의 기억, 그 두 보궤(寶櫃) 중 하나를 열기 위해서는 결국 소신풍(小神風) 단운룡의 초기 반생이라는 열쇠가 필요할 것으로 여겨지고 있다.

한백무림서 미완
한백의 일기 中에서.

광주 강씨금상의 외원과 그 바깥은 언제나와 같이 수많은 사람들로 발 디딜 틈이 없었다.

포목을 실은 수레들이 사람들을 헤치며 힘겹게 움직이고 있는가 하면, 봇짐을 멘 상인들이 이곳저곳을 기웃거리며 좁은 틈새를 재주 좋게 돌아다니고 있었다.

문전성시(門前成市)가 따로 없는 것이다.

강씨금상의 주위를 가볍게 둘러보기만 해도 형형색색의 천들을 휘날리고 있는 포목상, 염상(染商)들을 열 개는 넘도록 찾아볼 수가 있었다. 강남(江南)의 풍요가 집중된 곳이다.

호화롭게 치장한 귀부인(貴婦人)들과 예쁜 옷을 찾는 발랄한 소녀들이 금가(錦街)의 화려함을 더하는 중이었다.

"허억…… 허억……"

그렇게 화사한 거리 한가운데.

주변과는 너무도 어울리지 않는 남자가 발길을 재촉하고 있었다. 허름한 옷차림과 지친 얼굴이 너무나도 눈에 띄는 사람이었다.

오양성, 다섯 신선이 광주에 내렸다던 풍성한 오곡을 하나도 얻어먹지 못한 모습이었다. 외지인이라는 것을 누가 보아도 알 수 있었다.

"광주 강씨금상이 어디입니까."

남자의 차림새는 처참하다 해도 과언이 아닐 정도였지만, 다행히도 이 광주의 인심은 넉넉하기 짝이 없었다. 질문을 받은 행인의 얼굴에도 남루함에 대한 불쾌함 대신, 불쌍한 사람에 대한 측은지심이 가득하게 드러나고 있었다.

"딱한 얼굴이오. 쯧쯧. 강씨금상은 저쪽에 있으니, 이 길로 쭉 가시면 될 게요."

"감사합니다."

남자가 고개를 숙이며 감사의 말을 남기고 발길을 옮겼다. 지저분한 행색에 얼굴을 찌푸리는 사람들도 있었지만, 그런 사람들은 극히 일부에 불과했다. 좋은 곳에 좋은 사람들이다. 그렇기에 더욱 철저하게 외인(外人)일 수밖에 없을지도 모른다. 남자의 발이 강씨금상의 외원에 닿았다.

"어쩐 일로 오셨소이까?"

"운남(雲南)의 허유님께서 보내신 서신입니다. 가주님께 직접 드리라 하셨습니다."

"그렇군요. 총관님께 여쭙지요."

강씨금상의 문지기는 정중함을 잃지 않았다.

상대의 행색이 아무리 초라하다 해도, 손님을 맞이하는 법도를 결코 무시하지 않는다. 일개 문지기부터 그러할진대, 그 위는 어떠할까. 바로 그런 것이 상가(商家)를 일으키는 원동력이다. 강씨금상이 이처럼 번화할 수 있었던 데에는 그러한 것이 크게 작용하고 있었을 것이다.

"어이쿠, 오래 기다리셨습니다. 이쪽으로 오십시오. 가주님께서 다른 일을 제쳐 두고라도 어서 뵈어야만 하겠다 말씀하셨답니다."

초조해하던 남자의 얼굴이 단숨에 밝아졌다. 사람이 붐비는 외원 옆쪽, 내원으로 직접 이어지는 통로가 있었다. 문지기를 따라 내원을 지나고 이어 금련각(金蓮閣)이란 현판이 걸린 전각에 이르렀다. 남자의 밝아졌던 얼굴 한편에 작은 그늘이 졌다. 금련각의 멋지고 당당한 위용에 주눅이라도 든 모양이었다.

"이쪽으로 드시지요."

문지기의 역할은 거기까지였다. 금련각의 문 옆에 있던 제복 차림의 무인 두 명이 남자의 안내를 맡았다. 금련각 안쪽으로 들어간다. 긴 회랑을 따라 양편에 걸려 있는 주색과 녹색의 비단이 고운 빛깔을 뽐내고 있었다.

"먼 길 오시느라 노고가 이만저만이 아니었겠소. 그쪽에 앉으시오."

커다란 탁자를 사이에 두고 서 있는 자는 다른 사람이 아니었다.

헌앙한 얼굴에 꽉 짜인 기도를 내뿜는 이.

강씨금상의 대상주, 강건청이 거기에 있었다. 대비되는 초라함에 더욱더 위축된 남자가 고개를 조아리며 대답했다.

"아닙니다. 그대로 서 있겠습니다. 서찰을 들고 온 촌민에 불과합니다."

"그러지 마시오. 허유가 보낸 사람을 박대했다고 한다면 내 체면이 서지 않소."

"그… 그렇지만……."

"더 이상 사양하면 이 강모가 부덕한 사람이 된다오. 어려워하지 말고 편히 앉으시오."

강건청의 말투는 온화하면서도 강직한 그의 성품을 잘 드러내고 있었다. 허유의 종복이란 남자가 난처한 표정을 지으며 자리에 앉았다. 호화로운 의자가 더러워지기라도 할까 봐 걱정하는 얼굴이었다.

"그럼. 여기… 이것이 허유님께서 보내신 서신입니다."

그가 품속에 고이 간직해 온 서신을 꺼냈다. 공손하기 이를 데 없는 몸짓으로 앞에 있는 탁자 위에 올려놓았다. 강건청이 탁자 위의 얇은 서신을 내려다보고는 걱정 어린 목소리로 말했다.

"직접 오지 못한 것을 보니 그 친구 처한 상황이 상당히 안 좋은 모양이오. 건강은 괜찮소?"

"허유님… 말씀이십니까?"

"그렇소."

"건강은 나쁘지 않으시지만… 그것이……."

"어쩌하기에 그러시오?"

"아실는지 모르겠지만, 워낙에 처음부터 어려웠던 싸움이었는지라……."

남자가 말끝을 흐렸다.

그것만으로도 사정을 다 알겠다는 듯, 강건청이 이해하겠다는 얼굴로 굳게 고개를 끄덕였다. 그가 탁자 위로 손을 뻗어 곱게 접어진 서신을 펴 들었다.

오랜 벗의 필치가 얇은 종이 위에 가득했다. 그것을 읽어 내려가는 강건청의 두 눈이 가볍게 흔들렸다. 우려의 빛이 더 짙어진 것이다.

"잘 알겠소. 부탁받은 것에 대해서는 걱정 말라 하시오."

서신을 다 읽은 강건청이 남자를 향해 굳건한 어조로 말했다. 그 말을 들은 남자의 얼굴이 크게 밝아졌다. 더할 나위 없이 기쁘다는 표정이었다.

"아……! 그렇습니까. 그렇다면……!"

"내 직접 찾아가겠다 전하시오. 다만 그전에 이쪽에도 처리해야 할 일이 많이 있으니, 거기까지 가려면 다소 시일이 걸릴 것이라 생각되오. 괜찮다면 그대 또한 이곳에서 쉬다가 함께 출발하는 것도 좋겠지."

"아, 아닙니다. 좋은 소식은 빨리 가서 전해야 하는 법이지요. 곧바로 출발하겠습니다."

"안타까운 일이로군. 정 그래야 하겠소?"

"예. 그리하겠습니다."

"알았소. 준마(駿馬)와 가솔 두 명을 내드리겠소. 먼저 함께 출발토록 하시오."

"아닙니다. 어찌 염치없이 그런……!"

"괜찮소. 이 강씨금상 앞에서 사양은 한 번으로 족하오."

강건청이 미소를 지으며 가볍게 고개를 흔들었다.

도움을 청하러 온 사람은 본디 마음으로부터 어려움을 느끼기 마련이다. 하지만 강건청에게는 그런 사람조차도 도리어 편안하게 만들어줄 수 있는 힘이 있었다. 허유의 종복이 감격한 표정을 지으며 연신 고개를 숙였다.

"감사, 감사드립니다."

남자가 물러가기까지 강건청은 입가에 만들었던 미소를 지우지 않았다.

그리고 남자가 금련각을 완전히 나가게 되었을 때에서야

비로소 강건청은 그 얼굴에 흉중의 솔직한 심정을 그대로 표출할 수가 있었다. 서신을 읽으면서 떠올렸던 것과 똑같은 표정이다. 심각한 우려의 빛이 그의 얼굴 전체에 머물러 있었다.

'허유……. 절대로 남에게 기대지 않던 자네였음인데……. 이제 와 나에게 도움을 청하다니…….'

친우를 잘 알고 있기에 더욱더 걱정이 앞서는 그다. 직접 가봐야겠다 느낀 것도 그래서였다. 돌아서며 후원으로 나가는 그의 발걸음에 가슴속의 무거움이 그대로 드러나고 있었다.

"운남에 다녀와야 할 것 같아."

"운남에는 어인 일로요?"

커다란 천 위에 은빛 바늘 하나, 곱디고운 무늬를 새겨 넣는 미부인(美婦人)이 있었다. 그녀가 긴 세월 봉목을 크게 뜨며 물었다. 강건청이 고민 어린 표정으로 자신의 턱을 매만지며 대답했다.

"허유라고… 기억나지? 왜 그… 당신이 무섭다고 했었던……."

몇 번 눈을 깜빡이던 미부인이 생각났다는 듯 고개를 끄덕이며 되물었다.

"아! 생사필이라 했었나요? 사천에서 이름을 날렸다는……."

“그래, 그 사람.”

“처음엔 무서운 줄 알았는데 사실은 좀 특이한 분이실 뿐이셨죠. 금련각 현판의 글씨도 그분이 써주셨구요.”

“당신 기억력은 역시나 대단하군. 그래, 허유가 그 글씨를 써줬지.”

강건청이 고개를 끄덕이며 말했다. 그의 두 눈에는 그녀에 대한 무한한 신뢰와 애정이 깃들어 있었다.

“그런데… 그분이 운남에 계셨던가요? 사천 분 아니셨나요?”

총명한 눈빛이 돋보이는 미부인이었다.

금련부인 정소교, 강건청의 처(妻)가 바로 그녀다.

세상에 드러나지 않는 꽃, 강씨금상의 숨겨진 일대 침선장이라는 그녀는 그처럼 현명한 머리와 아름다운 자태를 동시에 지니고 있었다.

“사천이라……. 사천에서 이름을 날리긴 했지. 하지만 사실 어디 출신인지는 나도 정확히는 모르겠군. 그리고 보니 그 친구 고향도 모르고 있었네.”

“그런가요…….”

“그렇지. 어쩌다가 운남까지 갔는지……. 거참…….”

“본래 운남 분이었는지도 모르겠네요. 세상의 모든 이들은 언젠가 자기가 난 곳으로 돌아가고 싶어하는 법이잖아요.”

“당신 말을 들으니 그럴 수도 있겠군. 편치도 않은 곳에 그리 오래 있는 것을 보면.”

“그런데 무슨 일인 거예요? 어려운 일이라도 있는 모양이죠? 운남까지 가야 한다니.”

오랜만에 반가운 벗을 만나는 것과는 다르다. 그렇기엔 강건청의 표정이 너무도 좋지 않았다.

단순한 초대가 결코 아니라는 뜻일 게다. 명철(明哲)의 금련부인 정소교는 긴 세월 함께한 남편의 마음을 너무나도 잘 읽어내고 있었다.

“그래. 좋은 일은 아니야.”

“어떤 일이죠? 위험한가요?”

“그 친구가 있는 곳은 아마도 당장 위험한 곳은 아닐 거야. 내가 직접 갈지도 모르는데, 그런 곳으로 도움을 청할 남자가 못 되거든. 도움을 청한다는 사실 자체가 마음에 걸릴 뿐이지. 여간 곤란하지 않고서는 그럴 리가 없으니까 말이야.”

“그렇네요. 확실히 누구에게든 도움을 부탁할 분이 아니셨죠. 뭔가를 많이 감추고 계셨던 분이었구요.”

“직접 갈 수밖에 없어. 직접 상황을 보고 얼마나 도움이 필요한지 알아둬야지. 보내온 서신에야 필마 몇 기와 못 쓰는 비단 정도로 충분하다 했지만 보나마나 그 정도로 해결될 문제가 아닐 거야. 아쉬운 소리 못하는 남자이니만큼.”

운남에 가야만 한다.

　정소교가 고개를 끄덕이며 남편의 뜻에 무언의 동의를 표했다. 하지만 그럼에도 물어볼 수밖에 없는 것이 있다. 한 남자의 여인으로 마땅히 짚고 넘어가야 할 문제였다.

　"무슨 일인지 정확하게 말해줄 수는 없어요? 정말로 위험하진 않은 거죠?"

　강건청의 두 눈을 똑바로 직시하는 그녀였다.

　피해갈 수 없는 질문임에 강건청의 두 눈이 작은 흔들림을 보였다. 그가 입매를 굳히며 솔직하게 대답했다.

　"…알면 걱정할 텐데."

　"모르고 보내는 게 더 걱정이에요. 말해줘요."

　"…알았어."

　그녀 말이 옳았다.

　무슨 일이야 없겠지만, 그래도 다 이야기하는 편이 나을 것이다. 어디서부터 말을 해야 할까 망설이던 강건청이 마음을 결정한 듯 고개를 끄덕이며 그녀의 옆에 앉았다. 바느질 멈춘 부인의 손을 가볍게 부여잡고는 이야기를 시작했다.

　"허유는 문인(文人)이지만, 또한 무인(武人)이기도 하지. 아까도 말했듯 어찌하다 운남까지 흘러들어 갔는지는 모르겠지만, 운남 남부 오원(五原)이란 곳에 자리를 잡은 후 복잡한 싸움에 휘말리고 말았어. 싸움의 자세한 내막은 모르겠지만, 그곳 소수 민족들과 한족들, 원나라의 잔존 세력까지 얽혀 있는 데다가 대명 관군에 정체 모를 문파까지 개입해 있다고 하더

군. 운남의 비단 상로(商路)를 따라 실려오는 소문들이 그러
해. 그 때문에 운남 남단의 상로는 거의 막혀 버린 상태라 하
지."

　"실제로는 더 심각할 수도 있다는 말이네요."

　"그럴 수도 있어. 하지만 누구도 관심을 안 기울이고 있는
마당이니까 정확히는 알 수가 없지. 운남 남단의 상권이라 해
보았자 대수로울 것이 없기 때문이야. 그 밑의 대월(大越)까
지 이어간다면 모르겠지만 거기도 시끄럽기는 매한가지라서
껄끄러울 따름이지."

　"대월도 위태위태하다죠?"

　"그래. 진(陳)왕조의 인척인 호(胡)가 힘을 키우고 있다고
하니까 자칫하면 나라의 이름이 바뀌어 버릴 수도 있어. 대
월… 안남까지 상로를 넓힌다고 한다면 호왕의 시대도 염두
에 두어야 할지 몰라."

　"그렇군요. 어디에나 똑같네요. 우리도 곧 그렇게 될 테
죠."

　"그렇겠지. 북평을 중심으로 거병의 움직임이 보이고 있으
니……. 당금의 황제로서는 연왕(燕王)의 힘을 감당하기 힘들
거야. 우리에게까지 영향이 미치지는 않을 테지만 그래도 대
비는 해놔야 해. 어느 정도 윤곽이 잡히면 곧바로 운남으로
출발해야지. 처리할 일이 많아."

　"알겠어요. 어떤 일이 생길지 모르니 가내의 침선장들에게

도 변화를 주시하라 당부해 놓을게요.”

“좋은 생각이야. 그쪽으로는 당신이 수고를 해줘. 바깥의 일은 내가 맡을 테니.”

“그래요. 너무 무리하진 말아요.”

“그건 당신이 들어야 할 말이지……. 아, 그리고 설영이에겐 운남 일은 비밀로 해두고.”

“비밀요? 그 애한테? 어려울 텐데요. 운남에 가는 것이 준비가 간단한 일도 아니고요.”

정소교가 고개를 설레설레 저으며 불가능하다는 표정을 지었다. 강건청이 미간을 좁히며 탄식 섞인 한숨을 내쉬었다.

“후우……. 틀림없이 따라가려 할 텐데.”

“그건 그렇겠죠. 어떻게 말리겠어요.”

“아니, 그럼 당신은 그 애가 따라가도 괜찮단 말이야?”

“누구 딸인데요. 절 닮았으니 따라가도 나쁠 건 없겠죠.”

“무슨 소리! 그 먼 곳까지 가기엔 그 애는 너무 어려!”

“호호호. 당신은 아직도 그 애가 어떤 애인지 잘 모르는 것 같아요. 하기야 내 배 아파서 난 딸인데 나만큼 그 애를 잘 알 수도 없겠죠.”

“그러니까 말이지. 아까는 위험할까 봐 걱정했었잖아.”

“곽 노대도 있잖아요. 그 아이는 걱정없어요. 곽 노대와 당신이 있는 한 그 아이는 세상 어디에서도 안전하겠죠. 그러니까 내가 걱정하는 사람은 당신 하나뿐이에요. 저처럼 못된 사람과는 다르게 정 많고 착한 분이니까 말이죠."

진심 어린 목소리다.

아무리 오랜 세월을 함께한다 해도 변치 않을 애정이었다. 강건청이 정소교의 어깨를 감싸 안았다. 광동강씨금상을 떠받치는 기둥은 그처럼 아름다운 부부의 금슬이 있기에 더욱 더 굳건해질 따름이다. 충만한 복락이 흐르는 곳, 광동의 꽃나무는 그처럼 화사하고 튼실한 열매를 맺어가고 있었다.

*   *   *

"반철시는 언제 챙긴 거냐?"

"이복청이라고 했지? 그자가 쓰러진 직후에 챙겼잖아. 몰랐던 거야?"

"몰랐다. 전혀."

"아무리 다쳤었다 해도 그렇지, 그렇게 정신을 놓아서야 쓰겠어?"

단운룡의 핀잔에 오기륭이 고개를 저었다. 오기륭이 쓴웃음을 지으며 말했다.

"항상 그렇지. 네 말이 맞다."

"귀찮다는 듯 그렇게 말하지 말라구. 그거 없었으면 죽을 뻔했잖아."

“그래, 죽을 뻔했지.”

“응. 죽을 뻔했어.”

생각하면 실로 위험한 순간이었다.

오기룡으로서는 회심의 일격을 날렸던 것인데, 그걸 맞고도 일어날 줄은 몰랐다. 단운룡의 기지가 아니었더라면 죽음을 면치 못했을 것이다.

“그나저나… 잘도 그런 걸 쓸 생각을 했구나.”

“나도 쓰고 싶진 않았어. 암기니까.”

“암기라서? 별로 상관하지 않는 것 같던데?”

“어쩔 수 없이 꺼냈을 뿐이야. 곧바로 버리는 것 봤잖아.”

“철시를 다 써버려서 버린 것 아니고?”

“그런 이유도 있었지. 여하튼 암기는 싫어.”

“왜 싫은데? 잘만 쏘아놓고서 말이다. 그거 아니었으면 우린 둘 다 죽었을지도 모른다.”

“싫은 건 싫은 거야.”

“……”

뭔가 이유가 있는 말투였다. 암기와 관련된 안 좋은 기억이 있는 것 같았다.

단운룡을 한 번 돌아본 오기룡이다.

오기룡은 굳이 그 이유를 캐묻지 않았다. 떠올리고 싶지 않은 기억은 떠올리지 않으면 그만이기 때문이다.

그러나 그냥 넘어가려 했던 오기룡임에도, 단운룡이 먼저 그 이유를 꺼내놓고 있었다. 뜻밖의 일이라고밖에 말할 수 없었다.

"암기에 죽었어. 엄마가."

"어머니?"

"응."

"어머니라…….."

닫혀졌던 과거의 문이 열리는 순간이다.

싸움, 살해, 죽음. 그런 것과 친숙한 아이다. 문이 열렸다면 그 안을 들여다보는 것도 괜찮을지 모른다. 오기륭에 있어서 단운룡은 더 이상 스쳐 가는 남이 아닌 까닭이었다.

"대체… 어떻게 살았던 거냐. 네 녀석은."

"어떻게 살았냐고?"

"그래. 대충이나마 들려줬으면 좋겠다."

"갑자기 호기심이라도 생긴 거야?"

"호기심과는 조금 다르지. 그래 봬도 생명의 은인인데, 알아두어야 하지 않을까 싶다."

"생명의 은인? 내가?"

"그럼 너 말고 누가 있겠냐."

"거창하네. 생명의 은인이라니."

"이야기하고 싶지 않으면 이야기하지 않아도 된다. 목숨을 빚진 나로서는 할 말이 없지."

"들려줄 만한 이야기도 아닌데 뭘. 별거 아니야. 저번에 아저씨가 말했던 것처럼 어디에나 있을 법한 이야기거든."

"어디에나 있을 법한 이야기다?"

"응. 우리 집은 대리 단씨라는 한 가지 이유 때문에 여러 가지 일을 겪고 있었어. 우리를 노리는 사람들이 있는가 하면, 우리에게 무엇인가를 얻고자 하는 사람들도 있었으니까. 우리가 원수를 갚아야 하는 사람들도 있었고… 우리에게 원한을 가진 사람들도 있었고."

오기룡은 이해력이 뛰어난 남자였다. 그런 그에게 있어 왕가(王家)의 후예를 둘러싼 싸움을 떠올려 보는 것은 그렇게 어려운 일이 아니었다.

있지도 않은 재물을 노리는 사람도 있었을 것이고, 문무겸전 대리 단씨의 환상을 쫓는 사람들도 있었을 것이다. 그러다 보면 자연스레 싸움이 날 수 있었고, 싸우다 보면 원한 관계도 생길 수 있는 법이었다. 백 년이 넘는 세월 동안 그렇게 살아왔다면 어떤 구원(舊怨)이 있는 것도 이상하지 않았다.

"고생했겠군."

오기룡은 짤막한 한마디로 떠올랐던 여러 말을 대신했다.

그런 오기룡을 돌아보며 단운룡은 가볍게 고개를 저었다. 나오는 대답도 역시나 어린애 같지 않았다.

"아니야. 아저씨보다는 덜했겠지. 난 어렸으니까. 많은 사람들이 보호를 해줬거든."

"……."

“…….”

오기룡과 단운룡은 잠시 동안 말이 없었다. 오기룡이 문득 생각났다는 듯이 단운룡을 내려다보며 물었다.

“넌 안 하냐?”

“뭐? 복수?”

“그래. 복수.”

“안 해.”

“안 한다? 왜?”

“엄마의 원수라면 아빠가 옛날에 갚았어. 아빠를 죽음에 이르도록 만들었던 놈, 그 상처를 입혔던 놈도 죽어버린 지 오래야.”

“그런가.”

“…….”

“그렇다면 오자서는 내가 아니라 너인가.”

“내가? 원수를 갚아야 할 사람이 이미 죽어버려서?”

“그래.”

“무슨 소리. 그렇다고 오자서는 아니지. 난 그런 건 싫어. 아빠도 그러지 말라고 했고.”

“그러지 말라고 했다니? 원수를 갚지 말라 했다고?”

“응. 원한은 없어. 우리가 그렇게 된 것은 누구 하나의 잘 못이 아니야. 누군가에게 책임이 있다고 한다면, 그 책임은 우리에게도 있다고 했어. 난 그런 싸움, 다시 또 시작하고 싶지 않아.”

단운룡의 목소리엔 어떠한 증오도 집착도 실려 있지 않았다. 그것을 깨달은 오기륭이 미간을 가볍게 좁히며 천천히 고개를 끄덕였다.

“그렇군……. 그것도 좋을 거다.”

단운룡의 생각은 옳다.

옳으면서도 옳지 않았다.

원하는 싸움만 할 수 있다면.

원하지 않는다 하여 싸움을 피해갈 수 있다면.

그렇게 되면 천하에 어떤 근심도 없을 것 같다. 그렇게만 될 수 있으면 더 이상 좋을 것도 없을 것이다.

그러나 오기륭은 알고 있었다.

강호는 그런 곳이 아니라는 사실을.

누구도 자유로울 수 없다.

원하는 싸움도 하지 못한다.

원하지 않는 싸움을 해야만 한다.

‘네 녀석도… 그것은 어쩔 수 없을 테지…….’

그것이 숙명이다.

이 강호를 살아가는 모든 이들의 숙명이었다. 게다가 단운룡과 같은 아이라면 더욱더 그런 숙명을 피해가지 못한다. 아니, 누구보다도 그런 숙명에 강력히 맞닿아 있을 것이다.

그것을 알기에 오기륭은 아무 말도 하지 못했다.

언젠가 스스로 깨달을 것이기에.

그래서 그것을 깨달았을 때 천하는 어떤 인물을 맞이하게 될지, 그것이 두렵고도 기대되는 일이기에 오기륭은 아직 어떠한 말도 단정 지을 수가 없었던 것이다.

중천으로 오르는 태양을 따라 남쪽으로 향한다. 점점 더 뜨거워지는 태양임에, 더운 몸을 식혀줄 것이라고는 가끔씩 쏟아지는 빗줄기밖에 없었다. 음습한 연못들에는 독사와 괴충(怪蟲)의 위협이 있었고, 습한 대지 위에는 편하게 쉴 곳이 드물었다.

하지만 그럼에도 마음만큼은 홀가분하기 짝이 없었다.

구룡보의 추격이 없었기 때문이다.

상세가 심각하기 그지없던 오기륭도 이제는 점차 기운을 차려가고 있었다. 사시사철 따뜻한 곳에 접어든 만큼, 먹을 것을 구하기도 어렵지 않았다. 두 사람 모두 먹는 것을 가리지 않았으니 주변에 널린 것이 음식이요, 물이었다.

"그거 괜히 먹었어."

"그래. 정말 죽겠다."

"자꾸 설사하니까 똥구멍이 뜨거워."

"네 녀석은 진짜 이상한 놈이다. 더러운 것도 그렇게 태연하게 말하다니. 듣기가 영 이상해."

"뭐가 그렇게 더러워. 아저씨는 똥 안 싸?"

강호협객이라고 배변을 보지 않는 것은 아니다.

엉뚱한 것을 잘못 먹으면 열도 날 수 있고 배탈이 날 수도 있는 것이다.

색깔이 화려한 것은 건들지도 않았지만, 조심한다고 골랐던 검은색 버섯들이 문제였다. 그걸로 이틀을 고생했다. 한 걸음 한 걸음 마음 졸이며 이동하던 것에 비해서는 고생이라 할 것도 없었지만 말이다.

"사람 사는 데가 있긴 있는 거야?"

"물론이다. 조금만 더 가면 돼."

하루를 더 걷고 보니 오기륭의 말마따나 지나가는 풍광 곳곳에서 사람 사는 흔적들을 발견할 수가 있었다. 습지에 일구어놓은 밭들이 넓게도 펼쳐져 있는가 하면, 땅바닥에는 무언가를 끌고 간 수레바퀴 자국이 새겨져 있기도 했다. 토지신이라도 모시는 것인지, 색색의 천 조각을 걸어놓은 나무도 보였다. 그렇게도 볼 수 없던 사람 그림자들도 결국은 하나둘 나타나기 시작했다.

"전혀 다른 복장이잖아. 말은 통할까?"

"통하기는 할 거다. 한족(漢族)은 아닌 것 같다만."

두 사람 모두 오래 망설이는 성격이 아니었다. 밭길 근처, 혼자서 수레를 끌고 있는 남자에게 거침없이 다가갔다. 오기륭이 먼저 물었다.

"오원(五原)이 어느 쪽이지요?"

남자의 피부는 무척이나 검었다. 뜨거운 햇살이 태워 버린 검은 얼굴 위에는 잔주름이 가득했다. 운남 촌민의 시선이 오기륭의 위아래를 훑었다. 마치 그 인간됨을 알아보기라도 하듯 한참이나 오기륭을 쳐다보더니, 이내 한쪽 손을 들어 뻗어 있는 길 저편을 가리켰다.

"오원으로 가는 길이 이쪽이란 말씀이지요?"

촌민은 오기륭의 말을 잘 알아듣는 것 같았다.

오기륭의 말에 고개를 끄덕이며 주름진 미소를 만들었다. 그러나 그 미소는 그야말로 잠시였을 뿐이다. 알 수 없는 격정과 우려의 눈빛이 촌민의 늙은 눈에 떠올라 있었다.

"얼마나 더 가면 됩니까?"

오기륭의 질문에 촌민이 손을 들어 하늘 위를 가리켰다.

중천에 오른 태양이다. 그렇게 태양을 한 번 가리키더니, 곧바로 손을 움직여 서쪽 방향으로 떨어뜨렸다. 당장 이해하지 못한 오기륭이다. 그가 어리둥절한 표정을 지으며 단운룡을 내려다보았다.

"뭐라는 거지?"

"해질 무렵이면 도착한다는 이야기 같지 않아?"

단운룡도 확신이 없었던 듯 살짝 고개를 갸웃거리면서 되물었다.

촌민의 시선이 단운룡에게 머물렀다. 단운룡과 눈을 마주치자 두 손을 들어 가볍게 합장을 하고는 만면에 맑은 웃음을 떠올렸다. 제대로 알아들었다는 뜻 같았다.

"맞나 보군."

오기룡이 뒷머리를 긁으며 말했다. 말없이 길을 가르쳐 준 촌민에게 감사를 표하고는 가던 길을 재촉했다. 한참을 걸어 가던 오기룡이 뭔가가 생각났다는 듯 딱 걸음을 멈추며 단운룡을 돌아보았다.

"그러고 보니 들은 적이 있는 것 같다."

"뭘?"

"말없는 촌민 말이다. 포랑족(布朗族)이라던가."

"포랑족?"

"그래. 운남에만 살고 있는 이족(異族)이다. 외지인들과는 어지간해선 말을 나누지 않는다고 했지."

"그렇구나……. 특이하네."

"특이하지. 계속 그런 이들을 만나게 될 거다."

멈춰 섰던 두 사람의 발이 다시 움직이기 시작했다. 얼마 걷지도 않았을 때다. 이번에는 단운룡이 먼저 입을 열었다.

"그러고 보면 말야… 아저씨는 사천 사람 맞지?"

"그건 전에도 말했지 않느냐. 사천 출신이라고."

"그런데 어떻게 그렇게 잘 알지? 운남 사람도 아니면서 운남에 대해 굉장히 많이 알고 있어. 여기까지 오는 길도 그렇고 말야."

"그건 간단하다. 구룡보의 일 때문에 운남에 와본 적이 어러 번 있었으니까. 게다가 운남 출신인 친구도 있었다. 지금도 그 친구를 찾아가는 중이지.”

“친구?”

“그래. 신기한 친구다. 생사필 허유라고… 한족처럼 중원에서 활동했었지만 사실은 이곳의 납서족(納西族) 출신이다. 아는 사람은 몇 안 되지. 함께 운남에 온 적이 없었더라면 나도 몰랐을 거다.”

“친구라……. 믿을 수는 있는 거야?”

“물론 믿을 수 있다. 무공도 뛰어나고 학식도 높다. 만난 지는 굉장히 오래되었지만, 친우의 고난을 못 본 체할 남자는 아니었지.”

“그렇구나.”

단운룡은 순순히 고개를 끄덕였다.

인맥과 경험.

단운룡이 가지지 못한 것이다. 아무리 머리가 좋고, 제아무리 뛰어난 재능이 있다 해도 세월의 틈새는 좀처럼 메우기가 힘든 법이다.

오기룡과의 결정적인 차이다. 아직 어린 단운룡으로서는 갖기 어려운 강호인으로서의 경험이 그에게 있었다. 무림인으로 살아온 삶만이, 오직 세월만이 가져다줄 수 있는 소중한 지식들이었다.

“한데, 생각해 보니 운룡, 네 녀석도 한족(漢族)은 아니겠구나.”

“한족? 글쎄…….”

“글쎄라니. 대리 단씨는 본디 백족(白族) 아니었나?”

“백족이라 한다면……. 반만 맞았어.”

“반만 맞았다?”

“직계가 아니라 했잖아. 섞여 버렸거든.”

오기륭이 탄성을 내지를 때와 같이 입을 살짝 벌리며 알겠다는 표정을 지었다. 대리 단씨는 원래부터 운남의 토착 민족인 백족(白族)의 정점이라 알려져 있었다. 물론 왕가가 내려오는 과정에서 상당수 다른 민족들과도 혈연관계를 맺어왔을테지만, 기본적으로는 백족의 후손들이라는 것이 일반적으로 받아들여지는 바였다. 하지만 그렇게 백족의 왕가로 이어져 왔을지라도 왕가가 패망해 버린 작금에 와서는 혈통이라는 것도 지켜지기가 힘들었을 것이다. 피의 순수성을 잃어버리고, 성세를 구가했던 가솔들마저 없어져 버렸다면, 이미 그 후손은 왕족이라 칭하기도 어려울지 모른다. 홀로 남은 단운룡의 처지가 곧 흘러가는 세월의 풍파를 그대로 보여주는 것 같았다.

‘그래… 모든 것이 변하고 어려워졌을지라도, 살아남은 사람은 살아야지. 일단 가자! 그 다음은 그때 생각하도록 하는거다.’

오기륭은 더욱더 기운을 냈다. 자기보다 나을 것 하나 없는 단운룡의 존재가 또한 그에게 있어 커다란 힘이 되고 있다.

힘을 주고받으며 걸어가는 두 사람.

오원이 그 앞에 있다.

해질 무렵, 붉게 물들어가는 석양 밑으로 두 사람의 그림자가 점점 더 길어진다. 걸어가는 그들 앞으로 싸움과 비바람에 시달린 목책의 성곽(城郭)이 그 모습을 드러내고 있었다.

"웬 놈들이냐?"

목책을 지키고 있는 자들의 물음은 의외의 삼엄함을 띠고 있었다.

이상한 일이었다.

갑주 하나 차려입지 않은 것이 도무지가 관군(官軍)으로는 보이지 않는데도, 해이해진 관군들과는 비교도 안 될 정도의 엄정한 태도를 취하고 있었다. 당황할 수밖에 없었다.

이갑이든 통행증이든 신경도 쓰지 않았던 신평현에서와는 전혀 다른 느낌이었기 때문이었다.

"친우(親友)를 만나러 왔소."

"친우? 이런 시기에 친우는 무슨 놈의 친우! 수상한 놈들이군! 어디에서 왔는가!"

신평현을 이야기하려던 오기룡은 순간적으로 목구멍까지 올라온 말을 삼켰다.

구룡보의 추격이 이곳까지 미치지는 않을 것이라 생각되지만, 신평현에서 왔다 곧이곧대로 말하기엔 뒷일을 생각해서라도 아무래도 골치가 아플 것 같았기 때문이다. 오기륭이 단운룡을 한 번 내려다보고는 미간을 좁히며 나직한 목소리로 말했다.

"대리에서 왔소이다. 뭔가 문제가 있소?"

"대리? 저 북쪽의 대리?"

"그렇소."

"거기서 여기까지 둘이 왔다고?"

오기륭이 고개를 끄덕였다. 그러자 문을 지키는 이의 눈이 더 큰 의심으로 물들었다. 그가 뒤를 돌며 큰 소리로 외쳤다.

"여봐라! 이놈들을 잡아라!"

군병들이 몰려왔다.

군병들. 그렇다. 군병들이다.

관군들은 아니었지만 분명 그들은 한 성의 성문을 지키는 수문군(守門軍)들에 다름이 아니었다. 각양각색의 복장을 하고, 또한 각양각색의 병장기를 든 군병들이 재빠르게 달려와 오기륭과 단운룡 두 사람을 에워쌌다. 열 명을 족히 넘어가는 숫자였다.

"아이를 데리고 있다 하여 방심할 줄 알았더냐? 타가(墮枷)의 졸개인가, 아니면 맹획(孟劃)의 첩자인가! 어서 그 정체를 밝혀라!"

오기룡의 얼굴이 의아함으로 얼룩졌다. 창병을 들이대는 모습이 당장이라도 찔러댈 듯 살벌하기 그지없었다. 오기룡이 고개를 저으며 대답했다.

"타가고 맹획이고 처음 들어보는 이름들이오. 뭔가 오해가 있는 것 같은데……!"

"닥쳐라!"

오기룡은 말을 이어가지 못했다.

창날 하나가 오기룡의 턱 밑까지 이르러 있었기 때문이다. 오기룡이 두 눈을 차갑게 굳힌 채 눈앞의 군병을 바라보았다. 무엇이 그렇게 화가 났는지 심하게 일그러져 있는 얼굴이었다. 얼굴 전체를 가로질러 있는 흉터가 일그러진 얼굴에 험악함을 더하고 있었다.

'생긴 지 오래되지 않은 상처군.'

오기룡은 그 흉터를 보며 많은 것을 추측해 낼 수가 있었다.

몸을 숨기고 힘을 회복하기 위해 친구를 찾아온 오원.

그러나 오원은 생각처럼 평화로운 곳이 아니었다.

누군가가 보낸 졸개와 첩자를 경계하고 있다. 적대되는 세력이 있다는 뜻이다. 단숨에 뛰쳐나오는 수문군들을 필두로 하여 요새와도 같은 성채를 견고하게 방어하는 중이다.

수문군들의 구성도 특이하다.

관군들이 아니다. 둘러싸고 있는 자들 중에는 관군으로 보이는 병사도 있긴 했지만, 대부분 이 오원에 살고 있는 백성들로만 보인다. 언제든지 적들을 막을 만한 준비가 되어 있다는 말이다. 싸움이 빈번하게 일어나지 않고서야 그럴 리가 없다. 얼굴에 난 상처가 오래되지 않아 보이는 것도 그런 사실을 뒷받침한다.

결국 결론은 하나다.

이곳은 평화로운 곳이 아닐뿐더러, 평화를 지키고자 하는 곳도 아닌 것 같다. 지킬 만한 평화가 애초부터 없는 곳이다. 전장(戰場)……. 이곳은 이른바 싸움 중의 전장이었던 것이다.

"이야기나 좀 들어보시오. 다짜고짜 사람을 핍박하지 말고."

오기룡이 두 팔을 늘어뜨린 채 조용한 목소리로 말했다. 목덜미에 머무른 창날이 서늘한 기운을 뿜어내고 있었다. 신경이 날카롭게 곤두서 있는 사람들이다. 건드려서 좋을 것은 없었다.

"들을 이야기는 없다! 굳이 이야기하겠다면 타가와 맹획의 공격이 언제인지나 말하라!"

"그런 것에 대해서는 전혀 모르오. 허유, 생사필 허유나 만나게 해주시오."

오기룡이 허유의 이름을 꺼냈을 때다.

군병들을 둘러싼 공기가 일순간에 변했다. 창을 들이댄 군병이 일그러진 얼굴을 더 일그러뜨리며 목소리를 높였다.

"허 대인? 네놈이 만나러 온 친구라는 사람이 바로 그 허 대인인가?"

"대인으로 불리는지는 몰랐소만, 허유라는 이름자를 쓰고 있다면 그 사람이 맞소."

군병들 사이에 흐르던 적개심이 삽시간에 흐트러지고 있었다. 여전히 적개심을 드러내는 자들도 있었지만, 많은 자들이 혼란스러운 얼굴을 하고 있었다. 운남의 억양이 심한 한 남자가 신경질적인 목소리로 외쳤다.

"저놈, 허 대인을 노리는 자객(刺客) 아니야?"

"자객?"

"그래, 그럴 수도 있겠군!"

이곳저곳에서 여러 가지 목소리가 터져 나왔다. 적개심 가운데 감출 수 없는 불안함이 드러나고 있었다. 오기룡의 눈빛이 가볍게 흔들렸다.

'두려워하고 있다. 이곳 사람들은 누군가와 싸움을 하고 있지만, 그 전황은 결코 좋지 못해. 무척이나 위태로운 상황인 것 같다.'

오기룡의 생각은 틀리지 않았다.

몰려든 군병들 사이에서 새어 나오던 소리가 말리기 힘든 소란스러움으로 변해갔다.

"이것도 타가의 계략이 아닐까?"

“무슨 계략?”

“아니야, 이상한 술수를 쓴다 하면 맹획 놈이 더 그렇겠지!”

“명나라 관군은 언제 오는 거지? 지원은 없는 건가?”

“당장이라도 쳐들어오는 것 아니야? 승산은 있을까?”

중구난방에 다름이 아니었다.

싸움에 대한 두려움과 죽음에 대한 공포가 엿보이고 있었다. 끝도 없이 떠들 것 같던 그들이다. 오기룡의 목에 창을 들이댄 자가 커다란 외침으로 나머지 목소리들을 잠재워 버렸다.

“조용히 해!”

처음부터 가장 먼저 나섰던 만큼, 군병들 사이에서도 우두머리쯤 되는 것 같았다. 그자의 고함 소리에 모두의 목소리가 싹 줄어들었다. 그가 뒤를 둘러보며 큰 소리로 말을 이었다.

“무엇이 어찌 되었든, 수상한 놈들이다. 일단 끌고 가서 보자!”

모두가 고개를 끄덕였다. 둘러싼 군병들이 오기룡과 단운룡의 뒤로 병장기를 들이댔다. 목책 안쪽으로 들어가라는 뜻이었다.

“이쪽이다! 따라와!”

오기룡이 단운룡을 한 번 내려다보았다. 일단은 이들이 하자는 대로 한다. 그의 생각이 그의 두 눈에 그대로 새겨져 있었다.

'그냥 순순히 잡혀주자. 문제없을 거다.'

'알았어.'

단운룡은 그의 마음을 어렵지 않게 읽어냈다. 단운룡이 고개를 한 번 끄덕이고는 잠자코 발을 옮겼다.

소란이 일단락되자, 늘어서 있던 군병들도 대부분 자신이 맡고 있던 자리로 돌아가 버렸다. 오기륭과 단운룡을 이끄는 자들은 네 명에 불과했다. 무공을 익힌 고수들도 아니요, 민병 정도로밖에 보이지 않는 이들이었으니 여차하면 뿌리치고 도망갈 수 있는 숫자라 할 수 있었다.

'그렇다고는 해도……'

당장은 위험하지 않을 듯했지만, 그렇다고 낙관하기에는 이른 감이 있었다. 목책 안으로 보이는 풍경 때문이었다.

운남의 남단, 고즈넉한 촌락의 풍광을 예상하고 있었건만, 펼쳐진 오원의 모습은 그런 예상과는 거리가 한참이나 멀었다. 목책과 목책이 겹쳐져 세워져 있는 데다가, 먼 거리를 감시하기 위한 망루들까지 몇 개씩이나 솟아올라 있었다. 해가 질 때까진 시간이 꽤나 남아 있는데도 불구하고 벌써부터 경계를 위한 횃불들이 하나둘 밝혀지는 중이었다.

평범한 촌락이 아니라는 것은 사람들의 행색에서도 쉽게 알아챌 수가 있었다.

수레를 끌고 있는 마을 청년들도.

물건을 정리하는 시장의 가게 주인도.

심지어는 소를 끌고 가는 늙은 노인마저도 그 허리춤에는 굽어 있는 만도(彎刀)를 한 자루씩 꿰어 찬 상태였다. 언제라도 싸움에 나설 수 있는 준비가 갖춰져 있는 모습이란 말이다. 단운룡과 오기륭의 눈이 똑같은 빛으로 반짝였다.

'놀랍다. 이곳은 실로 예사로운 곳이 아니구나. 그 자체로 하나의 요새다.'

순순히 잡혀준 것은 어쩌면 실수일지 몰랐다.

실제로 두 사람을 끌고 가는 이들은 네 명뿐이지만, 무슨 일이 벌어졌다가는 주변에 있는 모든 사람들이 달려들게 될 것이다. 아무것도 모르는 무지렁이 촌민들이 아니라, 전투력을 갖춘 민병대나 다름이 없었다.

"빨리 걸어라! 두리번거리지 말고!"

시장이 있는 대로를 지나치자 주변의 경관이 크게 달라졌다. 이전까지처럼 나무로 지은 집들 대신, 흙으로 지은 집들이 쭉 늘어서 있었다. 둘러친 담 안쪽으로는 소나 돼지 따위의 가축들이 보였다. 마치 다른 지역에 들어온 것처럼 완전히 달라진 분위기였다.

'대체……!'

가옥의 생김새만 달라진 것이 아니었다. 돌아다니는 사람들도 마을 초입의 시장과는 사뭇 다른 모습들을 하고 있었다. 약속이라도 한 듯 하얀색 옷을 입고 있다. 허리춤에 걸려 있는 것도 날카로운 만도가 아니라 흰색 천에 감긴 가벼운 단도

들이었다. 전혀 다른 두 지역의 사람들이 오원이라는 한 이름 안에 모여 있다는 느낌이었다.

'둘……? 아니다……. 둘이 아니야.'

토담의 거리 끝에는 한 채의 커다란 장원이 서 있었다. 그 장원을 본 오기륭이 가볍게 얼굴을 굳혔다.

두 지역이라는 생각은 틀렸다.

둘이 아니다.

그 이상이다.

마을 초입의 목조 건물, 그리고 흙으로 빚은 토옥(土屋)의 거리, 둘 모두 운남이 아니고서는 보기 힘든 건물들이다. 그런데 이 앞의 장원은 전형적인 중원의 건물 형태를 띠고 있었다. 다른 문화, 다른 생활이 공존하고 있는 곳이다. 그것도 최소한 세 가지 이상이.

"수문대장께서 여기까지 어인 일인가?"

장원 입구에는 녹색 제복을 갖춘 무인 두 명이 서 있었다. 얼굴에 상처가 있는 남자가 오만상을 찌푸리며 대답했다.

"외지인이다. 수상한 놈들이야."

"외지인?"

"허 대인을 찾아왔다고 한다. 이 꼴에 허 대인의 친구라는 얼토당토않은 말을 지껄이고 있었다."

"허 대인의 친구라고?"

"그렇다."

"수상하군."

수문대장이란 자와 녹색 제복의 무인은 한곳에 사는 사람들임에도 서로 다른 억양을 구사하고 있었다. 녹색 제복의 무인이 고개를 끄덕이며 말을 이었다.

"그렇다면 이들은 이쪽에서 처리하겠다. 이쪽으로 넘기고 걱정 말고 돌아가라."

"좋다. 분명히 넘겨주었다."

그 다음부터는 불쾌한 일의 연속이었다. 고압적인 태도로 두 사람을 한쪽 전각으로 이끌었다. 다른 질문도 없이 오직 명령조의 말만 내뱉을 뿐이었다.

"그쪽 건물이다. 똑바로 걸어!"

꺾어져 들어간 한쪽 끝으로 작게 만들어진 전각 하나가 자리잡고 있었다. 문 앞에 밝혀놓은 횃불 옆으로 녹색 제복의 무인들이 네 명이나 도열해 있었다.

"이곳이 네놈들의 거처다."

거처라고 이야기했다. 그러나 그곳은 손님을 위한 지객당이 결코 아니었다. 아래로 내려가는 계단 하나만이 어두운 입을 벌리고 있을 뿐이다.

"내려가라. 심문은 나중에 하겠다."

'심문? 내려가?'

이제야 알겠다.

이들은 오기륭과 단운룡을 죄인 취급하고 있었다. 그렇기 때문에 이런 곳으로 데려온 것이다. 오기룡이 얼굴을 굳히며 고개를 돌려보았지만 다른 행동은 취하지 못했다. 녹의무인들의 숫자가 많기도 했거니와, 이들을 쓰러뜨린다 하여 얻는 것이 있는 것도 아닌 까닭이었다.

"큰일났네."

단운룡이 속삭이듯 말했다.

큰일이 났다?

하지만 그러면서도 전혀 걱정하는 느낌은 아니었다. 잡혔어도 별 상관이 없다는 투였다. 그 안에는 도리어 장난기까지 섞여 있는 것 같았다.

오기룡의 머릿속에 역시나 단운룡이라는 생각이 스쳐 갔다.

"어떻게든 되겠지."

달리 방도가 없다.

그렇다면 굳이 복잡하게 생각할 이유도 없었다.

싸움터 촌민들의 과한 경계심일 따름이다. 당장 목숨이 위험한 것도 아니었으니 해달라는 대로 해주면 그만이었다.

'그래. 갇혀 있는 것도 잠시뿐일 것이다.'

떠밀려 들어간 곳은 누추하기 짝이 없는 밀실이었다. 밀실, 감옥이란 말이었다. 특유의 퀴퀴한 냄새가 코끝을 괴롭히고 있었다.

"푸대접도 이런 푸대접이 없는데 말야."

“그러게 말이다.”

오기룡이 고개를 끄덕이며 땅바닥에 주저앉았다. 제집에 들어온 듯 다리를 쭉 뻗고는 가벼운 어투로 말을 이었다.

“그나마 노숙을 면했으니 다행이라 생각해야지.”

“노숙이 더 낫겠어. 이런 곳이라면.”

“괜찮아. 그래 보았자 하루 이틀이다.”

“확실하긴 한 거야? 허유라 했지? 아저씨 친구라는 그 사람 이름도 별로 먹히지가 않는 눈치던데?”

“직접 와서 꺼내줄 거다. 걱정하지 마.”

자신있게 말하는 오기룡이었지만, 내심 불안한 생각이 들지 않는 것은 아니었다.

만난 지 오래된 친구다.

설마하니 나 몰라라 하지는 않겠지만, 언제나 세상에는 의외라는 것이 있는 법이었다. 이렇게 감옥에 갇히는 것도 전혀 예상치 못했던 일 아니었던가. 상황이 더 나빠질 가능성은 어디에나 존재하고 있는 것이다.

“일단은 쉬어놓도록 하자. 그래도 그 친구, 믿을 만한 사람이다.”

“아저씨 말이 틀리지 않길 빌겠어.”

“그래.”

바닥에 깔려 있는 건초 위에 아무렇게나 드러누웠다.

추격을 뿌리치고 도착한 곳, 기이하기 짝이 없는 오원의 대지가 차가운 감옥으로 두 사람을 맞이하고 있었다.

　하루 이틀.
　오기륭의 생각은 틀렸다.
　삼 일이 지나고 사 일이 지났다.
　하루에 두 번, 그나마 음식이라도 줘서 다행이었다. 굶겨
죽이지는 않을 모양이다. 맛이라고는 어디에도 없었지만.
　"언제 오는 거야?"
　"글쎄다."
　지하 감옥이라고는 해도 시간을 가늠하는 것은 어렵지 않
았다. 날이 밝았을 때와 밤이 되었을 때, 그 기온의 차이가 뚜
렷했기 때문이다. 감옥을 오가는 무인들의 순찰도 하루 다섯
번 규칙적으로 행해지고 있었고, 맛대가리없는 음식도 아침
저녁 정해진 시간에만 나왔다. 갇혀 있다는 사실만 제외하고
는 딱히 불편할 것도 없는 나날이었다.
　"상처가 덧나고 있다. 골치 아프군."
　반철시에 당했던 상처가 심하게 곪아 들어가고 있었다. 오
랫동안 씻지도 못한 데다가 쉴 새 없이 강행군을 감행해서 그
렇다. 하지만 정작 당사자인 오기륭은 악화되는 상세에 대해
별반 개의치 않는 듯했다. 나가서 의원에게만 보이면 쉽게 회
복할 수 있다는 막연한 믿음을 가지고 있는 것 같았다.
　"그냥 움직이는 것이 좋겠어. 부수고 나가자."

"아니다. 그럴 거라면 조금만 더 기다려라. 싸울 만한 내력이 아직 충분치 않으니까."

오기룡은 도리어 여유로운 모습을 보이고 있었다.

추격을 걱정하며 휴식조차 제대로 취하지 못했던 이전과 달리, 이곳에서는 마음만 먹으면 언제든 쉴 수가 있었기 때문이다. 틈틈이 하는 운기조식도 조급함을 버릴 수 있는 커다란 힘이 되고 있었다. 운기에 완전히 빠져들 수는 없었지만, 어느 정도까지는 충분히 가능했던 것이다.

그렇게 다섯 날이 지났을 때다.

조용하던 감옥 안에 변화가 일어났다. 소란스러운 소리가 들리고 한 무리의 사람들이 우르르 몰려 내려왔다. 오기룡과 단운룡이 벌떡 일어나 철문 밖의 동향에 귀를 기울였다.

"난 아니라니까! 생사람 잡지 마시오!"

"시끄럽다! 들어가라!"

"아니, 이 사람들이!"

퍼억! 쿠웅!

기다리던 소리가 아니었다. 악을 쓰며 반항하는 음성 뒤에 둔중한 격타음이 뒤따라 들렸다. 또 다른 누군가가 잡혀 들어온 모양이었다.

털썩, 철커엉!

바로 옆의 감옥이다. 철문이 닫히는 소리가 무겁게 울려 퍼졌다. 어딜 어떻게 얻어맞았는지, 고통스런 신음 소리가 석벽을 통하여 들려오고 있었다.

"마구 잡아들이고 있는데?"

"그렇군."

"심문도 없고 말이야."

"그래."

"신경도 안 쓰고 있는 것 아냐?"

"그런지도 모르지."

단운룡이 미간을 좁혔다. 다시 주저앉은 오기륭을 못마땅한 표정으로 내려다보았다. 단운룡이 말했다.

"내가 나가서 불러올까?"

"그러든… 아니, 뭐라고?"

"허유란 사람, 내가 나가서 불러왔으면 좋겠냐고."

"나가서 불러온다니, 무슨 수로?"

"못할 거라 생각해?"

"……!"

오기륭은 대답하지 못했다. 한참 동안 단운룡을 쳐다보더니 한숨을 내쉬며 고개를 내저었다. 언제나 그렇듯, 허튼소리를 할 아이가 아닌 까닭이었다.

"조금만 참아라……. 네가 그렇게까지 하지 않아도 곧 나갈 수 있을 거다."

"참아? 아저씨는 대체 여기서 어쩌자는 거야. 운기를 하려면 제대로 하든지. 한 고비 넘겼다고 너무 안이해져 있는 것 아냐?"

단운룡의 말은 전에 없이 공격적이었다. 날카로운 비수처럼 정곡을 찌르고 있는 것이다. 오기룡이 얼굴을 찌푸리며 탁한 목소리로 대답했다.

"안이해져 있다니……! 네 녀석이야말로 왜 그러는지 모르겠다. 이곳에 들어올 때까지만 해도 태연하게 행동하지 않았더냐."

"마음만 먹으면 당장이라도 나갈 수 있는 곳이니까 그랬지! 하지만 아저씨를 보면 그런 것도 아닌 것 같아. 여기서 죽고 싶은 모양이란 말이야!"

"죽다니, 말도 안 되는 소리!"

"말도 안 되다니, 아저씨 어떻게 된 거 아냐? 여긴 위험해. 그걸 못 느끼겠어?"

"위험하다고?"

"그래! 공기가 다르잖아!"

그때도 단운룡은 말했다. 공기가 다르다고.

숨 쉬는 공기만을 말하는 것이 아니다.

하늘 아래 흐르는 기류, 사람들이 뿜어내는 기운, 대지가 전해주는 예감을 이야기함이다.

오원. 살아가는 모든 사람들이 칼을 들고 있는 곳.

마치 안개가 걷혀지는 것처럼.

오기룡은 눈앞이 밝아지는 것을 느꼈다. 절대로 빠져들지 않겠다고 다짐했던 방심의 운무(雲霧)다. 깊이 잠식당했던 마음이 이제야 새로운 빛을 찾아가고 있는 것이다.

'운룡의 말이 맞다. 나는 무엇을 하고 있었던가!'

그것은 일종의 각성이라 할 수 있었다.

단운룡의 말, 빛의 화살이 되었다.

오기륭의 사람됨을 관통하여 새로운 모습을 이끄는 광명과도 같았다. 어떻게 살아왔던가.

오기륭은 경험이 많은 무인이었다. 산전수전 다 겪은 무인이란 말이다.

오기륭을 전장의 장수라 한다면, 수많은 전투를 승리로 이끌었던 백전노장과도 같다고 할 것이다. 그러나 경험이 많은 장수는 반드시 언젠가 그 경험의 늪에 빠지게 되어 있다. 자신의 경험 이상의 무언가가 있을 수 있음을 망각해 버리고, 스스로를 그 틀 안에 가두어 버리는 것이다.

지금의 그가 그와 같다. 커다란 위험을 벗어나 오랜 친구를 찾아온 그다.

친구에게 도움을 청하고 오지의 마을에서 몸을 회복하고 나면, 그 다음에는 본격적인 싸움으로 들어간다.

싸움은 나중에, 몸의 회복이 먼저. 그것이 그가 정한 미래였다. 위기 뒤에는 반드시 기회가 온다? 오랜 경험에 비추어 그렇게 될 것이라 생각했을 뿐이었다.

'그렇지 않다. 어느 것도 확신할 수 있는 것은 없었어.'

하늘은 하나이며, 또한 하나가 아니다.

하늘 아래 펼쳐진 땅은 이것이 될 수 있고, 또한 저것이 될 수 있는 법이다.

대지를 내달리던 백전노장이 있다. 하지만 백전노장이 모두 다 명장이 되는 것은 아니다. 백전의 경험을 하고도 자신이 접한 세계 외에 또 다른 세계를 상상할 수 있어야 비로소 진정한 명장이 될 수 있다. 단운룡의 번뜩임처럼, 경험 밖의 무언가를 갖춰야만 했다.

'싸움은 나중으로 미룰 수 있는 것이 아니었다. 싸움은 계속되는 법이다. 바로 이 순간에도.'

오기룡의 마음속에 한 자루 보도가 깃들었다.

계속되는 싸움에 익숙해져 어떤 무기라도 받아낼 수 있을 것 같았지만, 어느샌가 무뎌져 버린 칼날이 지금 이 순간 절정의 예기를 발하며 놀라운 빛을 뿜어내고 있었다.

오기룡이 단운룡의 눈을 직시했다.

전혀 달라진 눈빛, 전혀 달라진 오기룡이 단운룡의 두 눈에 비춰지고 있었다.

"공기가 다르다는 말. 네 말이 옳다. 미망(迷妄)에 빠졌던 마음이 제자리를 찾았다. 네 덕분이야."

"예전에 스스로 찾았어야지."

"그래, 더 이상 네 녀석 도움을 받아서는 안 되는 일이다."

"그래서… 어떻게 할 거야?"

"마찬가지다. 일단은 기다린다. 이곳은 내 천명의 종착지
가 아니야. 위험이 느껴지긴 해도 우리와는 관계없는 일이다.
허유가 도움을 줄 수 없다고 한다면 곧바로 이곳을 떠나겠
다."

"또 기다려?"

"왜? 당장 나가야 할 다른 이유라도 있나?"

"있지. 난 여기 음식이 싫단 말야."

빨리 나가려고 했던 이유는 그런 이유도 있었던 것인가. 음
식 투정에서 비롯된 각성이라기엔 오기룡이 얻은 바가 너무
도 크다. 세상을 보는 눈이 바다처럼 넓고 깊어졌다. 내상을
회복하고, 무공이 발전된 것보다 더 중요한 변화다. 천명을
완수해 나가는 데 더할 나위 없이 소중한 재산을 지니게 된
것이다.

싫다던 음식을 먹는 것도 그날 저녁까지가 끝이었다. 기다
리던 자가 나타났기 때문이었다. 철문이 열리고 횃불의 일렁
이는 빛이 비쳐들었다.

큰 키, 호리호리한 그림자가 열려진 그 가운데에 서 있었
다. 청람색 무복을 입은 두 명의 남자가 그림자의 양옆에 시
립해 있었다. 그 남자가 입을 열었다. 냉정한 목소리였다.

"이게 누구신가."

"늦게도 나타나는군."

오기룡이 대답했다. 땅바닥에 편히 앉아서 동굴 벽에 등을

기댄 채다. 위를 올려다보는 오기륭의 눈이 타오르는 횃불보다 밝은 빛을 뿜고 있었다.

"자네였다니, 오랜만이야."

"그래, 오랜만이지."

남자가 한 걸음 안쪽으로 들어왔다. 그림자를 벗어난 그다. 수염을 가지런히 기른 중년 서생의 얼굴이 거기에 있었다. 홀쭉하게 마른 볼에 턱 선의 윤곽이 가늘었다. 평생을 책머리에 앉아 살았다 해도 믿을 만한 모습이었다.

"다쳤군. 꼴이 말이 아니야. 천하의 불패신룡께서 말이다."

"그렇게 안 좋아 보이나?"

"불패신룡이란 이름이 어울리지 않을 정도다. 고작 이런 감옥에나 갇혀 있는 초라한 모습이라니……."

"이렇게 될 줄 알았나? 내 분명히 자네 이름을 댔는데도 이런 곳에 처넣어 버리더군."

"그 몰골로 내 이름을 말했기에 갇힌 것이다. 다른 곳도 아닌 이곳에서……. 자네가 자초한 결과라는 뜻이다."

책머리에 앉아 살아온 서생과 같다?

착각일 뿐이다. 겉모습과는 다른 남자다. 얼음과도 같이 차가운 말투에는 유생이 가져야 할 온화함이 조금도 깃들어 있지 않았다.

"내가 자초한 일이라……. 자네답지 않은 말이로군. 내가 알던 허유가 맞기는 하나?"

"그러는 자네는 내가 알던 불패신룡이 맞을까? 예전과 같이 강대한 무력은 어느 구석에서도 느껴지지 않는다. 내상을 입지 않고서야 이렇게 약해져 있을 리가 없지. 거기에 외상까지 입었다. 상처에서 나는 악취가 여기까지 전해질 정도다."

오기룡의 미간이 가볍게 좁혀졌다.

위험 신호다. 잘못 찾아왔다는 느낌이 머리 한구석을 스쳐 갔다. 오기룡이 고개를 가로저으며 말했다.

"냉랭하기 짝이 없구나. 조금 더 반가워해 줄 수는 없는 건가?"

"반가워해? 자네를 말인가?"

"……!"

차갑던 말투가 더욱더 차가워진다. 중년 서생, 허유의 눈매가 늑대의 그것처럼 잔인하게 변하고 있었다.

"굳이 반가워할 이유를 찾는다면 없는 것도 아니겠지. 자네 그것은 알고 있나? 현상금이라는 것 말이다."

"무슨 말이지?"

"사천 구룡보가 누군가의 목에 현상금을 걸었더군. 은자로 오백 냥이다. 결코 적은 돈이 아니지. 명성에 비해서 가히 큰 돈은 아니라고 생각하지만."

"자네가… 설마……!"

"충분히 느꼈을 것이다. 이곳이 싸움터라는 것을. 칼 한 자루, 옷 한 벌이 부족한 곳이지. 은자 오백 냥이라면 숨통을 틀 만한 정도는 된다. 어떤가, 이 정도면 자네를 반가워할 이유가 될 수 있을까?"

"허유, 자네가 이렇게 나올 줄은 몰랐다. 정말로 몰랐어."

오기륭의 얼굴에 떠오른 것은 순수한 실망감이다. 보도의 날카로움을 세웠던 마음으로도 어쩔 수 없는 상실감이었다.

"몰랐다? 그것이야말로 불패신룡답지 않은 짓이었다. 추격전이 그렇게나 고되던가? 제대로 알아보지도 않고, 아무에게나 몸을 의탁하려 하다니. 그래서는 안 되는 일이지."

늑대가 이빨을 드러낸다.

아직 달려들지 않은 채로 피에 굶주린 눈빛을 번들거리고 있었다.

"그랬군, 그랬어. 내가 잘못 알았다. 오자서가 만났던 늙은 사공처럼은 되지 않는 모양이로군."

"오자서? 춘추의 그 오자서를 말하는 건가?"

늑대같이 잔인한 눈매에 이채가 감돌았다.

도망치던 오자서의 고사(古事)…….

원수가 보낸 추격병들이 등 뒤로 닥쳐들고 오자서는 흐르는 강물과 만난다. 강물에는 배를 띄운 늙은 사공이 있어, 창칼 달려드는 절박한 순간에 강을 건널 수 있도록 도와준다.

강 저편에는 멀뚱히 바라보는 병사들이 있고, 늙은 사공 배

위에는 숨을 몰아쉬는 오자서가 있다. 구명(救命)의 은혜를
기꺼워한 오자서가 태워준 사공에게 절을 하며 말한다.

"제게 가진 바 재물이 없으니 이 칼과 칼집을 받으십시오.
생명을 구해주셔서 감사합니다."

늙은 사공이 말한다.

"그 칼을 받을 바엔 만석의 포상금을 받았겠지."

늙은 사공은 오자서가 누구인지 알고 있었다. 강물 위로 사
라지는 사공에게 몸을 숙여 절을 한다. 무엇으로도 바꿀 수
없는 생명의 은혜였다.

오자서와 늙은 사공의 이야기는 너무나도 유명한 고사 중
하나다. 오기룡이 허유의 눈을 직시하며 진중한 목소리로 말
했다.

"자네와 나는 벗이었다. 늙은 사공은 본 적도 없던 오자서
를 구해주었지. 자네는 나를 반드시 구룡보에 팔아야만 하겠
는가?"

있는 그대로 나타나는 본성이다.

힘이 들어 실수를 하기도 하고 뻔한 함정에 몸을 던지기도
하지만 그에게는 사람의 마음에 직접 맞닿는 인간됨이 있었
다. 냉심의 늑대, 허유가 단정한 콧수염 밑으로 비틀린 웃음
을 그려냈다.

"크크크. 그 눈빛, 그 순수함! 오자서라, 오자서라……. 자

네는 스스로를 춘추의 오자서에 빗대어왔다는 말이렷다. 구룡보와 자네의 속사정을 보면 틀린 말도 아니리라. 역시나 자네는 처음에 내가 보았던 그대로였어. 자네의 눈은 수백 년의 낭만으로 가득 차 있다. 배신받기 쉬운 의리와 소용도 없는 열정에, 삶에 대한 터무니없는 믿음까지. 미련한 남자다. 미련하기 짝이 없는 남자야."

비웃음이다.

하지만 그 비웃음 속에는 비웃음을 넘어선 부러움이 깃들어 있었다.

늑대는 홀로 달을 보며 긴 울음을 터뜨리지만, 또한 늑대는 스스로 속한 무리를 찾아 피보다 진한 동료애를 보이기도 한다. 잔인하게 드러내던 이빨이 조용하게 모습을 감추었다. 오기룡을 내려다보던 그가 어울리지 않는 미소를 지은 채 더 이상 차갑지 않은 목소리로 말을 이었다.

"불패신룡. 자네는 독수리다. 대지 위의 사냥감을 찾아 한순간에 내리 꽂히는 용맹한 독수리야. 땅에 처박혀 날개가 부러져도 다시금 하늘 높은 줄 모르고 올라가… 마침내 태양에 타 죽고 마는 미련한 독수리란 말이다. 그 미련함을 본 사람은 눈시울 뜨거워지는 광경에 어쩔 수 없는 매력을 느낀다. 바보 같은 짓을 많이 하더라도 따를 수밖에 없다. 천재적인 지모가 없어도 사람들의 위에 설 수 있는 힘일 것이다."

"허유, 자네는 대체 무슨 말이 하고 싶은 것인가?"

"다른 뜻이 아니다. 자네를 팔아서 얻을 수 있는 오백 냥과 자네의 미련함을 저울질하고 있을 뿐이다."

"간단하군. 내가 독수리인지는 모르겠지만, 나는 미련한 사람이 맞다. 아마도 자네는 내가 생각한 것 이상으로 현명한 사람이겠지. 나를 구룡보에 팔아서 얻을 것이 있다면 그렇게 해라. 그렇다 해도 나는 죽지 않아. 이 기묘한 땅에서 머무르는 자네도 어쩔 수 없는 사정이 있을 것이니 자네를 원망하지는 않겠다."

"친구를 원망하지 않는다라……. 그것은 또한 터무니없는 우정의 발로라는 것인가?"

"허유, 자네는 변했다. 변해 버린 것을 알지 못하고 여기까지 찾아온 것은 내 잘못이겠지. 자네 탓이 아니다."

"내 탓이 아니라고 한다면 친구를 파는 데 망설일 이유가 한 가지는 줄었다 할 수 있겠군."

오래전.

지금과는 다른 모습을 지닌 두 사람이 있었다. 사천의 한복판에서 촉망받는 인재들로 순수한 호의와 진중한 의기(義氣)를 나누었다.

하지만 세월은 그들의 젊은 시절을 온전히 앗아가 버렸다. 한 사람이 구룡보에 전념하는 동안 한 사람은 운남으로 길을 떠났고, 한 사람이 풍파를 겪는 동안 한 사람은 세상의 끝에서 또 다른 싸움을 하고 있었다.

그때의 모습을 간직한 채, 또는 그때의 모습을 잃어버린 채 서로를 바라보는 두 남자가 여기에 있다. 그리고 그들을 바라보는 한 사람, 세월의 변모를 지켜볼 수 없었던 한 아이가 입을 열었다.

"아저씨는 뭔가 잘못 알고 있어. 과연 순순히 줄까?"

단운룡의 한마디에는 허를 찌르는 힘이 있었다. 세월의 한가운데 갑작스럽게 박혀든 화살과도 같다. 오기룡과 허유, 두 사람의 시선이 단운룡에게 집중되었다.

"누가 무엇을 준다는 말이지, 어린 친구여?"

늑대의 눈동자에 흥미롭다는 기색이 떠올랐다. 단운룡이 물어오는 허유의 눈을 똑바로 응시하며 대답했다.

"돈 말이야. 은자 오백 냥."

"구룡보가 그 돈을 순순히 주지 않을 것이란 말인가?"

"당연하지. 그걸 제대로 줄 것 같아?"

단운룡의 목소리는 단호했다. 허유가 단운룡을 잠시 동안 내려다보더니 예의 그 비틀린 미소를 지으며 말을 이었다.

"당돌한 꼬마 아이로구나. 그러나 네 녀석은 잘못 짚었다. 구룡보는 작은 문파가 아니다. 사도(邪道)에 빠져든 조짐이 조금씩 보이고는 있어도 구룡보는 본디 명문의 정도를 걷고 있던 문파다. 현상금 따위로 사람을 속일 만한 문파가 아니란 말이다."

"지금의 구룡보를 정확하게 몰라서 그렇겠지. 현상금이란 것은 누구에게든 분명하게 줬다고 알려 버리면 그만이야. 누가 받았는지는 확실하게 밝히지 않으면 될 뿐이고.”

“……!”

허유의 눈이 가볍게 흔들렸다.

반박할 수 없는 말이었기 때문이다. 반박할 수 없는 말이기 이전에, 허유 스스로도 가능성을 생각해 두었던 바였다. 한 사람의 목숨 값에 그 정도 돈을 선뜻 건네준다는 것은 어떤 문파라도 쉽지 않은 일이었다.

“일리있는 말이다……. 어린 친구여, 그것은 너 혼자 생각해 낸 일인가?”

“누구라도 생각할 수 있는 일이야. 대단할 것 없어.”

“대단할 것 없다니, 재미있는 꼬마다. 기륭, 이 아이는 자네의 제자인가?”

허유가 처음으로 오기륭의 이름을 불렀다. 훨씬 더 친구다운 말투였다. 오기륭이 고개를 저으며 대답했다.

“그 아이는 내 제자가 아니다. 그러기엔 그릇이 너무 커.”

“불패신룡에게조차도 큰 그릇이다? 그럼 뭐지?”

“글쎄, 무엇일까. 나도 잘 모르겠군.”

오기륭의 말에는 솔직한 의문이 깃들어 있었다. 무엇으로도 설명하기 힘들다. 사제 관계도 아니요, 혈육 관계는 더 더욱 아니다. 굳이 말하자면 동료라 할 수 있을까. 그것으로도 충분치 않았다.

"…뭐 어쨌든 좋다. 오백 냥의 포상금이 확실하지 않다면 판단은 더 어려워지겠어. 그래, 단도직입적으로 물어보지. 기륭, 그리고 꼬마, 자네들은 나에게 무엇을 해줄 수 있지? 그 오백 냥 대신에?"

활로가 열리고 있었다.

오기륭과 단운룡이 서로의 얼굴을 쳐다보았다. 오기륭이 먼저 허유를 돌아보며 되물었다.

"그것은 우리에게 묻는 것보다 자네가 말하는 것이 좋지 않을까. 싸움이라도 도와주길 원하나?"

어려운 싸움, 불패신룡의 힘을 빌린다. 나쁘지 않은 조건이다. 그러나 허유는 단호하게 고개를 저었다.

"당연히 불가(不可)다."

"불가라……. 이유는?"

"이유? 자네가 더 잘 알지 않나? 자네는 싸우지 못한다. 그것은 내공을 완전히 회복해도 마찬가지다. 구룡보의 추격은 멈추었으되 끝난 것이 아니기 때문이다. 운남에서 남하(南下), 샅샅이 흔적을 쫓다 보면 언젠가는 이곳까지 이르게 된다. 길지도 않을 거다. 세 달… 늦어도 네 달이면 충분하겠지. 그동안 자네가 이곳에서 싸움에라도 나섰다가는 갑작스레 나타난 고수라 하여 소문이 날 것이고, 그렇게 되면 그 시간은 더욱 단축될 수밖에 없을 것이다."

"그들은 세 달일지 몰라도 이쪽은 두 달이면 된다. 무공만

되찾으면 누가 와도 두렵지 않아."

"하! 불패신룡이라면 당연히 그러시겠지. 하지만 잘 들어라. 이곳은 구룡보와 자네의 싸움터가 아니다. 우리는 여기에 또 다른 적이 들이닥치는 것을 원하지 않는다. 그들이 오기 전에 이곳에서 떠나줘야 한다는 말이다."

오기룡은 말문이 막혔다.

허유의 말에는 틀린 데가 없었다. 구룡보는 포기하지 않는다. 오기룡이 포기하지 않는 것처럼, 그쪽에서도 어떻게든 오기룡을 죽여서 후환을 없애려고 할 것이다.

운남의 땅 끝까지 왔다 해도 마찬가지다. 아예 끝을 넘어 안남(安南)의 타국으로 나가 버리면 모르되, 중화의 땅인 이상 여기까지도 손길을 뻗어오게 될 것이다.

'그렇게 되면, 무사히 끝나지는 않겠지.'

결국은 이곳에 머무르는 것도 잠깐이다. 몸을 회복하자마자 떠나야만 한다. 최대한 빨리 없어지는 것이 허유에게도, 오기룡에게도 좋은 일이었다. 허유가 그들을 구룡보에 넘기지 않아야 가능한 일이었지만 말이다. 그렇기에 오기룡은 부탁할 수밖에 없었다. 눈감고 넘어가 주기를 부탁할 수밖에 다른 방도가 없었던 것이다.

"그냥 이곳에서 쉴 곳만 마련해 주면 안 되겠나? 무공만 회복되는 대로 사라져 주겠다."

"그렇게는 안 되지. 생각해 보면 은자 오백 냥을 전부 받지는 못하게 되더라도, 어떤 방식으로든 보상을 받을 수는 있을 것이다. 오백 냥 대신 식량 몇 수레만 얻어와도 우리에겐 더할 나위 없는 이득이란 말이다. 아무리 구룡보가 사도에 치우쳤다 해도 그 정도까지 인색하지는 않겠지. 어차피 싸움에도 쓰지 못할 칼이라면 그렇게 팔아버려도 나쁠 것은 없을 것 같지 않나?"

하나 다음은 또 다른 하나다. 속을 알 수 없는 남자, 변해버린 친구였다. 오기륭이 몸을 일으키며 무서운 안광을 뿜어냈다.

"대체 어쩌자는 건가? 결정도 못한 채 끝나지 않는 이야기만 늘어놓고 있을 것인가! 허유, 분명하게 정하라. 넘길 텐가, 아니면 도와줄 텐가!"

"어느 쪽으로 해야 할까? 팔기 전에 쓴다면 한 번 정도까진 쓸 수 있을 것 같은데."

사냥감을 몰아가는 늑대다.

덮칠 것인가, 아니면 그대로 둘 것인가.

보다 못한 아이가 다시 한 번 나선다. 단운룡이 오기륭의 앞으로 걸어나오며 늑대의 시선을 사로잡았다.

"아저씨, 화낼 필요는 없어. 이 사람은 굳이 이야기를 끝낼 생각이 없거든."

허유가 두 눈에 이채를 번뜩였다. 그가 단운룡을 쳐다보며 묘한 표정을 지었다.

"그게 무슨 소리인가. 어린 친구여."

"그렇게 하면 즐거워?"

"즐겁냐니?"

"그런 식으로 다른 사람을 괴롭히는 게 재미있느냔 말이야. 얼마나 힘든 상황에 처해 있는지는 모르겠지만, 남이 곤란해하는 것을 보면 기분이라도 풀리는 모양이지?"

"못하는 소리가 없구나. 꼬마야."

"틀린 말도 아닐 텐데 뭘 그래? 정 오백 냥이 아쉬우면 이렇게 해. 내가 그 오백 냥의 가치를 해줄 테니, 아저씨가 회복할 수 있도록 도와줘."

"뭐라고?"

"싸움이든 뭐든 내가 도와줄 테니, 아저씨는 풀어달란 말이야. 의원도 좀 붙여주고."

"하핫! 너 같은 녀석이 뭘 할 수 있다는 것이냐?"

"뭐든 할 수 있어. 목이라도 잘라줄까?"

"너 같은 꼬마의 목을 받아서 어디에다 쓸 수 있겠느냐?"

"잘못 알아들은 모양이네. 내 목 말고 당신 목 말야."

너무나도 태연하게 발해지는 한마디다.

감옥 안에 있던 모든 사람들의 몸이 굳어졌다.

허유도.

오기룡도.

허유를 따라 들어온 두 명의 무인마저도.

굳어진 이유는 다른 것이 아니었다.

허유의 목을 자르겠다. 단운룡이 그 말을 한 순간, 모두가 그럴 수 있다는 느낌을 받았기 때문이었다. 눈을 크게 뜬 채 한참이나 말을 잇지 못하던 허유가 이윽고 혀를 내두르며 말했다.

"날 죽이겠다라……. 놀랍다. 놀라워. 불패신룡 오기륭, 대체 이 아이는 뭐냐?"

"다른 사람에게 묻지 말고 날 똑바로 봐. 그 눈으로 보면 알 거 아냐?"

"……!"

"가(可)야, 부(否)야? 지금 결정해."

싸움이란 것은 무공으로만 하는 것이 아니다. 오기륭 대 허유의 싸움에서 허유 대 단운룡으로 바뀌었다. 인간됨으로 부딪치는 격전, 무공으로 하는 싸움보다 훨씬 더 첨예한 싸움이었다.

"대단하다. 어린 친구여. 그 정도 배포라면 오백 냥의 돈도 크지가 않겠구나."

"말장난하지 말고 대답해."

"오백 냥이면 백 일은 벌 수 있다. 하지만 네 녀석을 놓아두었다가는 천 일을 잃을 수 있겠다. 좋다. 어린 친구여. 네 뜻대로 하지. 기륭에게 의원을 붙어주고, 폐관을 위한 공간을 만들어주겠다."

결론이 났다.

허유는 오기룡을 팔지 않고, 단운룡을 얻었다. 오기룡이 질린 얼굴로 단운룡의 어깨를 붙잡았다.

"대체 어쩔 생각이냐."

"어쩔 생각이냐니? 말한 그대로일 뿐이야. 난 이곳에서 이 남자가 원하는 일을 하겠어. 아저씨는 몸을 회복토록 해."

"무슨 일을 시킬 줄 알고?"

"맘에 안 들면 때려치우면 그만이야. 그러니까 아저씨는 그만큼 빨리 회복해야 되는 거지."

허유를 바로 앞에 두고도 아무렇지 않게 때려치운다 말한다.

마음에 안 드는 일은 시키지도 말라는 뜻이다.

그 놀랍도록 파격적인 배짱.

허유는 입가에 떠올렸던 비틀린 웃음을 더욱더 짙게 만들었다. 허유의 얼굴에서 단운룡의 얼굴까지, 시선을 돌린 오기룡이 고개를 굳게 내저으며 말했다.

"저 허유는 그렇게 만만한 남자가 아니다. 네 녀석을 넘겨줄 바에는 차라리 무리를 해서라도 싸워서 도망치는 것이 낫다."

"착각하지 마, 아저씨. 아저씨가 날 넘겨주는 것이 아니야. 내가 그렇게 하겠다는 것이지. 내 뜻대로 하겠다는 말이야."

"결국은 내가 회복할 시간을 벌겠다는 것 아니냐. 내가 아니었다면 그럴 일도 없었다.”

“그렇지 않아, 아저씨. 잘 들어둬. 설사 아저씨 몸이 멀쩡했었더라도 크게 달라질 것은 없어. 아저씨가 살아가는 길은 아저씨 길이고, 내가 살아가는 길은 내 길이야. 설마하니 끝까지 아저씨와 함께하리라고 생각했던 것은 아니겠지?”

쿵!

그것은 오기륭에게 있어 단운룡에게서 얻었던 광명보다 더 큰 충격이라 할 수 있었다.

오기륭은 오기륭이고, 단운룡은 단운룡이다. 어린아이 입에서 나올 말이 아니었으나, 그것은 또한 절대로 부인하지 못할 진실이었다.

고개조차 돌리지 않는 단운룡, 그 작기만 한 등을 바라보던 오기륭이 착 가라앉은 목소리로 대답했다.

“그렇다. 너와 나의 길은 다른 곳에 이어져 있겠지. 네 말대로다. 언제까지나 같이 갈 수는 없으리라.”

오기륭도 어렴풋이 알고 있었다.

잠시 함께했던 동료였을 따름이란 것을.

오기륭은 이곳을 벗어나서도 구룡보와 처절한 싸움을 해야만 한다. 몇 번의 추격전을 더 겪을지 알 수가 없고, 몇 번의 살육전을 치러야 할지 알 수가 없다.

그러나 거기에 단운룡의 자리는 없었다.

단운룡과 오기륭의 삶은 전혀 다른 곳에서 시작되었고, 그

둘의 삶이 뻗어나갈 종결점 역시 전혀 다른 곳에 있을 것이다. 오기룡이 그 피할 수 없는 진실을 받아들이기까지는 오래 걸리지 않았다. 그가 고개를 들고 옛 친구였던 허유를 바라보았다.

"허유, 자네가 물었지. 이 아이가 무엇이냐고."

"그래. 궁금할 뿐이다. 대체 어찌하여 이런 아이가 자네의 곁에 있는가."

"자네는 나에게 용이 아니라 독수리라 하였다. 그 말대로 용은 내가 아니다. 용(龍)은 이 아이였을 뿐이다. 큰 물결 일으킬 운(澐), 바람을 타고 파랑을 움직이는 용(龍)! 그것이 바로 이 아이의 이름이다. 대저 용이라 함은 독수리도 사람도 어쩔 수 없는 신묘한 영물이라. 자네는 물결 속의 신룡(神龍)을 조심하는 것이 좋을 것이다."

"독수리가 이끌어온 소룡(小龍)이라는 것인가……. 그렇다면 내 명심하지. 되도록이면 용의 비위는 건들지 않겠다. 어린 친구여, 내 이름은 허유다. 중원에서는 생사필이라 불렸고, 이곳에서는 혈필랑(血筆狼)이라 불리고 있지. 그렇게 알면 될 것이다."

"랑(狼)이라니, 어울리는 이름이야. 나는 그냥 소룡으로 부르도록 해. 더 어릴 적에도 그렇게 불렸으니까."

혈필의 늑대가 섬광의 운룡과 만났다.

늑대가 흡족한 미소를 지으며 고개를 끄덕였다.

"거래는 성립이다. 자, 두 사람을 내 거처로 안내하라. 이 곳에서 들은 대화는 모두 잊고, 귀빈으로 대접하도록! 알겠는가?"

"알겠습니다."

허유의 명령에 그의 옆에 시립해 있던 두 무인이 몸을 숙이며 대답했다. 두 사람이 다가와 공손한 태도로 길을 안내했다.

"이쪽으로 오십시오."

위압적이었던 모습이 일거에 변해 있다.

미소 띤 얼굴로 길을 트는 모습은 마치 처음부터 환영을 위하여 배웅을 나온 사람들과 같았다. 한참이나 늦어버린 환대……. 오기룡이 그들을 따라 걸음을 옮기다가 문득 고개를 돌리며 물었다.

"자네는 함께 가지 않는가?"

"먼저 가 있어라. 나는 늙은 뱀을 달래놓아야만 하니까."

"늙은 뱀?"

"타가와 맹획은 늑대와 뱀이 지키는 오원을 노리고 있다. 알아두어라. 그것이 이 땅에 퍼져 있는 말이다. 자네는 일단 늑대의 비호를 받게 되었지만, 늙은 뱀의 눈은 자네를 어떻게 바라볼지 알 수가 없다. 이곳에서 무사히 벗어나고 싶다면 늑대보다는 뱀의 눈치를 잘 보는 것이 좋을 것이다."

오기룡이 허유에게, 허유가 오기룡에게.

생명을 위한 경고가 오간다.

살갑지는 않아도, 전처럼 순수하진 못해도.

투박한 가운데 미약하게 흐르는 그것 역시도 우정(友情)의 한 모습일는지.

용과 독수리, 늑대와 뱀의 운명이 이곳에서 얽혀든다.

오원의 밤, 그들을 맞아주는 새로운 달이 중천 위에 떠 있었다.

단운룡이 보내진 곳은 만들어진 지 얼마 안 된 이층짜리 목조 건물이었다. 기둥을 높이고 벽을 세운 참나무 냄새가 알싸하게 코를 찔렀다. 방 한 칸 나누어지지 않은 널찍한 건물 일층에는 단운룡의 또래로 보이는 아이들이 이십 명은 족히 들어앉아 있었다.

"새로 온 놈이다. 이놈도 오늘부터 소마군(少魔軍)에 넣어라."

"외지인 아냐?"

"그렇다."

"그런데 어딜 들어와? 누구 맘대로?"

"허 대인의 명령이다."

"붉은 늑대가 직접?"

"그래. 그 이상 알려고 들지 마라. 출정이 얼마 안 남았으니 잘 가르쳐 놓도록."

"출정? 처음부터 바로 쓴다고?"

"그렇다. 곧바로 실전에 투입하라는 명령이시다."

"말도 안 되는 소리!!"

아이들의 가운데에 서서 목소리를 높이고 있는 소년은 무척이나 마른 체구를 지니고 있었다. 청남색의 짙은 색 옷을 입고 있어서 더욱 그래 보이는 것 같다. 나이는 열서너 살 정도, 예민해 보이는 얼굴을 하고 있었다.

"곱상하게 생겨먹었는데 물건이나 제대로 나르겠어? 시체 하날 더 치우고 싶은 거야?"

"네가 나설 일이 아냐. 그 이상은 모르는 일이다. 명령이니까 알아서 해."

"쳇! 또 그런 식이군!"

소년이 신경질적으로 소리쳤지만, 단운룡을 데려온 무인은 들은 척도 하지 않았다. 자신의 임무는 거기까지라는 듯 곧바로 몸을 돌려 건물 밖으로 나가 버린다. 아이들의 가운데에 있던 소년이 분을 삭이려는 듯 몇 번이나 숨을 몰아쉬었다. 그 소년이 이번에는 단운룡을 바라보며 퉁명스러운 어투로 질문을 던져 왔다.

"이름이 뭐냐?"

자연스럽게 모여드는 시선이다. 땅바닥에 앉아 있는 놈, 벽 쪽으로 놓여 있는 침상 위에 누워 있는 놈, 구석구석에 옹기종기 모여 있던 모든 아이들의 눈들이 단운룡 하나에게 집중

되었다.

"운룡. 소룡이라 부르면 돼."

"어디서 왔지?"

"북쪽."

"북쪽? 그 옷차림, 너 백족(白族)이냐?"

"응."

백족 혼혈, 그러나 단운룡은 다른 말을 덧붙이지 않았다. 이런 자리에서 구구절절 설명할 이유가 없었던 까닭이다.

"흐응… 백족이라……. 백족은 얼마 없는데. 아정(兒整)! 네 친구가 온 모양이다. 봐라, 저 녀석도 백족이야."

한쪽에 앉아 있던 꼬마 아이 하나가 슬쩍 손을 들었다. 때 묻은 하얀 옷을 입고 있었는데, 무척이나 온순해 보이는 얼굴을 지니고 있었다.

"내 이름은 소봉(少蜂)이다. 진짜 이름은 은봉이지만 다들 소봉이라 부르지. 난 화니(和尼)의 산에서 태어났다. 화니의 산에서 온 애들은 지금 없는 애들까지 전부 다 합해서 스물한 명이야. 소마군에서는 두 번째로 많은 숫자지."

소봉의 말에 앉아 있던 아이들 중 열 명 정도가 손을 들었다. 화니의 산에서 태어났다는 말은 곧, 그들이 화니족(和尼族)의 자손들이란 이야기였다. 하나같이 어깨와 가슴이 깊게 파여 있는 헐렁한 청남색 옷을 입고 있었다.

"소마군은 전부 다 해서 예순세 명이 된다. 위층에서 자고 있는 애들이 열 명 정도 있고, 출정에서 돌아오지 않은 애들이 스무 명 정도 있어. 우리 소마군엔 단 한 명 두목이 있지만 지금은 출정에 나가 있으니 못 볼 거야. 돌아오게 되면 비위를 거스르지 않도록 조심해야 되겠지.”

단운룡은 순순히 고개를 끄덕였다.

일단은 이 새로운 곳에 적응해야 할 때다. 아이들의 얼굴을 둘러보며 어젯밤 허유와 오기륭과 함께 나누었던 기나긴 대화를 다시 한 번 떠올렸다.

*   *   *

“이 땅은 어떻게 된 것이지? 싸움이라니…….”

“질문의 폭이 너무 넓군. 하나씩 물어보라.”

허유의 거처는 삼층짜리 장원이었다. 먹물 냄새가 진하게 배어 있는 방 안에는 수많은 책들과 서화(書畵)들이 가득하게 놓여 있었다. 하루 이틀 모은 것이 아닌 물건들이었다. 이런 곳에서 그런 것들이 무슨 소용인지 알 수가 없었다. 참으로 파악하기 어려운 남자였다.

“하나씩이라면… 당연히 그것이 먼저겠지. 대체 누구와 싸우고 있는 것인가?”

“누구와 싸우고 있냐라……. 우리는 이곳에서 두 명의 대적을 상대하고 있다. 일각수(一角獸) 맹획이라는 놈과 원마왕(元

魔王) 타가란 놈이다."

물어보는 오기륭의 목소리에도, 대답하는 허유의 목소리에도 더 이상 적의는 깃들어 있지 않았다. 마치 예전의 친구 사이로 돌아가기라도 한 듯한 느낌이었다. 오기륭이 고개를 끄덕이며 눈을 빛냈다.

"맹획과 타가라……. 잡혀오면서 들었던 이름이로군. 그자들의 첩자가 아니냐는 오해를 받았다."

"그럴 수 있다. 이곳 사람들은 모두가 그놈들을 두려워하고 있으니까."

"어떤 놈들이기에 그러는가?"

"글쎄……. 누구부터 말해야 할까. 좋아. 원마왕 타가부터 말해보지. 그놈은 상당히 이해하기 쉬운 놈이니까. 그자는 패망한 원제국의 장수다. 운남 남부까지 쫓겨 내려온 원군의 잔당들을 규합하여 세력을 이룬 남자지. 사자처럼 용맹하고, 표범처럼 재빠른 놈이야. 굉장히 강한 놈이지."

"원의 잔당이라고? 어떻게 그럴 수가 있는가? 그런 놈이 세력을 키우고 있는데 관군들이 가만히 있나?"

"핵심을 짚었다. 물론 관군들이 가만히 있어서는 안 되는 일이지. 그러나 상황이 좋지 않다. 지금은 관군들이 제대로 움직일 수 있는 때가 아니라서 말이다."

"그것이 무슨 말인가? 그보다 중요한 일이 어디에 있다고."

명나라는 중원을 지배했던 원제국을 몰아내면서 세워진 한족의 제국이었다.

원나라와 대적하여 정립된 국가.

초대 황제 주원장이 등극한 이후까지도 계속되었던 원나라 잔여 세력과의 싸움은 그야말로 제국의 존망과 직결되는 일대 대업이라 할 수 있었다.

그런 마당에 타가와 같은 자가 세력을 키우고 있음에도 수수방관하고 있다는 것은 그야말로 이해하기 어려운 일이었다. 어불성설이라고밖에 달리 표현할 길이 없었다.

"원의 군사들은 끈질겼다. 원제국의 잔당들이 끝까지 버티고 있었을 때, 명의 군사에 의하여 가장 마지막으로 해방된 곳이 바로 이 운남이다. 부우덕과 남옥이라는 건국의 명장들이 이 운남을 탈환했었지. 그러나 그들은 주원장의 잔혹한 숙청에 휩쓸려 모두 다 죽어버리고 말았다. 거기서부터 시작된 거야. 운남을 되찾기는 했지만 제대로 지키지 못하고 있는 것이다. 관군들의 힘이 강성하지 못하단 말이다."

"그렇다 해도 그 원제국의 잔당이지 않은가! 이곳의 관군이 약하다 해도 중앙에서 가만히 놔둘 리가 없을 텐데?"

"놔두지 않으면 어쩔까. 현 황실의 상황을 잊고 있는 게냐?"

"황실의 상황이라니?"

"몰랐나? 역천(逆天)이 가까이 와 있다. 소문은 들었을 거다. 연왕(燕王) 주체가 북평에서 군사를 모으고 있다는 것을. 황제, 남경의 건문제는 이길 수 없어. 나라가 두 쪽이 나서 황제의 지위를 빼앗기게 생겼는데, 이런 운남의 상황 따위는 눈에 들어오지도 않을 것이다.”

온 천하를 아우르는 이야기다.

운남의 오원은 좁고도 작은 곳이지만, 결국 천하의 향방을 가르는 싸움 때문에 이처럼 커다란 영향을 받고 있다. 오기륭이 이제야 모든 상황을 알겠다는 듯 고개를 끄덕이며 침음성을 흘렸다.

“그렇군⋯⋯. 그래서였어. 온 마을 사람들이 민병의 태세를 취하고 있는 것은⋯⋯. 사실, 진짜 관군들의 지원을 받지 못해서 그런 것이었군.”

“정확하게 보았다. 이들은 지켜줄 자들 하나 없이 싸울 수밖에 없었던 것이다.”

“그런데⋯ 궁금한 것이 있다. 이 싸움은 가능한 싸움이긴 한 건가? 흩어져서 도망치거나⋯ 포기하는 자들이 있을 텐데?”

“물론 있다. 그러나 그 숫자는 매우 적다.”

“적다고? 어째서 그럴 수 있지?”

“운남이기 때문에 그렇다.”

“운남이라서?”

허유가 탁자 한쪽에서 한 장의 지도를 꺼내 들었다. 운남의 지형을 그려놓은 지도였다. 허유가 지도를 들어 오기륭과 단운룡 앞에 쫙 펼쳐 놓고는 한곳을 가리켰다.

"이곳이 오원이다. 자네들은 북쪽에서 이쪽 길을 따라 내려왔지."

오원으로 들어오는 북쪽 길은 외길에 가까웠다. 단운룡과 오기륭이 꽤나 고생을 했듯, 험한 산들과 깊은 늪지들 때문에 어지간해서는 진입이 어려운 곳이었다.

"타가는 이쪽에 있고, 맹획은 이쪽에 있다. 말하자면 오원은 품(品) 자의 꼭대기라 할 수 있지."

오원을 북쪽에 두고, 타가와 맹획의 세력권은 통틀어 하나의 삼각형을 이루고 있었다. 허유가 한눈에 알아볼 수 있도록 손가락으로 세 개의 선을 그려주었다.

"오원은 이 전체 지역에서 중원과 통하는 유일한 길이라 할 수 있다. 또한 이 오원은 토지가 비옥하고 수원이 풍부하여 수많은 사람들의 터전이 될 수 있는 곳이지. 남동의 맹획, 남서의 타가 둘 모두가 노릴 수밖에 없다는 말이다."

"그것과 운남이라는 것이 무슨 상관이지?"

"운남에는 한족과는 다른 소수 민족들이 많이들 살아가고 있다. 이들 민족은 모두가 제각각 한족과는 어울리기 힘든 독특한 풍습들을 가지고 있지. 싸움이 고달파서 도망친다? 중원으로 도망쳐 보았자 섞여서 살기가 어렵다는 말이다. 그렇기에 우리는 탈영하는 자들을 붙잡지 않는다. 도망쳤던 이들

도 결국은 이곳으로 돌아오게 되어 있으니 말이다. 며칠이든
몇 달 후에든 되돌아오고 말지."

"그렇다면……."

"그렇다. 이 오원은 그런 민족들이 공동으로 살고 있는 곳
이다. 오원(五原)이란 것도 다섯 민족의 터전이기에 붙여진
이름이었다. 납서족, 경포족, 아창족, 화니족, 포랑족의 다섯
민족이 함께 살고 있지. 까마득한 옛날부터 그러했다 전해지
고 있다."

"오원이라……. 마을 사람들의 행색이 저마다 달랐던 것도
그래서였나……!"

"제대로 보았다. 게다가 지금은 그 다섯 민족만 들어와 있
는 것이 아니야. 타가와 같은 경우, 세력권 내의 부족들에 대
한 압제가 굉장히 심하다. 여차하면 공격을 가해 전멸시켜 버
리는 경우도 있을 정도지. 가족을 잃거나, 살고 있던 곳을 빼
앗기고 흘러들어 온 사람들이 무척이나 많다. 주변에 살던 리
수족(理水族)이나 와족(窩族), 라고족(羅高族)까지 들어와 있는
상태다. 어떤 이들인지는 말해도 모르겠지만."

"도망칠 수도 없다. 터전은 빼앗겼다. 싸울 수밖에 없는 것
이로군."

"말하자면 원한(怨恨)이라 할 수 있다. 가족에 대한 원한,
땅에 대한 원한, 삶에 대한 원한이란 말이다. 그것이야말로
이 싸움을 가능케 하는 원동력이라 할 수 있다. 그러나…….

이제는 그것도 쉽지가 않아. 희망이 보이질 않으니까.”

“듣기만 해도 그 어려움을 능히 짐작할 수 있겠다. 타가가 그렇다면 맹획이란 자도 원나라의 잔당인가?”

“아니다. 맹획은 다르다. 이놈은 더 알기 어려운 놈이다. 타가보다 훨씬 복잡한 놈이지. 이놈은… 한족이다.”

“뭐라고?”

“한족이고, 중원인이다. 게다가 정통무학을 익힌 절정고수다. 운남에서도 비교적 많은 이족(彝族)들이 그를 일파의 문주처럼 따르고 있다. 문주… 라기보다는 왕(王)이 더 어울리겠군.”

“문파를 이루고 있다는 뜻인가?”

“비슷하다. 타가가 이끄는 적들이 군사들이라고 한다면, 맹획이 이끄는 자들은 무공을 익힌 무인들이다. 훨씬 더 까다로운 놈들이지. 더욱이 이 맹획이란 자는 남쪽의 안남(安南)과도 내통하고 있다. 대월국의 호(胡)라는 자와 친분을 가지고 있다는 정보가 있어. 타가와는 달리 좀 더 현실적이고 더 커다란 그림을 그리는 놈이다. 이 운남을 차지하고 운남왕(雲南王)이라도 하고 싶은지도 모르지.”

“복잡하군.”

“복잡할 것도 없다. 지극히 간단한 일이야. 타가와 맹획은 우리를 노리고 있고, 우리는 그것을 지켜야만 한다는 뜻이다. 그것만으로도 벅차지. 쓸데없는 변수는 만들고 싶지 않다.”

“내 몸이 회복되면 도와준 보답으로 한 놈 정도는 처치해 줄 수 있을 텐데.”

“한 놈? 타가와 맹획 말인가?”

“그렇다.”

“크크크. 자네다운 발상이다. 독수리는 원래부터 겁이 없지. 자네가 옛 힘을 완전히 되찾더라도 자네는 타가와 맹획을 이길 수 없다.”

“이길 수 없다? 그렇게 강한가?”

“암살이라면 가능할지도 모르겠다. 하지만 자네는 자객이 아니지 않은가. 일 대 일 정면 승부? 그것도 장담하지 못한다. 타가는 놀라운 무인이야. 그자가 뿜어내는 무력을 보고 있자면 원마왕(元魔王), 마왕의 칭호가 아깝지 않다. 그렇다면 맹획은? 맹획은 더 어렵다. 그놈은 교활한 괴물이다. 일각수의 돋아난 뿔처럼 기기묘묘한 힘을 발하지. 저돌적인 용기로 내리꽂는 독수리는 이기기가 힘들다.”

“그런가…….”

“자네의 힘을 쓸 수 없는 이유는 그것뿐이 아니다. 타가나 맹획 하나를 죽여서는 아무런 의미가 없다. 오히려 둘 중 하나를 죽이는 순간, 우리 오원은 멸망이야.”

“멸망이다? 그것은 또 무슨 말이지?”

“타가가 죽으면 맹획이 우리를 친다. 맹획이 죽으면 타가의 군대가 노도와 같이 밀려들겠지. 둘이 있기에 오원이 버티

는 것이다. 동시에 죽일 수 있다면 모르되, 하나만 죽여서는
소용이 없단 이야기다."

　둘이 아니라 셋이기에 살아남을 수 있다. 서로가 서로를 견
제하는 가운데 오원이 있었다. 약자들이 모여든 곳, 야망도
꿈도 없이 오직 삶을 위한 의지만을 불태우는 땅이었다.

　허유의 말이 일단락되면서 중단되어 버린 대화다.

　오원이 어떤 곳인지 알았다.

　이제는 다른 것을 이야기할 때다.

　한참이나 듣고만 있었던 단운룡이 허유의 얼굴을 바라보
며 물었다.

　"좋아. 그러면 나는 뭘 해야 되는 거야?"

　"어린 친구, 자네는 소마군(少魔軍)에 들어간다."

　"소마군?"

　"그래, 소마군."

　"그게 뭔데?"

　"그게 뭐지?"

　오기룡과 단운룡이 동시에 물었다. 허유가 예의 비틀린 웃
음을 지으며 한쪽에 놓여 있는 서책 하나를 꺼내 들었다.

　"병사가 모자라 싸움을 할 사람이 없다. 남자란 남자는 모
조리 징병당하고도 적을 막을 사람이 부족하다. 동네에서 뛰
놀던 남아(男兒)들도 놀고만 있을 수가 없다. 고대의 전쟁에
서 있었던 일이다."

"설마! 이 녀석을 싸움에 투입하겠다는 건가?"

오기륭의 얼굴이 삽시간에 굳어졌다. 그가 언성을 높이며 눈을 빛냈다. 그러나 허유는 오기륭을 돌아보지도 않은 채 단운룡을 바라보며 차분한 목소리로 말을 이었다.

"고대의 남쪽 대지. 싸움터에는 남아들이 있었다. 남아들은 소악마(小惡瑪), 또는 소마군이라 불렸지. 그들은 싸움에 참가하되 싸우지는 않았다. 보급과 수송, 그리고 약탈. 그것이 소마군이 하는 일이었다."

"보급… 약탈?"

"훈련된 아이들이 있다. 전장에 나가서 식량을 나른다. 싸우는 자들은 싸움에만 전념할 수 있도록 하기 위해서다. 약탈……. 약탈이라 했지만 의미는 조금 다르다. 싸움이 끝난 싸움터에서 적들의 보급품을 가져온다. 화살이든 칼이든 갑옷이든 무엇이든 그 대상이 된다. 그런 것들이 소마군이 하는 일이다."

허유는 소마군이 하는 일을 명료하게 설명해 주었다.

단운룡이 고개를 한 번 끄덕이며 알겠다는 눈빛을 떠올리더니 이내 묘한 표정을 지었다. 호기심이 일어난 듯한, 또는 우습다는 듯한 얼굴이다. 단운룡이 되물었다.

"그게 다야? 고작 그 정도로 끝은 아니겠지."

"역시나 그렇군. 잘 알고 있어. 기륭, 이 아이는 자네 말대로 용이 맞는 모양이다."

허유의 시선은 여전히 단운룡에게 머물러 있었다. 오기룡에게는 고개조차 돌리지 않는다. 오기룡이 눈살을 찌푸리며 말했다.

"제아무리 보급 임무라 해도 위험하긴 마찬가지다. 납득할 수 있게 설명해. 아니면 없던 일로 하겠다."

"그 이야기는 이미 끝난 것으로 알고 있다. 기룡, 벌써 잊었나? 이 아이는 이미 내 쪽으로 넘어왔다."

"……!"

"여하튼 어린 친구, 계속하자. 이 소마군이 다시 만들어진 것은 사실 내 발상이 아니었다. 마건위(馬健衛), 이 오원의 실질적인 지휘자가 만들어낸 군대였지."

"늙은 뱀이라던?"

단운룡이 되물었다. 오기룡은 배제한 채.

단운룡과 허유.

이제는 둘만의 대화가 이어지고 있다.

"그래. 늙은 뱀 말이다. 마건위는 이 오원 땅 경포족의 수장이다. 경포족, 그들이 숭상하는 최대의 미덕은 오직 단결(斷結)이라 한다. 마건위는 각별하다. 그 단결은 남녀노소를 가리지 않아야 한다는 것이 마건위의 생각이지. 어린아이라도 예외는 없다는 말이다. 죽더라도 전사(戰士)로 싸우다 죽으라는 것이지. 늙은 뱀에겐 그 소마군도 운용할 수 있는 전력의 하나일 뿐이다. 하지만 내 생각은 그렇지 않아."

"그렇지 않다니?"

"나는 오원을 위해서는 친구라도 서슴없이 팔아먹을 수 있는 사람이다. 그만큼 이곳 사람들의 삶을 귀하게 생각하고 있다는 말이다. 생각해 보아라. 그렇게 귀한 사람들 중에서도 가장 귀한 것이 어떤 사람들인지 아느냐? 그것은 어린아이들의 생명이다. 아이들은 아이들답게 책을 읽고, 가족을 배우고, 재미있게 뛰어놀며 자라야 한다. 아이들이 잘 커가야 어른들도 언제까지든 살아갈 수가 있다. 아이들이 없으면 그것으로 끝이야. 아무리 어렵게 지켜낸 땅이라 해도 아무런 의미가 없는 것이다."

"그런 말을 믿으라고?"

단운룡의 눈에 의심의 빛이 깃들었다. 진중한 말투, 마음, 지금까지 보여주었던 허유의 모습과는 판이하게 다르기 때문이었다. 단운룡의 말에 허유가 피식 웃으며 한껏 가벼워진 목소리로 말했다.

"믿고 안 믿고는 네 자유겠지."

"차라리 그냥 늙은 뱀이 마음에 안 든다 말해. 그 편이 훨씬 더 어울려."

"그것도 틀린 말은 아니다. 그렇지 않아도 마건위의 생각은 내 생각과 크게 다르니까. 특히나 소마군에 관한 것은 도무지 이견을 좁힐 수가 없다. 난 소마군의 존재 자체를 반대하는 사람이지. 하지만 소마군이 있음으로써 오원의 전력은

예전보다 확실하게 강해지게 되었지. 아이들까지 전장에 나
간다는 것만으로도 그 파급 효과는 기대한 것 이상이었기 때
문이다. 아이들까지 전장에서 싸우는데 어른들은? 사기가 올
라가고 의지가 강해졌다. 그것만큼은 나로서도 부인할 수가
없었다."

"그래서 내가 할 일은 뭐야?"

"용이라 함은 신령스러운 동물이니 주변 사람들을 지켜주
는 힘이 있다. 넌 소마군을 살려라. 지금으로서는 소마군의
출정을 반대할 수가 없는 상황, 어차피 전장에 나가야만 하는
것이라면 한 명이라도 더 살아서 돌아오는 것이 좋겠지. 네가
그것을 도와주도록 해라."

"아이들을 살려라. 거창한 임무네."

"그렇다. 대단히 중요한 일이다. 너는 거기서 아이들이 헛
되게 죽는 일이 없도록 힘을 쓰는 한편, 소마군이 투입되는
시기와 작전들을 간간이 내게 알려주면 된다. 소마군의 상황
을 알고 있어야 그들에 대한 지원도 가능하니까 말이다."

"소마군이 어떻게 움직이는지 잘 모르는 모양이지?"

"그래. 잘 모른다. 내 소관이 아니다."

"소마군은 그 늙은 뱀의 집단이란 거지? 온전히?"

"그렇다. 아까도 말했지 않느냐. 처음부터 마건위의 발상
이었다고."

"그렇다면 나에게 원하는 것을 정확하게 말해주는 게 좋겠

어. 늑대는 욕심이 많잖아. 소마군의 아이들이 죽지 않길 바라는 거야? 아니면 소마군을 손에 넣고 싶은 거야?"

"뭐, 뭐라고……!!"

허유의 눈이 크게 뜨여졌다.

단운룡의 질문에는 살을 에는 예리함이 깃들어 있었다. 놀라움의 빛이 허유의 두 눈에 가득 찼다.

"알 만한 반응인걸? 여하튼 좋아. 원하는 대로 소마군에 들어가 줄게. 아이들도 어지간하면 죽지 않도록 애써보겠어."

"……."

허유는 대답하지 못했다.

용이라 함은 신령스러운 동물이라 사람의 손에는 잡히지 않는 법이다. 달변의 혀를 가진 늑대이지만 어린 용의 신묘함에는 입을 다물 수밖에 없었다. 단운룡의 마지막 말이 늑대의 가슴속에 내려앉았다.

"그래도 말이야… 아이들이 제대로 자라야 한다는 이야기는 꽤나 그럴듯했어. 그 이야기가 진심이었기만을 바랄게."

*　　*　　*

"…침상은 그쪽 것을 쓰면 될 거다. 어이, 듣고 있긴 한 거냐?"

소봉의 목소리가 단운룡의 상념을 깨웠다. 단운룡이 고개를 들고 소봉이 가리키는 침상을 바라보았다.

“저거라고?”

“그래. 쓰던 놈이 얼마 전에 죽었거든.”

“알겠어. 잘 쓸게.”

단운룡은 태연하게 대답했다. 그런 반응이 기대와는 전혀 달랐던 듯, 소봉이 한쪽 눈썹을 치켜 올리며 물었다.

“별로 안 놀라네? 죽은 사람 침대라는데 기분 안 나쁘냐?”

“왜 나쁜데?”

되묻는 단운룡의 목소리엔 진심이 담겨 있었다. 소봉이 다른 쪽 눈썹을 마주 치켜 올리고는 두 눈을 크게 떴다.

“혹시 너도냐?”

“너도냐니?”

“가족들 말이야… 너도 다 잃었어?”

“가족이라면… 죽었지. 전부 다.”

“흐응……! 그랬군! 어느 쪽이지?”

“응?”

“원마왕이야? 일각수야?”

타가냐, 아니면 맹획이냐.

여기 있는 이들은 모두가 그들을 원수로 생각한다. 단운룡이 고개를 저으며 대답했다.

“둘 다 아니야.”

“엉? 아니라고?”

“그래.”

단운룡은 몸을 돌린 채 침상에 덮여 있는 허름한 마포를 한 번 쓸어보았다. 궁금함으로 가득 찬 아이들의 시선을 등 전체로 느낄 수가 있었다. 소봉이 의아하다는 목소리로 고개를 갸웃거리며 말했다.

“특이한 녀석이네. 꼭 그놈 같아.”

“응?”

“라고족의 그놈.”

라고족.

이해할 수 없는 한마디다.

하지만 못 알아들은 것은 단운룡 하나뿐인 모양이다. 소봉의 말에 아이들 사이에서 일순간 술렁임이 생겨났다. 무엇인가 알 수 없는 이야기들을 한마디씩 나눈다. 단운룡이 고개를 돌려 소봉을 돌아보며 되물었다.

“누군데 그래? 그 녀석이.”

“아, 신경 쓰지 않아도 돼. 어차피 어지간해서는 만날 일도 없을 테니까.”

“그… 래?”

“여하튼 네 녀석, 여차하면 우리 두목한테 잘못 보일 수도 있겠어. 비리비리하게 생겨서 딱히 건들 것 같지도 않지만, 그래도 조용하게 지내는 편이 좋을 거야.”

‘조용하게 지내라…….’

"알았어?"

"알겠어."

"좋아."

"그럼… 오늘은 뭘 하면 되지?"

"뭘 하냐고?"

"응."

"거기 처자빠져 잠이나 자. 오늘은 훈련도 없으니까."

"그래! 그렇지!!"

건량 주머니를 옮기는 작업은 어려운 일이 아니었다. 어른의 머리통만 한 주머니들이 아이들의 손을 거쳐 다시 아이들의 손으로 옮겨가고 있다. 마지막 아이까지 쭉 나아가 조그만 짐수레로 이어지는 움직임은 마치 백 년 동안 숙달된 것처럼 자연스럽기만 했다.

"잘한다! 그렇게 하는 거야!"

고함을 치는 이는 한쪽 발목이 통째로 날아가 있는 남자였다. 목발을 짚고서 돌아다니고 있었지만, 불구의 몸이 아닌 것처럼 그 모양새가 무척이나 역동적이었다. 전장에 나가지 못하더라도 자신의 한몫을 다하겠다는 의지가 몸 전체에서 전해지고 있었다.

'…지겨워.'

그렇게 정열적인 사람이 아이들을 독려하고 있을지언정,

단운룡에게만큼은 그저 시시하기 그지없는 단순 작업이었을 따름이다. 창칼이 난무하는 전장도 아니요, 마을 한쪽 공터에서 벌어지고 있는 이른바 소마군의 훈련은 그처럼 별반 대단할 것이 없어 보였다.

아이들의 가운데에 섞여서 한참이나 물건을 날랐다. 물건 나르는 것이 끝나자 붕대를 다루는 법을 가르침받았고, 이어 무뎌진 칼을 손질하는 법과 망가진 화살에서 화살촉을 분리해 내는 것도 배웠다.

몇 번이나 똑같은 것을 훈련받았을 텐데도, 아직까지도 실수를 저지르거나 숙달되지 못한 아이들이 꽤나 눈에 띄었다. 무척이나 잘하는 아이들도 있었는데 잘 나서는 소봉이 그랬고, 차분한 눈빛을 하고 있는 우목(雨木)이란 아이가 그랬다.

'특이한 이름이야.'

단운룡이 다시 한 번 우목을 돌아보았다.

그들에겐 중원에서 말하는 성씨의 개념이 없는 것 같았다. 우목과 소봉, 도무지가 익숙하지 않은 이름들이었다.

우목의 나이는 열세 살로 단운룡보다는 두 살이 많았다. 졸린 듯한 얼굴에 알 수 없는 총명함이 깃들어 있어서 금세 눈이 갔던 아이였다. 소봉은 당장 말솜씨가 좋아 주목받을 수밖에 없는 아이였지만, 우목은 조용하게 있더라도 은연중에 따르는 이들이 많은 아이였다.

'납서족이라고 했었지.'

무슨 종족이 그렇게도 복잡하게 얽혔는지, 하루 이틀로는 완전하게 파악하기가 어려울 정도였다. 게다가 이곳 아이들은 자기 자신을 이야기할 때, 다른 무엇보다 어느 민족 출신인지를 가장 먼저 말하곤 했다. 각기 다른 옷 색깔과 각기 다른 행동 방식이 그들이 말하는 민족의 이름에서 뚜렷하게들 나타나고 있었다.

“왔다! 출정대다!”

누군가의 외침이 아이들의 귀를 사로잡았다. 움직임이 일어난 것은 순식간이다. 너나 할 것 없이 방금까지 다루던 칼날과 화살을 내팽개치고는 한쪽으로 우르르 몰려가기 시작했다. 단운룡도 엉겁결에 아이들에 휩쓸려 그쪽으로 발을 옮겼다.

“두목! 이번엔 어땠어?”

한 무리의 아이들이 그곳에 나타나 있었다. 삼십 명은 족히 될 것 같았다. 처음 보는 얼굴들, 출정에 나갔다 온 아이들이었다.

“이번에는 아무도 죽지 않았다!”

우렁찬 목소리를 가진 소년이 그 중심에 있었다. 희생자가 없다는 말로 포문을 연다. 소년의 말이 끝나기가 무섭게 모두가 ‘와아!’ 하는 함성을 질러냈다.

“수확도 많았어! 오늘은 마음껏 먹는다! 잔치를 열어라!”

목소리의 주인은 부리부리한 눈빛과 큰 체구를 뽐내고 있었다. 열대여섯은 먹은 듯하다. 마치 개선의 영웅과도 같은 모습으로 오십 명이 넘는 아이들을 단숨에 휘어잡고 있었다. 아이들의 함성이 끊이지 않고 이어졌다.

'대단한 위세인데……!'

단운룡의 눈에 이채가 감돌았다.

소봉과 우목이 눈에 띄는 아이들이었다면, 이 소년은 그저 눈에 띄는 정도를 훨씬 벗어나 있었기 때문이다. 압도적이란 말이 어울린다. 이 모든 아이들의 두목이라는 것을 누가 봐도 알 수 있을 만한 소년이었다.

"물건을 챙겨라! 가자!"

소년의 말에 몰려들었던 아이들이 다시 우르르 몰려가 땅에 던져 두었던 칼과 화살들을 재빨리 수습했다.

훈련 때와는 공기가 다르다. 소마군, 이것이 바로 군대라는 느낌이다. 승리의 개가(凱歌)를 울리는 군대가 따로 없었다.

"어떠냐? 우리 두목, 굉장하지?"

어느새 옆에 따라붙은 소봉이 상기된 얼굴을 한 채 말을 건네왔다. 단운룡이 고개를 끄덕였다. 진심이었다.

"맞아. 대단한걸."

단운룡의 솔직한 대답이 무척이나 마음에 들었던 모양이다. 소봉이 흡족한 표정을 지으며 두목이라는 소년을 가리켰다.

"두목의 이름은 대산(大山)이야. 우리는 다들 어려서 소봉이나 아정처럼 아명으로 불리지만, 두목은 그냥 대산이지. 두목은 그래도 돼. 어른들이랑 싸워도 안 지거든.”

“그렇구나.”

단운룡은 짐짓 놀랍다는 표정을 지어 보였다. 그러자 소봉이 더욱 신이 난 얼굴로 목소리를 빨리했다. 더 감탄해 주길 바라는 모양이었다.

“저번에는 어른들도 없이 원마왕의 기마 무사와 마주쳤는데, 단숨에 뛰어올라 이렇게 커다란 무사를 말 위에서 떨어뜨려 버렸대! 두목이 없었더라면 몇 명은 손도 못 쓰고 죽어버렸을 거야.”

“와아……. 엄청나네.”

장단을 맞춰주기 위한 것만은 아니었다.

아이들의 말에는 과장이 섞이기 마련이지만, 단운룡은 그것이 지어낸 이야기가 아니라는 느낌을 받았다. 직접 싸우는 것을 본 것은 아니지만, 지금 뒷모습을 보고 있는 것만으로도 충분히 짐작할 수 있다. 대산이라는 소년은 이미 그 자체로 보통 소년의 범주를 벗어나 있었다.

‘어려운 일도 아니야. 어리다고 하여 어른들을 제압하지 못하라는 법은 어디에도 없거든.’

어른들과 대등한 아이가 있다.

어른들을 이기는 아이가 있다.

단운룡 자신이 그렇듯 말이다.

"저건 누구야?"

"어디?"

"저기, 두목 바로 뒤에 가는 긴 머리카락."

"아……! 흑로(黑鷺) 형 말이야?"

"흑로?"

"응. 아창족(阿昌族)이야. 허리춤에 있는 칼 보이지? 저걸로 죽인 적들이 열 명을 넘는대. 두목을 빼면 가장 셀걸?"

기껏해야 열서너 살로 보인다. 그런데도 열 명 넘게 죽였다면 그것은 그야말로 예사로운 일이 아니다. 두 번째로 강하다는 말을 쉽게 이해할 수가 있었다.

"두목은 어디야?"

"두목도 아창족이야. 봐. 흑로처럼 검은 옷을 입었잖아."

"그러고 보니 똑같은 옷이네."

"그렇지. 하지만 아창은 숫자가 많지 않아. 왠지 알아?"

"왜?"

"아창족은 전사의 민족이야. 언제나 용감하여 물러나지 않아. 그래서 원마왕이랑 일각수한테 많이들 죽었어. 얼마 남지 않았다는 말이야."

'그래서였구나……'

다른 아이들과 다른 분위기가 느껴지는 것도 그 때문이었던 듯하다. 어린 나이에도 확실히 전사(戰士)라는 느낌이다. 앞서 가는 아이들 중에도 서너 명 정도가 비슷한 냄새를 풍기고 있었다.

'만만치 않아. 보통 아이들이 아니야. 이런 무리를 없앤다
는 것은 처음부터 말이 안 돼. 늑대에겐 미안한 일이지만 손
에 넣겠다고 해도 건네주기가 쉽지 않겠어.'

이미 전장에 뛰어들어 본 아이들이다.

비록 실제 전투에 본격적으로 투입되는 것은 아닐지라도,
그에 준하는 상황들을 많이 겪어보았을 것이다.

외부인이 파고들기는 당연히 어려울 수밖에 없다. 아이들
특유의 단합심에 더하여 그것을 한곳에 모으는 두목까지 있
다.

두목을 제압한다?

그것으로 끝날 것이 아니다.

일단은 자세히 알아봐야 한다. 누가 어떤 역할을 하고 있는
지, 누가 얼마나 강한지 미리 알아두어야만 했다. 허유가 원
하는 것이 정확히 무엇이든지 간에, 당장 덤벼들 만한 일은
아니라는 뜻이다.

'섞이고 보자.'

어린 단운룡은 이미 알고 있었다.

행동을 취하려면, 거기에는 반드시 준비가 필요하다는 것
을 말이다.

경험이 아닌 본능으로 느끼는 생존의 왕도(王道)가 거기에
있었을 따름이다.

시간이 흐르고 며칠이 지났다.

소봉의 말처럼 조용하게 지내는 나날이다. 스스로를 감춘 채 다른 아이들과 똑같은 일상을 반복했다. 두목이라던 대산도 외지인이라는 것과 백족이라는 것에만 잠시 흥미를 보이더니, 더 이상 관심을 기울이지 않는 것 같았다. 언제 깨질지 모르는, 그리고 언젠가는 깨질 수밖에 없는 허울뿐인 무관심이었지만.

그렇게 지내던 어느 날이다.

훈련 중 쉬는 시간에 한 사람이 찾아왔고, 다른 말 없이 시간과 장소를 말해준 후 사라져 버렸다.

야심한 밤, 모두가 잠든 틈을 타 약속된 장소로 나왔다. 단운룡은 거기서 오랜만에 반가운 얼굴을 볼 수가 있었다.

"이틀 후 출정이 있을 거라 하더군. 타가란 놈이 정복한 군락에서 생존자들을 구출해 온다고 했다. 네가 있는 소마군도 함께 가는 것 같던데. 맞나?"

"맞는 것 같아."

오기룡이었다.

훨씬 더 좋아진 안색으로 빈틈없는 기도를 발하고 있다. 아무도 없는 공터에 밤을 밝힌 횃불만이 부드러운 불빛을 흘려내고 있었다.

"너도 가는 거냐?"

“나도 가지.”

“그렇군.”

“설마하니… 아저씨가 연락책으로 온 거야?”

“연락책? 허유의 연락책 말이냐?”

“응. 소마군의 사정을 알려주기 위한 연락책 말야.”

“그런 건 아니다. 그냥 잘 지내나 궁금해서 와봤다.”

“…별일이네. 아저씨는 좀 괜찮아?”

“생각보다 빨리 회복하고 있다. 허유가 붙여준 의원이 예상외로 솜씨가 좋아서 말이다. 보신을 위한 탕약도 지어주곤 하는데, 효과가 상당하다. 내상을 치료하는 데에도 큰 도움이 되고 있어.”

“조심해. 무슨 독인지도 몰라.”

“하하, 너다운 말이다.”

오기륭은 가볍게 웃었다. 좋아진 안색만큼이나 여유로운 마음이 전해지고 있었다.

“다 회복하는 데에는 얼마나 걸릴 것 같아?”

“앞으로 한 달 정도면 충분할 것 같다.”

“빠르네.”

“그래, 다행이지. 그보다… 오늘은 좀 다른 이야기를 할 것이 있다.”

“다른 이야기?”

“그래.”

“무슨 이야기인데?”

“출정이 이틀 후라니까 더 미뤄둘 수도 없을 것 같아서 말이다.”

“갔다가 못 돌아오는 것도 아니야.”

“아니, 그런 문제가 아니다. 당장 할 수 있는 것이 뭐가 있을까 해서 그런다.”

“당장 할 수 있는 것이라니?”

“네 몸을 지키는 것.”

“내 몸을 지킨다고?”

“무공(武功) 말이다.”

오기룡의 눈이 형형한 빛을 발했다.

내공을 회복하고 있다더니, 과연 그 눈빛부터가 예전과는 또 다른 힘을 뿜어내고 있었다. 그 눈빛을 받아내는 단운룡이 고개를 갸웃하며 되물었다.

“대체 무슨 이야기를 하려고 하는 거야?”

“먼저 이것부터 알자. 너 말이다. 네가 지닌 내공은 대체 뭐냐?”

“내공?”

“심법, 내력, 뭐든 말이다. 네가 보여준 체력과 능력…….
내공 없이는 말이 되지 않는다.”

“그러니까 내가 가진 무공 내력을 묻는 거지?”

“그래.”

"물으나마나 뻔하지. 알려줄 수 없어. 비밀이야."

"대리단가의 무공이라면 얼마든지 이해할 수 있는 일이다. 하지만 다른 것은 몰라도 이것만큼은 짚고 넘어가야겠다. 네가 익힌 무공의 궁극은 어디에 있느냐?"

"난데없이 궁극이라니……. 뭘 기대하는 거야?"

"대리단가의 무공이든 밝힐 수 없는 비밀의 무공이든 그것이 궁극을 바라볼 수 있는 온전한 무공이냔 말이다."

힘이 돌아오면 그 안목도 예리해지는 것인가.

그럴 수도 있다.

내공이 정심해지면 마음이 평정을 얻는다. 머리가 맑아지며 보이지 않던 것이 보인다. 핵심을 찌르는 오기륭의 말에 단운룡의 표정이 가볍게 굳어졌다.

"곰곰이 생각해 보았다. 대리 단씨의 무공이 어째서 전설이 되어버렸는지를. 전설이 되었다는 것은 달리 말해서, 현세에는 그것을 구사하는 사람이 없다는 말과 같았다. 구사하는 사람이 있다고 해도 유명해지지는 않았다. 그것이 뜻하는 바가 무엇인가. 무공이 유명해지지 않았다는 이야기는 누군가가 숨겨서 그런 것일 수도 있지만, 숨긴다는 것만으로는 설명이 부족한 일이다. 진정으로 강한 무공은 숨긴다고 드러나지 않는 것이 아니야. 그것은 무공 자체가 강하지 않아서일 가능성이 높다. 정확히 말해서는 예전보다 약해졌다는 표현이 옳겠지. 어떤가? 내 말이 틀렸나?"

“정확히 보고 있네. 어쩐 일이야? 갑자기 똑똑해진 것 같아.”

“언젠가 네 녀석 말버릇은 제대로 고쳐 놓아야 할 것 같다. 어찌 되었든 이야기를 계속하자. 나는 말이다, 대리 단씨의 황실이 망해 버렸다면 그 뛰어났던 무공도 제대로 전해지지 못했을 가능성이 높다고 보았다. 처음에는 온전하게 전하려 했겠지만, 그것도 쉬운 일은 아니었겠지. 결국은 유실되는 부분들이 생겨났고, 대리 단씨의 무공은 예전의 강력함을 잃어 버리게 되었다. 그것이 전설로 남게 된 이유다.”

“그거 정말 아저씨 혼자 생각한 거야?”

“그래. 나쁘지 않았지?”

“아저씨도 바보는 아니었구나. 맞아. 아저씨 생각은 틀리지 않았어.”

순순히 인정하는 단운룡이다.

그런 단운룡의 이야기에 오기륭이 만족스런 표정을 지었다. 하지만 그런 얼굴도 잠시였을 뿐이다. 그가 목소리를 낮추며 진지한 어조로 말을 이었다.

“그때 보았던 네 무공은 어딘지 모르게 몇몇 군데 중요한 요소가 빠져 버린 것처럼 보였다. 그 정도 움직임이라면 뛰어난 박투술 한두 가지 정도는 지니고 있었을 것이라 생각했는데, 실제로는 붙어서 싸우는 일이 전혀 없었을 정도지. 내 발도각을 쓰는 데 있어서도 다른 군더더기를 거의 찾아볼 수가 없었다. 뭔가 다른 것을 배웠더라면 그 버릇 때문에라도 그러

기가 쉽지 않아. 네 무공에는 한 부분 크게 뚫린 구멍이 있다
는 뜻이다."

"구멍이라니, 너무하잖아."

"아니다. 구멍이라고는 해도 무엇이든 채울 수 있는 구멍
이겠지. 깊이 뚫려 있기 때문에 더 쉽게 빨아들이는 것인지도
몰라. 네 발도각은 일품이었어. 진심이다."

굳이 진심이라는 말을 덧붙이지 않아도 된다. 오기륭의 목
소리는 무슨 이야기를 하든 진실된 마음을 담고 있었다. 특히
나 단운룡을 상대로 할 때는 더 더욱 그랬다.

"네가 지닌 내공이 어느 정도인지는 잘 모르겠다. 보통 아
이들과는 하늘과 땅처럼 큰 차이가 있겠지만, 그렇다고 고수
의 경지에 이른 것으로 보이지는 않는다. 다만 너는 이미 깨
닫고 있는 것처럼 보이지. 그릇에 담긴 물을 최대한 집중해서
쓰는 방법을 말이다."

"전에도 말했지만 그렇게 대단할 것은 없어."

"내가 너에게 내공 구결을 물어보는 것은 말이 되지 않는
다. 그것은 너의 말처럼 오랫동안 지켜온 비밀일 테니까. 그
래도 알고 싶다. 그 내공만으로 어느 정도까지 갈 수 있을
지."

"…비밀이라고는 해도 사실 아저씨라면 함께 나누어도 괜
찮겠지."

단운룡이 오기륭을 올려다보았다. 아무도 없는 이 세상에

서 유일하게 믿어도 될 것 같은 사람이었다.

"일양북명(一陽北暝), 첫 번째 내공 구결이야. 심법의 이름은 없어. 굳이 부르자면 무명심법(無名心法)이 될 거야. 이름조차 전해지지 않는 만큼 구결도 완벽하지 못해. 어느 정도까지 갈 수 있냐 물었지? 중간에 끊어진 부분이 많아서 대성할 수는 없을 거야. 아저씨 말대로 군데군데 구멍이 뚫려 있으니까."

"그렇군. 그럼 한 가지 더 묻자. 다른 무공을 익히는 데 제약은 없는 것이냐?"

"제약이 있냐고? 상충되는 것이 있는지를 묻는 거야?"

"그래. 어떤 내공심법들은 다른 내공이 새롭게 들어오는 것을 허용하지 않는다. 서로 성질이 다른 무공은 아예 익힐 수 없는 경우도 있지. 그런 게 얼마나 가능한지를 묻는 거다."

"다른 제약은 없어. 아니, 있었는데 없어진 것 같아. 구멍이 뚫린 것도 그래서라 생각해."

오기륭의 두 눈에 기광이 번쩍였다.

놀랍고도 감탄스러울 따름이다. 오기륭이 다소 흥분된 얼굴을 하며 빠르게 입을 열었다.

"네 말은 그러니까, 다른 무공을 받아들이기 어렵지 않게 하기 위하여 일부러 몇몇 구결을 전하지 않았다는 말이냐?"

"응. 그런 것처럼 느껴져."

"대단하군! 누군지 몰라도 천재적인 발상이다. 단씨의 무공을 온전히 이어가기 어려움을 알고, 그 후손들이 다른 무공을 받아들일 수 있도록 자신의 뼈와 살을 깎아버린 거구나! 그것은 완전히 새로운 구결을 만드는 것과 다름없는 일이다. 문무겸전의 대리 단씨라는 것은 역시나 허언이 아니었어!'

오기룡이 주먹을 꽉 쥐었다.

그렇다면 좋다.

생각했던 바를 전할 수 있다. 남아 있던 걸림돌이 한순간에 날아가 버렸기 때문이다.

"그렇게 구결을 망가뜨려 가면서까지 후손들을 걱정했던 선조도 굉장하지만, 그것을 체득하여 알아낸 네 녀석도 대단하긴 마찬가지다. 무공이란 그렇듯 그것을 받아들일 수 있는 자에게만 전해져야 하는 법이지. 너는 그렇게 실전된 옛 무공이 아니라 네 녀석에게 어울리는 새로운 무공을 익혀야 한다. 네 선조들이 그러길 바랐듯이 말이다."

"어쩌길 원하는 거야? 아저씨를 사부로 모시라고?"

결국은 그렇게 묻는다.

단운룡이 오기룡에게.

사부와 제자, 사제의 연(緣)을 이야기함이다. 오기룡이 웃음을 지었다. 단운룡을 바라보며 형형한 눈빛을 뿜어냈다.

"나는 네 사부가 되지 않는다. 허유가 나에게 말했었지. 나는 독수리라고. 독수리는 용과 더불어 하늘을 함께 날 수 있을지도 모른다. 하지만 독수리는 용을 가르칠 수 없어. 용은 독수리와 다르다. 날개가 없어도 하늘을 날 수 있기 때문이다. 결국 독수리는 보여줄 수 있을 뿐이야. 어떤 날개를 가지고 있고, 어떻게 날갯짓을 하는지.”

오기룡이 말을 멈추었다. 그리고는 자세를 잡았다.

반보 앞으로 왼발을 내밀고, 오른발을 뒤에 두었다. 한 자루 날카로운 도신을 도갑으로부터 뽑아내는 느낌이다. 왼발의 발꿈치가 들리고 오른발이 허공을 갈랐다. 발도각의 시전이었다.

“이것이 발도각이다. 네가 펼쳤던 것도 좋았어. 상체를 조금 더 쓰고, 허리를 제대로 돌리면 더 큰 위력이 나온다. 키가 크고 다리가 길어지면 길어지는 만큼 더 강해질 것이다.”

단운룡이 고개를 끄덕였다.

보는 것으로 새기는 무공, 사제의 연을 맺지 않은 채 이루어지는 무공 전수였다.

“다음은 단파각이다. 단파각은 근거리에서 더 큰 효과를 낸다. 발끝은 이렇게 하고, 앞으로 짧게 휘두른다. 기억해라. 끊어 차는 느낌이다.”

오기룡이 펼치는 단파각은 저번에도 보았다. 가볍고 경쾌하게 움직여야 하는 것이 긴 시간의 연마를 필요로 할 것 같았다. 단숨에 휘어 차는 발도각보다 오히려 더 어려운 기술이었다.

“이것은 승천각이다. 강한 위력을 지녔지만 쓸 기회가 흔하진 않다. 상대의 공격을 비껴내고 허를 찔러 반격할 때 좋아. 밑에서 위로 올라가기까지 여기 이곳, 엉덩이 뒤쪽과 무릎을 잘 써야 한다. 단순하게 올려 차는 것이 아니라 언제든 궤도를 바꿀 수 있어야 해. 그러려면 결국 딛는 발의 안정감과 허리의 회전력이 중요해질 수밖에 없다. 이것은 한두 번 본다고 익힐 수 있는 무공이 아닐 거야.”

오기룡은 앞의 두 각법보다 승천각의 설명에 더 큰 공을 들였다. 발과 허리를 움직이는 방법을 몇 번이나 눈에 익을 때까지 보여주었다. 빨려들 듯 쳐다보던 단운룡이 이윽고 뭔가 알겠다는 듯 고개를 끄덕였다.

“팔과 손을 잘 모르겠어. 어느 쪽으로 해야 해?”

“팔과 손은 자유롭게 움직일 수 있도록 한다. 어떤 자세에서라도 각법이 터져 나갈 수 있어야 되기 때문이다. 손으로 땅을 짚고 찬다든지, 적의 공격을 막으면서도 발을 뻗는다든지, 균형과 자세가 무너져도 결코 멈춰선 안 된다.”

“구결은? 내가 가진 내공만으로는 힘이 완전하게 전달될 것 같지 않은데?”

단운룡의 말에 오기룡이 웃음을 지으며 희극적으로 두 손을 들어올렸다.

어린 나이임에도 무공에 대한 이해도가 믿을 수 없을 만큼 깊다. 동작만 보고도 내공의 흐름을 상상할 수 있다는 이야기는 이미 그 깨달음이 놀라운 수준에 올라와 있다는 뜻이었다.

오기륭이 미소를 머금은 채 대답했다.

"네 녀석에게 내 내공심법을 가르치진 않을 거다. 네가 배울 것은 따로 있으니까."

"따로 있다고?"

"내가 너에게 주는 것은 이 세 개의 각법뿐이다. 넌 내 무공의 전인이 아니야. 전인이 되어서도 안 되지. 그러기엔 내 무공이 너무 작다."

"그렇지 않아. 아저씨 무공은 강해. 가르쳐 준다면 뭐든 배우겠어."

"아니다. 네 그릇에는 내 무공을 담고 싶지 않아. 이 세 개의 각법은 내가 네게 주는, 말하자면 잠시 동안만의 호신법(護身法)일 뿐이다. 그릇 바깥의 장식으로 족하다. 네가 진짜 자리를 찾아가기 전까지……. 그때까지만 쓸 수 있는 그런 무공이면 된다는 말이다."

"하지만 연마하면 할수록 강해질 수 있는 정종의 무공이잖아?"

"그렇게 오랫동안 쓰게 되진 않을 것이다. 그렇게 놔두지 않겠어. 내 말 명심해라. 넌 이 정도 무공에 만족해선 안 돼. 내가 언젠가 너에게… 너로서도 상상할 수 없는 '새로운 세상'을 보여주겠다."

오기륭의 말은 깨뜨릴 수 없는 약속이 되었다.

진짜 속셈이 무엇인지는 끝까지 알려주지 않았지만, 끝나지 않는 뒷이야기처럼 기나긴 여운을 남긴다.

작지만 큰 선물, 세 개의 각법을 받았다.

전장으로 향하는 밤.

오기룡의 약속을 차올리는 땅 끝에 새기면서 그렇게 깊어
갈 뿐이었다.

"빨리 움직여라! 적들이 근처에 있다!"

어른들로 구성된 장병들이 앞서 나간다. 높게 솟은 언덕 밑
으로 이십여 가구가 옹기종기 모여 있는 작은 부락이 내려다
보였다. 열대의 더운 날씨가 늦은 밤까지 기승을 부린다. 뜨
거운 밤, 몇 개 밝혀진 횃불까지 꺼버리고 싶을 정도로 뜨겁
기만 한 밤이었다.

"타가의 졸개들은?"

"팔십 명 정도 됩니다! 기마도 삼십 기나 있어요!"

"기마병이 있다고?"

"예! 그렇습니다!"

"쉬운 싸움은 아니겠군."

가장 앞에 선 남자.

소마군의 우두머리가 아창족의 대산이었던 것처럼, 어른
들의 우두머리 역시 아창족의 검은 옷을 입고 있었다. 검은색
을 숭상하는 민족, 그것이 아창족의 풍습이다. 어둠에 녹아드
는 흑색 무복에 머리 위까지 검은 천을 두르고 있었다. 전사

의 용맹함이 그 검은 천 아래의 눈썹 밑으로 광포하게 번들거
리고 있었다.

"우리는 적들을 친다. 소마군은 반 각 뒤에 따라붙어라."

"알겠습니다."

체구가 큰 대산은 마치 장병들의 일부와도 같았다. 어른들
중 하나지만 아이들의 통솔을 위하여 소마군에 들어와 있는
듯하다. 절도있게 대답한 대산이 모여 있는 소마군의 앞으로
달려왔다.

"다들 들었지? 서둘러야 한다. 빨리 움직이는 사람만이 살
아남을 수 있다."

이번 싸움에 참가한 소마군은 정확하게 삼십 명이었다.

삼십 아이의 눈을 일일이 마주치는 대산은 그야말로 당당
한 장군 같았다. 대산이 아이들을 둘러보며 최종적인 점검을
했다.

"보급조!"

열 명이 손을 든다. 대산이 목소리를 빨리했다.

"날아오는 화살을 조심해라. 화살이 멎으면 재빨리 화살들
을 주워서 우리 편 궁수들에게 가져간다. 훈련한 대로만 하면
아무도 다치지 않는다!"

열 명의 아이가 굳게 고개를 끄덕였다. 대산이 다음 조원들
을 불렀다.

"수색조!"

또 다른 열 명이 손을 들었다. 단운룡도 그들 중에 있었다. 대산의 말이 이어졌다.

"수색조는 싸움이 끝날 때까지 기다린다! 싸움이 그치면 기회를 보아서 아래쪽 부락으로 이동한 후, 쓸 수 있는 물건들은 모조리 수거한다. 말발굽 편자나 기마병의 장식품들같이 귀중한 것은 절대로 빠뜨려선 안 된다. 단, 못 가져올 것 같은 물건에 시간을 빼앗기진 말아라. 목숨이 훨씬 더 소중하니까!"

제법 마음에 와 닿는 말솜씨였다. 단운룡으로서도 대산이란 두목만큼은 확실히 인정을 해주어야 할 것 같았다. 아이들의 위에 군림하는 것이 힘 때문만은 아닌 모양이었다.

"다음은 호위조!"

손을 든 나머지 열 명의 아이는 그들 중에서도 가장 나이가 많고 날랜 아이들이었다. 머리가 긴 흑로를 비롯하여 검은 옷을 입은 아창족의 소년들은 전부 다 호위조에 속해 있었다.

"이번 싸움에서 가장 중요한 일은 저 밑에 있는 화니족 부락에서 살아남은 이들을 구출해 오는 것이다. 타가의 적들은 어른들이 물리치겠지만, 살아남은 사람들을 안내하는 것은 우리의 몫이야! 우리가 잘해야 어른들이 마음 놓고 싸울 수가 있다! 절대로 겁먹지 마라. 우리는 소마군에서도 가장 강하다!"

대산이 주먹을 흔들며 말했다.

아이들에게 힘을 불어넣는 목소리였다. 타고난 재주였다.

사삭! 사사삭!

드디어 시작이다.

앞장서 있던 어른들이 움직이기 시작했다.

경신술을 익힌 것으로 보이는 무인들도 있었고, 그렇지 않은 병사들도 있었다. 어느 쪽이나 재빠르긴 마찬가지였다. 굳이 무공을 배우지 않아도 이 험난한 지형에 익숙해져 자연스럽게 연마된 몸놀림이었다.

'도착했다!'

숲으로 뛰어들었던 삼십여 명의 어른.

선발로 나간 것이 삼십에, 또다시 뒤따라 뛰는 것이 삼십이다.

그들이 언덕 밑의 부락으로 뛰쳐나오기까지는 그리 오랜 시간이 걸리지 않았다. 부락의 입구에서 망을 보던 병사 하나가 순식간에 쓰러졌다. 비명 소리와 고함 소리가 난무하더니, 한 번도 본 적 없는 이상한 모자를 쓴 병사들이 아래쪽 부락 곳곳에서 미친 듯 달려나오기 시작했다.

쐐액! 쐐애액!

양쪽 무리의 선봉이 부딪치고 있을 때였다.

언덕 위쪽에 있던 궁수들이 공격에 나선다.

한 발, 한 발씩.

무차별로 화살을 쏘아내는 것이 아니라 열 명의 궁수가 정해진 목표를 신중하게 조준하여 발사하고 있었다. 뛰어다니는 와중이라 그렇게 조준하는 것이 얼마나 효과적일지는 모를 일이었지만, 그래도 하나둘 쓰러지는 적들이 보였다. 부족한 화살을 아끼기 위한 궁여지책으로 보였다.

"온다! 적들도 화살이다!"

궁수들이 있는 언덕은 탁 트인 곳에 있었다. 이쪽에서 조준해서 쏠 수 있는 것처럼, 부락 쪽에서도 얼마든지 화살을 쏘아 날릴 수 있는 것이다. 마을 한쪽, 붉은 모자의 적병들이 커다란 대궁에 긴 화살을 재고 있었다.

"궁사(弓謝) 중지! 방패를 꺼내라!"

오원의 궁수들은 일사불란하게 움직였다.

땅바닥에 뉘어두었던 참나무로 만든 투박한 방패들을 번쩍 일으켜 세우고는 그 뒤에 몸을 숨긴다. 놓여진 활시위, 원나라 기마 민족의 화살들이 하늘을 날아오고 있었다.

쐐새색! 퍼버버벅!

화살들이 방패에 박혀드는 소리는 망치 소리처럼 묵직했다.

"보급조! 뛰어라!"

아이들이 우르르 달리기 시작한 것은 바로 그때였다.

작은 나무 방패들을 하나씩 들고서 궁수들의 옆까지 뛰어간다. 두 명씩 짝을 지어 어른들의 방패를 넘겨받고는 곧바로 뒤를 향해 내달린다. 궁수 한 명에 배정된 참나무 방패는 두 개씩. 아이들이 가져간 방패 뒤로 옆에 있던 방패가 재빨리 세워졌다. 뒤로 달려간 아이들은 엎어지듯 옹기종기 몸을 숙이고 방패에 박힌 적들의 화살들을 힘껏 뽑아내고 있었다.

'이거 대단한데……!'

단운룡의 감탄은 순수했다.

방패에 박힌 화살을 뽑아내서 어른들에게 돌아가는 아이들이 보였다. 어른 궁수들이 화살과 방패를 넘겨받으면, 그사이로 몇 명의 궁수들이 견제 궁사를 가했다.

완벽하게 수련한 무공 초식처럼 어른과 아이들의 손발이 멋지게 맞아 들어가고 있었다. 작지만 큰 감동이다. 전율이 흐를 만큼 대단한 광경이었다.

'이기고 있나?'

아이들이 숨을 죽였다.

궁수들이 활을 쏘고, 부락의 장병들이 만도를 휘둘렀다. 반각이라는 시간이 너무도 길게 느껴졌다.

싸움이 격해지는 가운데.

마침내 언덕 아래쪽의 한구석에서부터 가슴을 울리는 북소리가 들려오기 시작했다.

둥! 둥! 둥! 둥! 둥!

타가의 북소리와는 다른 오원 특유의 북소리였다.

"좋아! 북소리다! 우리 편이 이기고 있다! 승기를 잡았어!"

전장에서의 북소리는 많은 것을 의미한다.

사기를 끌어올리고 움직이는 몸에 새로운 힘을 불러일으
킨다. 오원의 장병들이 상대를 제압하고 있음을 알리는 승리
의 북소리였다.

"지금이다! 수색조는 호위조와 함께 부락으로 접근한다!
모두 일어나서 달려!"

대산의 명령에는 지체함이 없었다.

둥. 둥. 둥. 둥.

가슴이 뛴다.

두근거림이 고조되는 북소리와 공명하면서 달려가는 아이
들의 발길을 재촉했다. 뛰쳐들어 펼쳐진 어두운 풀숲이 까만
바람 소리를 전해주고 있었다.

"다 왔다! 잠시 대기한다!"

밝혀진 횃불과 얽혀드는 그림자가 눈앞에 있었다.

감탄이 놀라움으로 번지고.

놀라움이 현실로 다가왔다.

이미 예전에 망가졌던 부락 위로 새로운 불길이 타오르고
있었다. 피를 흘리며 쓰러진 시체들이 몇 구씩이나 보였다.

싸움의 무시무시한 광경이 어린아이들의 두 눈을 무자비하
게 파고들었다. 하지만 겁을 내는 아이들은 한 명도 없었다.

그들은 전장의 자식들이었다. 소용돌이치는 광기가 오래
전부터 익숙해진 아이들이었을 뿐이다.

둥둥둥둥둥!

북소리가 빨라지고 있었다.

앞으로 밀고 나가는 기세가 그 북소리를 타고 번져 나갔다. 앞장선 소년의 우렁찬 목소리가 아이들의 귓전을 울렸다.

"가자! 호위조가 앞으로 나서고, 수색조가 뒤를 따른다! 소마군의 출정이다!"

"와아아아아!"

무엇에 홀린 듯, 아이들 사이에서 커다란 함성이 일어났다.

무서운 광경이 가슴을 친다. 가슴에 와 닿은 광경은 작은 심장을 뜨겁게 달구어 한줄기 용솟음치는 불길을 피워 올렸다.

"와아아아아아!"

목에서 입으로 번져 나가는 불길이었다. 단운룡의 입에서도 어느샌가 다른 아이들과 똑같은 함성이 터져 나오고 있었다.

'놀라워! 대단해!'

시체 사이를 누비며 달려가는 아이들이다.

적병들의 갑옷이 땅바닥을 뒹굴었다. 신발과 팔찌가 벗겨졌다. 피 흘리며 죽어간 시체들이 뒤집힌다. 벗겨지는 옷으로 진득한 핏물이 흘렀다.

"서둘러라! 챙길 수 있는 것은 빨리 챙긴다!"

저마다 하나씩 두툼한 포대 자루를 들고 버려진 칼과 부러진 창날을 어깨에 걸친다.

수색조 아이들이 물건을 챙기는 광경에는 이해하기 힘든 무언가가 있었다.

기껏해야 열 살 남짓에서 많아봤자 열여섯, 열일곱 살을 먹은 아이들이었다. 그런 아이들이 피투성이가 된 시체들을 아무렇지 않게 만지고 있는 것이다. 죽은 자의 피가 손에 묻고 있는데도 아직 식어가지 않은 시체들이 경련을 일으키고 있는 데에도 횃불 일렁이는 아이들의 얼굴에는 특별한 감정이 없어 보였다. 목덜미에 걸린 장신구를 뜯어내기 위해 죽은 자의 얼굴과 몸을 사정없이 짓밟고 있었다.

죽음에 익숙하고, 죽음에 가까워 있는 아이들이다. 보통 아이들에겐 공포와 두려움일 것들이 이들에겐 일상일 뿐이었다.

"이쪽으로!! 서둘러!"

수색조가 주변을 뒤지고 있는 동안 호위조도 제 역할을 다하고 있었다.

초췌한 몰골의 화니족 부락민들이 달려나오는 모습이 보인다. 호위조 소년들의 인도를 받으며 언덕 밑 수풀 쪽으로 다급한 발길을 재촉하고 있었다.

'이런 것은 정말 처음이다!'

이런 식으로 맞물려 돌아가는 싸움은 한 번도 본 적이 없었다.

전혀 다른 광경이다.

이럴 줄은 몰랐다.

넓기도 넓은 세상. 아직 어리기에 못 본 것이 많을 것이라고는 생각했었지만, 이 정도일 것이라고는 짐작하지 못했다.

그 자체로 이 아수라장의 일부인 아이들.

단운룡도 예외는 아니다.

믿기지 않는 이야기 속의 하나가 된 것처럼. 단운룡은 잠시 동안 전에 겪어보지 못했던 충격을 경험했다.

'이 싸움! 놀랍다! 더 보고 싶다!'

충격이지만 그것은 단운룡에게 있어 세상을 무너뜨리는 충격은 결코 아니었다.

경악하지 않았다. 겁을 집어먹지도 않았다.

새로운 경험이었을 따름이다. 겪어보지 못한 것, 이해할 수 없는 일에 대한 호기심이 따라붙었을 뿐이다.

"크악!"

저 멀리서 누군가가 쓰러지는 것이 보였다.

그저 제멋대로 날려진 화살에 맞아버린 모양이다.

'저렇게나 약한 사람들인데!'

불패신룡과 같은 고수들이 아님에도.

돌멩이만 던져도 죽을 만한 약자들이 즐비함에도.

이들은 불패신룡이나 구룡보가 보여주지 못했던, 그야말로 굉장한 광경들을 보여주고 있었다. 사람 하나하나는 미약하기 짝이 없었지만 모두가 한꺼번에 삶의 불씨를 지펴대면서 거대한 무언가를 만들고 있는 것이다. 단운룡. 많은 것을 알고 있다고 생각했던 총명의 경계가 그 순간 단숨에 무너지고 있었다.

"거기 뭐 해? 어서 가자! 철수 시간이 된 것 같아!"

누군가가 질러대는 고함이 단운룡의 충격을 땅 위로 끌어내렸다.

같은 수색조의 소년이 소리를 지르며 달려오는 중이었다.

다소 살집이 있는 얼굴이다. 얼굴 전체에 흡족한 표정이 떠올라 있었다.

'하만(河灣)… 이라 했지.'

그렇게 눈에 띄는 아이가 아니었음에도 용케 기억에 있는 이름이었다.

그때였다. 하만의 뒤쪽으로 검은 그림자가 덮쳐 오는 것이 보인 것은.

'적!!'

단운룡은 재빠르게 움직였다. 땅바닥에 나뒹구는 편자 한 조각을 주워 올리며 그대로 팔을 휘둘렀다.

쒜애애액!

말발굽에 쓰는 편자였다. 금속으로 만든 물건이. 던지는 손맛이 돌멩이와는 크게 달랐다.

퍼억!

머리에서 울리는 타격음은 둔탁하기 그지없었다.

어둠 속으로 검은색 핏물이 튀어 오른다. 달려들던 부상병, 하만의 뒤를 노리던 적병이 풀썩 쓰러지고 말았다.

"엇! 아직 안 죽은 놈이 있었네."

뒤를 돌아본 하만이 고개를 갸웃거리며 말했다.

피에 물든 적병의 손아귀에는 사나운 칼 한 자루가 잡혀 있었다.

"이것도 마저 가져가야지."

하만은 아무렇지 않게 뒤로 뛰어가 방금 넘어진 적병의 손에서 칼 한 자루를 빼 들었다. 그것을 보는 단운룡의 눈에 또 한 번의 놀라움이 깃들었다.

'너. 죽을 뻔했다구.'

하만의 얼굴에는 죽을 수도 있었다는 위기감이 조금도 깃들어 있지 않았다.

"이건 네가 들고 가. 하마터면 큰일날 뻔했는데. 덕분에 살았어."

죽을 뻔했다는 것을 몰라서가 아니다.

알고도 그런다.

해맑은 웃음을 지을 뿐이었다.

"어때? 넌 출정이 처음이라 했지? 생각보다 쉬워. 별거 아니잖아?"

하만이 앞장선다.

앞으로 달려가며 말하고 있었다.

'별거 아니라니……. 네 눈엔 그렇게 보여?'

이런 전장과는 전혀 어울리지 않는 아이다.

하얀 얼굴, 하얀 손에는 적병이 흘렸던 핏물이 빨간 얼룩으로 남아 있었다.

둥, 둥, 둥, 둥!!

하만을 따라 숲으로 간다.

철수하는 그들의 앞으로 북소리가 들렸다.

"들려? 난 말야, 지금 들리는 북소리가 너무 좋아. 둥둥둥……! 북을 울려라! 와하하! 나는 나중에 이곳에서 북을 치는 고수병(鼓手兵)이 될 테야!"

상기된 목소리다.

싸움과는 어울리지 않는 목소리였다. 큰 짐을 지고 뒤뚱뒤뚱 달려가는 뒷모습은 불가해함 그 자체다. 지금까지 보지 못한 광경 전체를 대변하고 있는 것 같았다.

둥. 둥. 둥. 둥. 둥!

승리를 알리는 북소리가 이어지고 있었다.

'북소리라니……!'

하만이라는 아이에게 이 싸움은 그와 같은 북소리일 뿐인지도 모른다.

보는 것이 다르고 느끼는 것이 다르다.

단운룡이 느끼는 것이 이 싸움의 전부는 아니라는 뜻이다.

대산이라는 두목에겐 이 싸움이 어떻게 보이고 있을까.

오기룡이 이 싸움을 봤다면 어떤 생각을 하게 되었을까.

이렇게 큰 싸움, 이렇게 신기한 광경, 한 번도 겪어보지 못한 무언가가 여기에 있었다.

문득.

오기륭이 말했던 '새로운 세상' 이란 약속이 머릿속을 스쳤다.

이곳도 이미 새로운 세상이다.

충분히 새롭고 신기하다.

하지만.

오기륭이 말한 세상은 또 다른 충격적인 세상일 것이다. 아직도 보지 못한 것이 많다.

아직도 겪지 못한 것이 많다.

'그래. 난 아직 어릴 뿐이야.'

상상의 한계가 깨지고 있었다.

통달을 자신했던 어린 머리 안에 또 다른 세상이 깃든다.

어린아이가 어린아이에 머무르지 않고 성장을 시작하는 순간.

그것은 불패신룡 오기륭에 의해서도, 오원에서 만난 혈필랑 허유에 의해서도 아니었다.

한곳으로 치달아가는 아이들의 싸움 그 자체에서 비롯된다.

더 보고 싶다는 그 피할 수 없는 숙명.

싸움의 끝으로 향하는 운명처럼, 갑자기 찾아오고 만 것이다.

'더 보겠어. 끝에 뭐가 있는지!'

움직이는 운남의 전장 속에서.

단운룡의 눈은 세상을 넘어설 일대의 도약을 준비하고 있었던 것이다.

*　　　*　　　*

뜨거움으로 땅을 달구는 날이 있으면, 시원한 바람이 불어오는 날이 있다.

사람의 마음도, 인생도 그와 같다.

그것은 어느 따뜻한 날의 이야기.

몰아침으로 나아가는 시간의 흐름 속에서. 지워지지 않을 추억으로 기억될 어느 한가한 날의 이야기였다.

"이쪽이야!"

소봉이 손짓했다.

단운룡을 비롯한 아이들이 소봉이 있는 곳으로 달려갔다. 소봉이 손가락을 입에 가져가며 조용히 하라는 몸짓을 취했다.

"쉿! 여기서부터는 큰 소리 내지 않는 거다!"

단운룡은 영문도 모른 채 고개를 끄덕였다. 옆에 있는 하만은 뭔가 알고 있는 듯 기대하는 표정을 만면에 떠올리고 있었다.

“자, 조용히……. 우리는 어른들의 척후조처럼 은밀하게
움직여야 해.”

소봉이 짐짓 진지한 어투로 말했다. 그러자 아이들 중 두어
명이 입을 가리며 킥킥거리는 웃음소리를 냈다. 하만도 예외
는 아니었다.

“웃지 마. 가자!”

어두운 밤 전장도 아닌 백주 대낮의 마을이다. 오원 동쪽
산기슭을 따라 이어진 밭으로 허리 높이의 토담이 길게 둘러
쳐져 있었다.

“몸을 숙여!”

담 밑으로 기어올라 가는 모습이 무척이나 익숙해 보였다.
단운룡은 아직도 이들이 뭘 하는지 파악하지 못했다. 재미있
는 일이 있다면서 불러낸 하만에게 무턱대고 끌려왔기 때문
이었다.

“좋아. 숨소리도 내지 마.”

오원 사람들의 배를 채워주는 논밭은 오원의 그 어떤 곳보
다 평화로운 공기로 가득 차 있었다. 물을 대어놓은 밭길에
이름 모를 풀줄기가 파릇한 생명을 움터 올리는 중이었다.

“자자… 보인다…….”

소봉이 토담 위로 얼굴을 내밀었다. 소봉의 손짓에 아이들
이 하나둘 토담 위쪽으로 고개를 들었다. 몸을 숙였던 단운룡
도 다른 아이들처럼 고개를 내밀어보았다. 대체 뭐가 있기에

그러는지 호기심을 참을 수가 없었다.

'으헉!'

단운룡의 눈이 휘둥그레하게 커졌다. 밭에 대어진 물길 위로 아리따운 처녀들이 몸을 숙이고 있었다.

'이럴 수가!'

단운룡은 처음 보는 광경에 눈을 떼지 못했다.

처녀들은 잡초를 뽑으며 작물을 돌보는 중이다. 문제는 그 처녀들의 옷차림에 있다. 어깨를 드러낸 옷, 몸을 숙이면서 늘어지는 옷자락 위에 건강하고 폭발적인 그것이 아이들의 시선을 가득가득 채우고 있었다.

'으아아아……'

화니족이다. 그들의 옷은 원래 그렇다.

하지만 중원뿐 아니라 운남 대리 그 어떤 곳에서도 저런 옷은 입지 않는다. 아버지가 어설프게 눈을 가리며 지나가게 했던 유곽 앞에서도 저런 옷차림은 보지 못했다.

햇빛이 부서질 정도로 탄력 넘치는 그것.

처녀들의 어여쁜 가슴이 단운룡의 눈앞을 어지럽힌다. 그뿐이 아니다. 치마는 또 왜 그렇게 짧은지, 늘씬한 허벅지에서 물방울이 반짝거린다. 아이들 모두 거기에 홀려 올렸던 머리를 숙이질 못했다.

"들킨다. 내려와!"

그나마 자제력이 있는 것은 소봉 혼자뿐이었다. 여러 번 경험이 있는 듯, 먼저 몸을 숙이고 아이들의 옷자락을 끌어 내렸다. 얼빠진 얼굴들의 아이들이 마지못한 듯 토담 밑으로 내려왔다.

"어때? 죽이지?"

끄덕끄덕.

단운룡도 어쩔 수 없다. 이것은 천부적인 무재도, 천재적인 재능과도 아무런 상관이 없는 문제다. 소봉이 눈을 빛내며 음모를 꾸미는 악당 같은 목소리로 말을 이었다.

"조금 더 저쪽으로 가면 더 죽이는 걸 볼 수 있을 거야."

"더 죽이는 거?"

하만이 고개를 들이밀며 물었다.

"그래. 더 죽이는 거."

꿀꺽.

아이들의 눈이 같은 빛으로 반짝반짝 빛나고 있다. 소봉의 목소리가 마술처럼 소년들의 눈동자를 번뜩이게 만들고 있었다.

"다들 알지? 오원 최고의 미녀가 누구게?"

"우억!"

"쿨룩!!"

아이들의 얼굴이 급살을 맞은 듯 덜덜 떨렸다. 그러면서 그 두 눈들은 감당 못할 광채를 담아내고 있다. 소봉이 악마와도 같은 미소를 지으며 입을 열었다.

“홍라 누님. 동쪽 밭에 나온대. 오늘 말이야.”

홍라 누님. 그 이름!

아이들의 눈은 이제 광채를 넘어 밖으로 빠져나올 지경이었다. 소봉의 한마디에 간이라도 빼줄 듯한 표정들을 하고 있었다.

“어, 어, 어, 어디래?”

“동쪽 밭? 동쪽 밭 맞지? 그쪽 살잖아!”

“그래, 동쪽 밭이야. 잘 알고 있지? 동쪽 밭은 숨어들기 어려워.”

숨어들기 어려우면 어떠랴.

그곳이 창칼 세워진 적진이라도 뚫고 갈 수 있음이라.

아이들의 얼굴에 결연한 의지가 떠오른다. 그 순간 경포족의 미덕이라는 단결심이 아이들 모두의 가슴을 지배하기 시작했다.

못된 장난을 계획하는 아이들.

혼내주려 망을 보는 늙은 애비들.

앞서거니 뒤서거니.

용감하고 은밀하게 길을 터보자.

풀숲 속에 숨어들고, 돌담길을 넘어간다.

진흙 묻혀 기어가니, 손을 잡고 끌어줘라.

늙은 애비 따돌리니, 어느샌가 동쪽이구나!

극락 같은 동쪽 밭, 오원 선녀 홍라 누님.

아이들의 두 눈에 선녀 홍라의 멋진 자태가 시리도록 비쳐 들었다.

"디진다. 난 이제 디져도 돼."

"아아, 누가 데려갈까. 홍라 누님."

홍라 누님, 홍라 누님.

아름답게 그을린 피부. 운남의 햇빛 받아 피워 올린 불같은 미색은 중원의 어느 미녀가 부럽지 않다. 빛나는 윤기가 곱게 뻗은 팔을 강물처럼 흘러갔다. 숙이는 몸 봉긋한 가슴은 넘치는 생명력이었으니, 짧은 치마 허벅지는 믿지 못할 건강함이다.

벌어진 입을 다물지 못하고 떠진 눈을 감지 못했다. 먼저 몸을 숙였던 소봉도 이번에는 어쩔 수가 없다.

들켜도 좋아라, 이 순간!

얼빠진 아이 하나가 신음 같은 목소리를 흘려냈다.

"내가… 데려갈 거다. 홍라 누님."

"데려간다고?"

"응."

"누구 맘대로?"

"내 맘대로?"

퍼억!

자신도 모르게 주먹이 나간다. 맞은 아이가 다시 발길질을 하니 뒤엉키는 것은 순간이다.

생사박투, 단운룡과 소봉이 달려들어 엎치락뒤치락하는 아이들을 떼어놓는다. 소란이 일든 말든, 입 벌리고 토담에 매달린 하만이 있다.

"거기 뭐니?"

홍라 누님은 목소리도 녹아들겠다.

홍라와 처녀들이 일제히 몸을 일으키며 아이들이 있는 쪽을 바라보았다. 얼빠진 하만은 그래도 좋다고 내민 머리를 감추지 않았다.

아이들을 뜯어 말리던 소봉이 하얗게 질린 얼굴로 외쳤다.

"들켰다! 도망가!"

소봉이 뛴다.

단운룡이 뛴다.

뒤엉켜 싸우던 아이들이 싸움을 멈추었다. 옆에 있던 한 놈이 하만을 끌어 내리며 뜀박질을 시작했다.

늙은이가 막대기를 휘두르며 고래고래 소리를 질렀다.

애들 쫓아 뒤뚱뒤뚱 뛰어오니, 기운 달려 넘어진다.

화니족 처녀들의 깔깔대는 웃음소리가 운남의 파란 하늘을 아름답게 울려냈다.

그렇게 파란 하늘.

다시 돌아갈 수 없는 파란 하늘 밑에서.

단운룡은 그 어느 때보다도 순수한 동심으로 펼쳐진 밭길을 있는 힘껏 달려가고 있다.

천잠비룡황(天蠶飛龍皇)의 전설이 힘찬 태동을 시작한 곳.

어머니의 품과 같던 오원의 하루였다.

"둥둥둥둥, 둥둥둥둥."

"네놈은 또 북 타령이냐? 남자는 깃발이야, 깃발."

하만이 북 치는 시늉을 하고 있자니 다가온 아이가 막대기를 놀리며 핀잔을 주었다.

핀잔을 주는 아이의 이름은 반조(返照)였다. 하만이 고집스런 표정으로 고개를 흔들었다.

"깃발은 또 뭐냐. 북이 최고야. 북이라고!"

"북이 뭐가 좋을 게 있다고 그래?"

"북소리를 들으면 기운이 나. 북소리를 들으면 힘이 세져. 북 치는 한 사람이 열 사람의 싸움을 돕는다구!"

"핫! 한 사람이 열 사람만큼 하는 것은 깃발이 더해. 몰랐나? 깃발을 휘둘러야 공격이 시작되고, 깃발을 휘둘러야 화살을 쏘지. 큰 싸움일수록 더욱더 그런 법이야. 이번 출정은 깃발도 없이 갔다며? 쬐끄만 싸움이라 그렇다고."

"웃기지 마! 넌 싸움터에서 북소리도 안 들어봤냐?"

"북은 숨어서 치잖아. 깃발은 눈에 띠니까 훨씬 더 위험하지 않겠어! 깃발은 단결! 깃발은 용기야! 그만큼 용감해야 한다니까!"

"시끄러! 또 그놈의 단결이냐? 경포족 놈하고는 말이 안

통해!"

"뭐야? 해보자는 거야?"

"그래! 덤벼!"

"이놈이!"

말다툼은 순식간에 주먹다짐이 되었다.

땅바닥에 뒤엉키며 먼지를 일으켰다. 코피가 터지고 멍이 들었다. 애들 싸움이 더 험한 법이라고 꽤나 살벌하게 주먹들을 날려대고 있었다. 하지만 그렇게 격해져도 어느 하나 그것을 말리는 이는 없었다.

말릴 만한 싸움도 아닌 데다가, 싸움을 말리는 것은 오직 두목의 명령이 있어야만 할 수 있는 것이기 때문이었다. 한쪽 구석에 앉아 있던 대산이 눈살을 찌푸리며 옆에 앉은 흑로를 툭 건드리며 말했다.

"시끄럽다. 떼어놔."

"가끔은 두목이 직접 말려봐."

"귀찮아. 네가 해."

"쳇!"

흑로가 한껏 심드렁한 표정을 지으면서 뒤엉켜 있는 아이들에게 다가갔다. 주먹을 치켜드는가 싶더니 단숨에 두 번을 뻗어냈다. 빠박! 하는 소리가 연이어 터져 나왔다.

"아얏!"

"으악!"

하만과 반조가 양쪽으로 튕겨 나왔다.

하만은 코를 감싸 쥐고 있고, 반조는 머리를 문지르고 있다. 단운룡의 눈에 이채가 감돌았다.

'빠르네. 무공인가?'

대산에서 흑로로 이어지는 지배력은 처음 생각했던 것보다 훨씬 더 견고한 것 같았다.

대산의 한마디는 곧 법이라고 할 정도였다.

대산이 아이들의 싸움을 구경하고 싶어하면, 그 싸움은 그 누가 되어도 말리지 못했다. 또한 대산이 시끄럽다 말하면 그 누구도 싸움박질을 계속하지 못했다.

대단한 능력이었다.

하루 이틀에 휘어잡은 것이 아니었다.

힘만 압도적인 것이 아니라 머리도 좋았다. 자신의 힘을 아무데나 남발하지 않는 것이 그러한 사실을 잘 드러내 준다. 지금도 그렇다. 사소한 것에 일일이 나서지 않으면서도 자신의 권위를 마음껏 뽐내고 있다. 굳이 싸움을 거는 것보다는 같은 편을 자처하는 것이 속 편할 것 같았다.

'뭐, 그것도 그렇게 나쁘진 않아.'

소마군의 일원으로 지낸 지도 벌써 보름이 지났다.

단운룡은 그 속에서 생각보다 소마군으로서의 생활이 만족스럽다는 사실을 깨달았다. 소봉의 어처구니없는 장난에 동참했던 것도 색다른 경험이었고, 서로 다른 풍습들 때문에 싸움질을 일삼는 아이들의 행태도 흥미로웠다.

대산을 정점으로 뭉쳐 있지만, 어느 한 놈도 똑같은 놈은 없었다. 모두들 다른 놈들이었다. 북이 좋냐 깃발이 좋냐 같은 것으로 피 터지는 싸움을 할 정도임에야 말할 것도 없었다.

"야, 소룡. 넌 어느 쪽이냐?"

"뭐?"

"깃발이냐 북이냐, 어느 쪽이냔 말야."

그사이 친해진 것은 하만과 소봉뿐이 아니었다.

지금 말을 걸어오는 우목이란 놈도 더불어 지내기 좋은 놈이었다. 이곳 아이들 중에서는 보기 드물게도 책이나 그림을 노상 옆에 끼고 살았다.

"글쎄… 어느 쪽일까?"

"내가 보기엔 깃발이다. 넌 깃발 쪽이 더 어울려."

"깃발이라고? 난 북도 좋은데?"

"아니야. 넌 깃발이야."

"뭐, 내가 깃발인지는 잘 모르겠지만, 그래도 우목이 뭘 좋아하는지는 알지."

"응? 뭘 좋아할 것 같은데?"

"붓."

"붓이라고? 글씨 쓰는 붓 말이야?"

단운룡의 말에 우목이 손을 들어올리고는 뭔가를 공중에

쓰는 시늉을 했다. 단운룡이 당연하다는 듯 대답했다.

"응. 그 붓."

"무슨 소리야. 붓은 싸움에 도움이 되지 않아!"

우목이 눈썹을 치켜 올리며 괴상한 표정을 지었다. 그러자 단운룡이 아무렇지 않은 목소리로 고개를 저으며 말했다.

"거짓말. 진심은 그렇지 않잖아. 북이나 깃발보다는 글씨 쓰는 붓이 더 강하다고 생각하고 있을걸?"

"아, 아니야!"

정곡을 찔린 얼굴이었다.

속을 빤히 들여다보고 있는 단운룡이다. 우목이 당황한 어투로 말을 이었다.

"뭐, 그런 생각이 아예 없는 것은 아니지만, 붓만 가지고는 뭘 할 수 있겠어! 누군가 싸워주지 않으면 붓이 있다 해도 아무런 소용이 없는 거라고!"

"에이, 감출 일도 아닌데 왜 그렇게 열을 내?"

"뭐, 뭐야?"

우목은 어쩔 줄을 몰라 했다. 단운룡의 날카로운 말솜씨 때문이었다. 그렇게 이야기하는 아이가 없어서 그런지 놀랍기도 하고 기가 막히기도 한 모양이었다.

그러나 사실 그 순간 더 놀란 사람은 따로 있었다.

이런 평화로운 일상이 도통 마음에 들지 않는다는 듯 권태로운 표정으로 앉아 있던 커다란 소년, 대산이었다. 이 소년

군대를 지배하는 두목이었다.

'어렵쇼? 저 우목이 말싸움에서 져?'

대산의 두 눈에 흥미롭다는 기색이 피어올랐다.

단운룡 앞에서는 바보가 되어버린 우목일지 몰라도, 그 우목은 이 소마군에서 가장 머리가 좋다고 이야기되는 소년이었다. 그다지 말을 많이 하는 소년은 아니었지만, 가끔씩 꺼내는 이야기는 싸움밖에 모르는 다른 아이들과 격이 다른 구석이 있었다.

'저놈은 뭐지? 저놈도 납서족이었나?'

우목이 바로 납서족이다.

납서족은 본래부터 책과 글을 좋아하는 민족이었으니.

죽음의 문턱을 넘나들며 살아가는 소마군의 소년들 중에서 글을 완전히 읽고 쓸 줄 아는 몇 안 되는 아이들 중 하나였다. 그것도 한문과 납서문, 무려 두 개의 글을.

우목이 뛰어났던 것은 글을 읽고 쓸 수 있기 때문만은 아니었다.

어느 정도는 대산도 할 줄 안다. 옆에 있는 흑로는 오히려 대산보다 많이 알았다. 그러나 우목은 글을 쓰고 읽는 데서 그치지 않았다. 그것을 나름대로 응용하기까지 했다. 머리를 굴려 더 큰 것을 볼 줄 알았다는 말이다.

그것은 싸움에서도 예외가 아니었다.

적들이 들이닥칠 때를 예상해 낸다던가, 어려운 싸움의 승패를 점친다던가 하는, 다른 아이들이 상상도 못할 만한 일들을 간단히 맞히곤 했다. 소마군이라는 집단의 머리로서 부족함이 없는 소년이었다.

"흑로, 저놈은 어디 놈이냐?"

대산이 언제나처럼 흑로를 툭 치며 물었다. 대산의 손가락이 한곳을 향했다. 우목의 이야기를 간단하게 꼬아버리는 단운룡이 거기에 있었다.

"누구?"

그러나 흑로는 그런 단운룡에게 별반 흥미를 느끼지 못한 모양이었다. 움직이지 않은 채 심드렁한 표정으로 대산을 돌아볼 뿐이었다.

"우목 옆에 저놈. 새로 왔다는."

"저놈? 몰라. 내가 알게 뭐야."

"죽을래?"

"아니."

흑로가 짧게 대답하고는 그대로 드러누워 버렸다.

죽이든 말든 마음대로 하라는 식이었다. 대산이 앉은 자세 그대로 발을 쭉 뻗어 흑로의 엉덩이를 걷어찼다. 퍽 하는 소리가 가볍게 울려 퍼졌다.

"아 씨, 아프잖아!"

흑로가 긴 머리의 날카로운 얼굴에 어울리지 않는 표정을 지으며 신경질적으로 목소리를 높였다. 대산이 피식 웃으며 발끝을 까딱까딱 흔들었다.

"일어나."

"싫어."

대산의 앞에서 하고 싶은 말을 마음대로 할 수 있는 소년이 있다면, 바로 이 흑로밖에는 꼽을 수 있는 이가 없었다. 아창 족, 같은 핏줄임을 떠나서 그만한 실력이 있기 때문에 그럴 것이다. 대산과 허물없이 지내는 유일한 소년이었다.

말하자면 친구였다. 싸움터에 나갔을 때, 대산이 마음 놓고 등 뒤를 맡기는 소년도 흑로 말고는 아무도 없었다. 대산이 어쩔 수 없다는 표정을 지으며 다시 한 번 물었다.

"너 진짜 몰라?"

"몰라."

"죽일 놈."

대산이 이를 갈았다. 그러면서 천천히 몸을 일으켰다.

언제나 다른 아이들의 시선을 끄는 소년. 아이들의 눈이 모 처럼 일어난 두목에게 집중되었다. 모른 척 몸을 돌렸던 흑로 가 고개를 돌리며 놀랍다는 표정을 지었다.

'그렇다고 직접 가?'

대산이 성큼성큼 걸어가 단운룡의 앞에 섰다. 단운룡과 우 목의 옆에 앉아 있던 아이들이 깜짝 놀라며 뒤쪽으로 몸을 당 겼다. 대산이 단운룡을 내려다보며 짧은 질문을 던졌다.

"너, 어디 놈이냐?"

대산의 덩치는 확실하게 보통이 아니었다. 앞에 두고 보니 더욱더 그랬다.

하지만 올려다보는 단운룡의 눈에는 조금의 흔들림도 없었다. 대산이 짧게 물었던 것처럼, 단순하고 짧은 대답으로 입을 열었다.

"백족."

"백족?"

이 지역에 백족은 드물다. 오원 전체에도 몇 명 없다.

대산이 가볍게 미간을 좁히며 물었다.

"백족이 오원에는 왜 왔지?"

"어떻게 하다 보니까."

"어떻게 하다 보니 올 만한 곳이 아닐 텐데?"

"그렇게 되었어. 그냥."

태연하게 답하는 것보다 그 눈빛이 더 대단했다. 대산의 눈에 떠올랐던 흥미로운 빛이 더 짙어졌다. 마음속에는 가벼운 놀라움이 깃들었다.

"몇 살이냐?"

"열한 살."

'이놈 봐라? 똑바로 쳐다본다?'

대산은 생각했다.

그냥 겁이 없어서일까.

열한 살.

　대산의 눈빛은 그만한 아이가 감당할 수 있는 수준이 아니었다.

　아홉 살 때 처음으로 사람을 죽인 대산이다. 다 죽어가는 타가의 병사였지만, 그래도 살인임에는 틀림이 없었다.

　그 이후로 몇 명을 죽였는지 몰랐다. 열여섯 살 대산.

　소마군이 생기기 전에는 어른들 틈에 섞여 사람을 죽였고, 소마군에 들어온 다음에도 적들을 죽일 기회가 생기면 결코 망설이지 않은 채 만도를 휘둘렀다.

　살인을 해본 자와 안 해본 자는 다를 수밖에 없는 법이었다. 사람이 드러내는 기운에 색깔이 있다면 살인을 해본 사람들은 그 기운에 선명할 만큼의 붉은빛을 담는다.

　그 붉은빛은 눈에 보이는 것이 아니었으되, 은연중에 누구라도 느낄 수가 있는 색깔이었다. 그렇기에 대산이 쳐다보는 아이들은 감히 대산의 눈을 똑바로 들여다보지 못했다. 그 두 눈에서 붉은빛을 느끼기 때문이었다. 싸움을 밥 먹듯이 했던 어른들마저도 대산의 눈을 마주치기 꺼리는 경우가 있는데, 하물며 아이들이라고 한다면 말할 것도 없었다.

　'하지만……!'

　단운룡은 달랐다.

　똑바로 쳐다볼 뿐 아니라, 이쪽을 탐색하기까지 하고 있었다. 마음에 여유가 없고서는 절대로 있을 수가 없는 일이었다.

‘게다가······.’

무엇보다 이상한 것은 이 아이에게 어떤 색깔도 느껴지지가 않는다는 점이다. 처음에는 선명한 붉은색이 보이는 듯하더니, 이제는 순수한 하얀색이 보이는 듯하다. 한 가지 색으로 정할 수가 없다는 뜻이다. 화려한 색깔, 신비한 색깔이었다.

“넌 내가 무섭지 않냐?”

대산은 망설이지 않았다. 해답을 알 수 없는 의문이라면 직접 물어보면 그만이다. 왜 무서워하지 않는지, 느낀 바 의문을 그대로 풀어놓았다.

“무섭냐고? 조금.”

단운룡은 대답했다.

그리고 대산은 알아버렸다.

단운룡의 대답. 그 안에 숨겨진 의미를.

‘이놈, 순간이었지만 대답하길 망설였다.’

조금이라고 했다.

아니다.

단운룡은 자신을 조금도 무서워하지 않는다.

무서워할 놈이 처음부터 아니다. 대산의 능력, 어린 나이에도 사람들을 휘어잡을 수 있었던 감각과 본능이 단운룡의 본질을 대번에 읽어주고 있었다.

“그래. 질문을 바꾸지. 소마군에는 늙은 뱀이 들여보내

줬나?"

"아니."

"그럼 누구지?"

"붉은 늑대가."

"허유가?"

"응."

대산의 입가에 기이한 미소가 번졌다.

만만치 않은 꼬맹이, 더욱이 보낸 사람은 붉은 늑대다.

늙은 뱀이 만든 소마군을 붉은 늑대가 마땅찮게 생각하고 있다는 것은 이 오원 사람들 모두가 알고 있는 공공연한 비밀이었다.

붉은 늑대가 소마군의 활용을 반대하는 이유는 '아이들은 아이들답게' 라는 그럴듯한 말 때문이었다. 확실히 일리있는 말이었다. 아창족과 경포족을 제외한 대부분의 사람들이 그의 의견에 상당한 공감을 보이고 있었다.

하지만 사실 허유의 진정한 속셈이 무엇일지는 누구도 알 수가 없었다. 적어도 대산은 믿지 않았다.

허유는 지나치게 뛰어난 사람이다.

약한 전력으로 타가와 맹획을 막아내고 있는 늙은 뱀도 대단한 남자지만, 허유도 그에 못지않을 만큼의 능력을 보여주고 있었다. 그런 자가 그렇게 단순한 이유로 소마군을 반대할 리가 없었다. 세세한 이유까지 파악할 만큼의 시야가 갖춰져 있지는 않았지만 뭔가 심상치 않다는 것 정도는 본능적으로 깨우치고 있었다.

'그런 늑대가 보낸 녀석이라……'

"이름이 뭐냐?"

"운룡. 소룡이라 부르면 돼."

"소룡보다는 운룡이 더 부르기 좋군. 내 이름은 알고 있겠지?"

"응."

"좋아. 지켜보겠어."

거기까지였다.

그것이 대산과의 첫 만남이다.

대산이 몸을 돌려 자리로 돌아왔다. 시선을 집중하던 아이들 사이에서 작게 웅성거리는 소리가 퍼져 나갔다. 특히나 우목 같은 경우에는 가슴을 쓸어내리면서 한숨을 내쉴 정도였다. 우목이 고개를 내젓고는 가까이 다가와 속삭이듯 작은 목소리로 물었다.

"너 무슨 생각으로 그렇게 당당했던 거야?"

"응?"

"뭔 일이라도 나는 줄 알았잖아."

숨을 죽였던 것은 한쪽에 있던 소봉도 마찬가지였다. 소봉이 슬금슬금 기어와 단운룡의 옆에 바짝 붙었다.

"내가 조심하라고 했었잖아. 뭔 짓이야?"

“대체 왜들 그래?”

“눈 밖에 나면 어쩌려고? 고개 푹 숙이고 묻는 말에만 답했어야지!”

“안 그래도 묻는 말에만 답했어. 나는.”

“뭐, 여하튼 말이야. 너 오늘 목숨 건진 줄 알아.”

“목숨을 건져?”

“그래! 두목이 얼마나 무서운데!”

“두목이 누굴 죽인 적도 있었어?”

“응? 아니, 뭐 딱히 그런 건 아니지만… 왜 있잖아! 당연히 조심해야 되는 거! 그렇지 않아도 넌 꽤나 눈에 띄는 놈이란 말이야.”

“알았어. 조심할게.”

단운룡은 다시 한 번 깨달았다.

대산은 굉장한 놈이다. 직접 눈을 마주치고 확실하게 알 수 있었다.

소봉은 단운룡에게 목숨을 건졌다고 말했다. 오해다. 실제로 대산은 아이들에게 손을 올리지 않는다.

그렇게 손대지 않으면서도 이만한 지배력을 보이고 있다. 대단한 일이다. 직접 당해본 적도 없으면서 무서움을 느끼는 것, 그것은 쉽게 되는 일이 아니었다.

타고났거나 아니면 싸움을 거치면서 얻었거나.

대산은 그 두 눈에 다른 사람을 간단히 압도할 만한 기운을 품고 있었다. 또한 그렇게 강한 힘이 있으면서도 민활하게 돌아가는 머리까지 지녔다.

조만간에 분명히 해야 했다. 어중간한 상태는 좋지 않았다.

적으로 돌릴 것인가. 아니면 친구로 만들 것인가.

그것은 먹힐 것인가, 먹히지 않을 것인가의 문제다. 먹히지 않는다고 하여 당장 이쪽에서 먹느냐 한다면 그런 것도 어렵다.

당장 먹기에는 너무도 컸다. 게다가 대산 정도의 능력이라면 앞으로도 점점 더 커질 것이 뻔했다.

'좋아. 재미있겠어.'

단운룡은 생각했다. 이제부턴 방심할 수 없었다.

좋은 목표였기 때문이다.

적으로든 친구로든 목표로 삼기에는 더할 나위 없이 좋은 상대였다.

게다가 그러한 것은 대산으로서도 마찬가지였다.

반대편의 대산도 느끼고 있었던 것이다. 서로 다른 입장만큼 방식은 달랐지만, 결국은 같은 마음이라 해도 틀리지 않을 생각이었다.

'백족의 운룡이라. 흥미로운 놈이야. 젊은 뱀처럼 성가시게 굴지도 않을 테고. 달리 보면 늙은 뱀과 붉은 늑대의 싸움이라 봐도 되겠지. 이제부턴 지루하지 않겠어.'

대산이 단운룡을 한 번 돌아보았다.

덤벼도 좋고, 더불어 지내도 좋다.

이제 열한 살.

본격적으로 도전해 오는 것은 몇 년 후가 되겠지만, 언제가 되도 상관없다. 소마군에 들어온 이상 계속 보게 될 놈이니, 엉뚱한 곳에서 개죽음당하지만 않기를 바랄 뿐이다.

'이왕이면 처음부터 즐겁게 부딪쳐 오는 것도 좋겠지.'

시선을 거두고 자리에 돌아누운 대산이다.

그리고 그 옆에 있는 흑로.

흑로의 묘한 시선만이 단운룡의 위아래를 살필 뿐이다. 탐색의 시선, 어떻게 변할지 모를 날카로운 시선이었다.

『천잠비룡포』 1권 끝

한백무림서 여담(餘談) 편

—운남? 천잠비룡포 1, 2권의 배경이 되는 곳

중국사에서 운남과 관련된 가장 유명한 인물을 들자면 단연코 '정화' 라 이야기할 수 있겠다.

남해 대원정으로 유명한 그 정화를 뜻함이다.

정화는 운남 출신이다.

정화의 부친은 운남의 마하지라는 사람이었고, 원나라가 중국을 지배하고 있을 당시 운남에서 큰 세력을 차지하고 있던 세력가였다. 주원장이 거병하여 원나라를 몰아내고 중원을 제패했을 때, 그때까지도 운남은 아직 원나라에 지배를 받고 있었다.

주원장은 남경을 수도로 하여 대명제국을 세우고, 원 잔당의 토벌에 들어간다. 운남 역시 예외일 수 없었는데, 이때 정남장군에 봉해져 운남 공격에 나섰던 것이 개국 공신인 부유덕이다. 부유덕은 훗날 '남옥의 변'의 주인공이 되는 남옥을 부장으로 삼고 운남 정벌에 나섰는데, 이때 끝까지 저항했던 것이 바로 정화의 부친인 마하지의 세력이다. 마하지는 대패하여 처형되고 그 자녀들은 포로가 되었는데, 그 가운데에 있었던 것이 마화, 곧 훗날의 정화이다. 마화는 어린 시절 달리 마삼보라고도 불렸는데, 이 마삼보는 부친의 반명 전쟁에 대한 형벌로서 거세를 당하고 환관이 되어 훗날 영락제가 된 연왕 주체의 종복으로 헌상된다. 연왕 주체는 사람을 알아보는 눈이 뛰어난지라, 마삼보의 능력을 알아보게 되어 그의 곁에 두어 차차 중대사를 맡기게 된다. 마삼보가 공을 세우게 됨에 따라 주체는 그에게 정(定)이라는 성을 하사한다. 그때부터 마삼보는 정화라는 이름으로 불리게 되는 것이다. 그것이 정화와 그 부친의 성이 다른 이유다.

여기서 연표를 확인해 보도록 한다면.

주원장이 대명제국을 세운 년도는 1368년이며 부유덕이 운남을 정복한 것이 1388년으로 되어 있다. 1388년 마하지가 패망했을 때 정화의 나이는 12세라 알려져 있으며, 연왕이 영락제로서 황제 위에 오른 것이 1399년으로 따라서 이때 정화의 나이는 23세 정도로 추정할 수 있다. 천잠비룡포를 처음 기획했을 당시에는 이 시점에서 역사의 거물인 정화와 주인공의 만남을 그려보고 싶었지만, 이때의 정화는 북평의 연왕 곁에서 젊은 나이에 두각을 나타내고 있었을 때이므로, 그 바람은 단지 바람으로서 남겨둘 수밖에 없게 되었다. 그러나 정화는 그 기구한 인생 역정 때문에라도 한백무림서상에서 반드시 다뤄보고 싶은 인물이었으니, 단운룡과의 만남은 늦은 시점에서라도 반드시 있을 수 있도록 할 생각이다. 같은 운남 출신 남자로서 정화를 따로 두기엔 너무도 아까운 일인 까닭이다.

　오원이라는 공간은 일종의 가상 공간인 동시에 당시의 격변기를 감안하자면 충분히 실재할 수 있었던 곳이라 생각할 수 있겠다. 명나라의 건국은 사실 한족의 중화라는 고유한 의식을 바탕으로 한족과 이민족의 이원적인 대립이라 해석해 볼 수 있을 것이다.

　중국을 지배하는 자는 한족이어야 한다?

　이는 한족 특유의 그릇된 선민 의식이라고도 볼 수 있지만, 중국 역사에 있어 가장 번성했던 시기가 한족의 당나라 때와 한족의 명 초기라고 본다면, 한족의 자부심 자체도 설득력이 없는 것은 아니라고 볼 수 있겠다.

　다소 주제를 벗어난 이야기겠지만 이 대목에서 짚고 넘어갈 것이 있다. 본 글쓴이는 결코 친중주의자가 아니며, 특별한 친한족주의자도 아님을 밝혀둔다. 무당마검 때부터 그러한 오해를 받아왔던 까닭에 한 번은 공식적인 언급이 필요하겠다고 느껴왔던 바다. 사실 따지고 보자면 무당마검의 주인공은 색목인 혼혈이며, 화산질풍검의 주인공은 우리 민족의 후예였지 않던가. 이 천잠비룡포의 주인공까지도 한족이 아니라 백족 혼혈이라 설정했던 만큼, 본 글쓴이를 친한족주의자나 사대주의자로 몰아간다면 상심을 느낄 수밖에 없다고 하겠다. 배경을 중국으로 잡은 것은 어디까지나 그 당시 중국이란 공간이 더 많은 무협 독자들에게 익숙하기 때문이며 소재가 풍부하기 때문이기도 하고, 무엇보다 인구가 많기 때문이었음을 말씀드리고 싶었다. 큰 그림을 그려가기 위해서는 아무래도 머릿수가 많아야 좀 더 확실한 개연성을 확보할 수 있는 까닭이다.

오원이 있고 단운룡이 있는 바로 이 시점, 즉 연왕의 거병이 있었던 1399년 전후에 명나라의 시대적 상황을 살펴보자면, 상식적인 상상력만을 동원해 보아도 그 사조를 뚜렷하게 도출해 볼 수 있을 것이다.

황제가 바뀌는 것.

더욱이 그것이 3년의 전쟁을 바탕으로 한 군사적인 쿠데타였음이라 볼 때, 전쟁이 벌어지고 있었던 지역의 분위기는 혼란 그 자체였다 해도 과언이 아니었을 것이다.

그러나 이 시대에는 현대와 달리, 매스컴이 발달한 것도 아닌데다가 교통과 통신이 지금처럼 빠른 속도로 이루어졌던 것도 아니었던 만큼, 쿠데타의 조짐이 있음에도 큰 영향을 받지 않은 지역이 존재할 수 있다고 보았다. 따라서 광동금상이 위치한 광주가 조용했던 것도 어느 정도의 개연성을 얻을 수가 있다고 본다. 광주는 본래부터 기본적으로 풍요로운 도시였기도 했거니와 중국의 최남단에 위치하고 있었으므로, 실제 전투가 벌어지기 직전까지는 그나마 평범한 일상을 유지할 수 있었을 것이라 생각했다.

하지만 그렇다 해도 실제 상황이 어떠했을지에 대해서는 소설적 상상력이 개입될 수밖에 없을 것이다. 당시의 광주 분위기라는 세부적인 사항에 대해서라면 참고해 볼 수 있는 자료가 거의 없기 때문이다.

오원 역시도 그러한 소설적 상상력이 극대화된 곳이라 할 수 있겠다.

연왕이 북평(지금의 북경)에서 황제를 치기 위한 군사를 모으고 건문제가 남경에서 그것을 방비하기 위한 계획을 짜고 있었다고 한다면, 그 이외의 지방 군사 체계가 어떠했을지는 쉽게 짐작해 볼 수 있다. 반란을 통제하기 위하여 더 강화되었을 수도 있지만, 그런 가능성은 극히 희박하다. 최소한 지역 방어가 위태로울 정도로 혼란을 겪었으리라는 것 정도는 누가 봐도 설득력을 얻을 수 있으리라. 황제가 바뀌게 생겼는데 모든 것이 정상적으로 돌아가고 있다면 오히려 말이 되지 않을 것이다. 그 난을 틈타서 제 세력을 확고히 하고자 하는 이들도 있었을 것이고, 기회를 잡아 한몫 잡아보려는 야심가도 있었을 수 있다. 원나라의 잔당, 즉 당시의 달단 역시 격변하는 명나라의 상황을 주시하고 있었을 것이며, 그사이에 중원 땅을 넘보려는 시도 역시 없지는 않았을 것이다.

결국 맹획과 타가라는 인물들은 그러한 가설이 모인 집합체라 할 수 있다. 그들의 행보와 주인공의 싸움에 대해서는 앞으로 읽게 되실 것이고, 그 결말이 어떻게 날지는 당연히 밝혀 드릴 수가 없다.

결론적으로 독자 여러분이 궁금해하실 것은 다른 것이 아니라 바로 "단운룡이 오원까지 당도한 지금이 대체 언제냐?"가 될 것 같다. 그 시점은 연왕 주체의 거병 직전이라 보면 된다. 1898년 전후라 보면 아마도 틀리지 않을 것이다(단운룡이라는 사람도 워낙에 오래된 인물인만큼, 정확히 언제 무엇을 했는지는 어떤 자료에서도 찾아볼 수가 없다. 있다면 천잠비룡포 정도).

❀ 은자 오백 냥? 화폐에 대하여.

명나라 때 은자 다섯 냥으로 종복을 사고, 은자 이십 냥으로 집 한 채를 지었다는 이야기가 있다(논란의 여지가 충분하긴 하나, 어느 정도까지는 신빙성이 있는 자료이다). 오백 냥이면 단순 계산으로도 하인 백 명과 집 이십오 채를 지을 수 있는 금액이란 결과가 나온다.

은자의 가치에 대해서는 굉장히 논란이 많다. 게다가 물가라는 것은 원래부터 시기나 지역에 따라 변동이 워낙 심했던 것인만큼, 정확한 가치를 산출하기가 불가능한 사항이다.

본 글쓴이 역시 한백무림서를 통틀어 화폐 단위에 어느 정도 명확한 설정을 잡아놓은 상태이지만, 역시나 정설이라 보기에는 어려운 점이 많을 것이다. 결국은 유동적인 것으로 볼 수밖에 없다는 결론이다.

　화폐의 가치는 지역과 시대에 따라 크게 다르다고 볼 수 있다. 어느 정도 화폐의 가치가 균일하게 매겨져 있다는 현대 사회의 경우에서도, 서울의 물가가 다르고 지방의 물가가 다른 것처럼, 화폐가 지니는 구매력은 일정한 것이 아니라고 볼 수 있겠다. 게다가 500년 전과 같은 과거에는 그 차이가 더욱 심했을 것이라 생각된다.

　명나라 때 은자 한 냥이면 네 식구가 한 달을 충분히 먹을 만한 쌀을 살 수 있었다는 문헌자료(가장 위의 문구보다는 조금 더 신뢰도가 높다)가 있다. 은자 한 냥에 현재 돈으로 최소한 5만원 가치는 넘는다는 의미일 것이다. 굳이 현대의 화폐로 환산하지 않아도, 은자 오백 냥이라면 오백 가구가 한 달을 충분하게 먹을 수 있다는 계산이 나온다. 네 식구라 치면 총 2000명의 한 달분 식량이 될 수 있다는 이야기가 되는 것이다

　그 정도라면 사실, 한 사람에 걸린 현상금치고는 무척이나 많은 것이라 할 수 있겠다. 오기륭의 현상금 설정에 커다란 어려움 겪었는데, 그 이유가 바로 그런 데 있다.

　인터넷을 찾아보게 되는 경우 은 한 냥은 15000원 정도라는 계산이 나와 있을 것이다.

　어디까지나 현대의 이야기임을 밝혀둔다. 과거와 비교했을 때는 큰 의미가 없는 수치이니 무협에서는 고려의 대상에서 제외해도 무방한 일이다.

⚜ 소수 민족?

언제나 관심을 가지고 있었던 매력적인 사람들.

거기에는 그런 이들이 그들만의, 또는 다른 누군가와의 삶을 살아가고 있었다.

한족(漢族)과 한민족(韓民族)을 제외한 모든 민족들은 무협에서 보기 드문, 참으로 생소한 민족들일 것이라 생각한다.

무당마검과 화산질풍검의 집필 시간까지 더하여 장장 12년의 시간 동안 작지 않은 공을 들였던 것이 바로 한족 외의 다른 민족들의 삶을 알아보는 것이었다. 얻은 것은 많지만, 생각보다 소설에 쓸 만한 것은 그다지 많지 않았다는 것이 결론이라, 상당히 우울해했던 기억이 있다. 운남의 한쪽에서 머물러 있기엔 주인공으로 이름을 준 단운룡이란 인물이 지나치게 아까웠기 때문이다. 단운룡은 더 넓은 곳으로 나가서 더 크게 휘저어주어야 한다.

각설하고.

다음으로는 오원에 있는 다섯 민족과 더불어 운남에 살고 있는 소수 민족에 대한 사항들을 간략하게 정리해 보았다. 특별히 한 저서에서 발췌하여 긁어 붙인 것이 아니라, 여러 곳에서 참고한 사항들을 본 글쓴이가 새롭게 정리한 것이니, 따로 출처를 밝히지는 않겠다. 이제 와서는 대부분 인터넷에서 손쉽게 찾아볼 수 있는 정보들이겠지만, 기획 초기 단계였던 7—8년 전(천잠비룡포의 윤곽이 갖추어진 것은 무당마검이나 화산질풍검보다 조금 늦다)에는 여기에 있는 한두 문장조차도 얻기가 어려웠던 부분들이다. 민족들의 의상이나 주거 환경 등 대표적인 사진들도 몇몇 사이트에는 올라와 있지만, 사진의 저작권 문제를 해결하기가 어려웠기 때문에, 본권에는 수록하지 못했다.

* 화니족

화니족은 중화민국이란 국명이 선포된 현대에 이르러 하니족(실제로 하니족이라 불리고 있지만, 하니란 이름이 만화 주인공 이름과 같아서 고어로 불렸다던 화니족을 소설상의 이름으로 채택하게 되었다)이라는 이름으로 통용되고 있다. 이들은 현대까지 이어진 오원의 다섯 민족 중에서 가장 많은 숫자를 지니고 있으며 분포되어 있는 지역도 상당히 여러 곳에 나누어져 있다. 원시적인 종교를 주로 믿으며 새와 관련된 토템 신앙이 존재했던 것으로 알려져 있다. 가무를 즐기며 새의 움직임과 관련된 춤이 전해지고 있다. 청남색 의복을 주로 입으며 장신구를 좋아한다. 의복은 짧고 헐렁하며 특히 여성의 경우 어깨를 온전히 드러낼 정도로 노출이 심하다. 또한 짧은 치마를 많이 착용하여 중원의 의복 문화와는 뚜렷한 차이를 보이고 있다. 계단식 밭농사를 짓는 풍요로운 정착 민족이라 성정이 밝고 온순하다.

* 납서족

납서족은 소수 민족이며 그 숫자도 많지 않지만, 중원의 한족 못지않게 훌륭한 문화적 소양을 갖추었다 알려져 있다. 촌락이나 부락의 풍습은 보수적이며 화려함보다는 소박함을 미덕으로 삼는다. 독서와 습작이 생활화되어 있을 정도로 서책과 친근한 민족이며 고유한 문자인 납서문까지 제창, 발달시켜 왔다. 회화를 즐기며 전해 내려오는 회화 유산으로는 동파화가 가장 흔하다. 거주하는 집과 방은 나무로 만들며 3층을 기본으로 한다. 1층은 낮게 만들어져 가축을 돌보는 공간으로 사용하고 사람들은 주로 2층에서 생활한다. 3층에는 물건을 보관하는 장소로 활용한다고 알려져 있다. 현대의 주 거주지는 운남의 여강납서족자치현이며 가톨릭교와 라마 교를 신봉한다고 되어 있지만, 명 시대에는 퍼져 있는 지역 분포와 숭상하는 종교가 다소 달랐던 것으로 되어 있다.

* 경포족

현대의 경포족은 납서족보다 더 적은 인구를 보여주고 있지만, 이야기의 배경이 되는 명 초기에는 더 많은 숫자가 생존하고 있었다는 자료가 있다. 용감하고 부지런한 성정을 지녔으며 가무(歌舞)를 즐기는 민족이다. 주로 키우는 가축으로는 개가 있으며 가축에 대한 애착이 강하다. 지은 지 하루가 지난 밥은 먹지 않고, 지은 밥은 사람보다 개에게 먼저 주는 독특한 전통이 있다.
이는 온난하고 습한 기후에서 음식의 안전성을 지키기 위한 풍
습이라는 견해가 있다. 숫자가 많지 않아 민족끼리의 단결을 무
척이나 중시하며 이를 민족 사회의 가장 숭고한 미덕이라 여긴
다. 거주하는 집은 참나무로 짓는다고 알려져 있다.

* 아창족

순수한 아창족은 현대에 매우 적은 숫자만이 생존하고 있다.
그러나 이야기의 배경이 되는 명 시대에는 더 큰 세력을 이루고
있을 것이라 짐작된다.

이들은 전통적으로 검은색을 좋아하며 남녀를 불문하고 검은
색 옷을 입는다. 혼인을 한 남자는 머리에 검은색 천을 두르고,
치아가 검은 것을 미(美)라고 생각하여 이빨을 검게 물들이는 풍
습이 있다. 무(武)를 숭상하여 신체의 강건함을 최고의 미덕으로
여긴다. 용맹한 성정을 지녀 사냥과 싸움에 능하다. 자유롭고 소
박한 기질을 가지고 있으며 혼인 풍습 역시도 한족과는 달리 예
와 식을 중시하지 않는다. 불교를 믿지만 명 시대에는 토속 종교
를 숭배했다는 견해가 지배적이다. 문자는 한족의 문자를 그대
로 쓰며 고유의 문자는 전해지지 않는다.

* 포랑족

오원의 민족들 중에서는 현대까지 가장 발달하지 않은 민족

중 하나라 알려져 있다. 고유 문자는 존재하지 않으며 안남(安南: 현재의 베트남, 과거에는 대월이라고도 불렸던 바 있다)의 언어를 썼다는 기록이 있다. 민족의 풍습은 원시적이고 보수적이다.

태양을 숭배하며 참나무쥐를 숭상하는 등, 종교에 있어서는 자연 숭배와 토템 신앙적 특징을 보여준다. 남녀는 혼인하기 전에 이빨을 검은색으로 채색한다. 이 점에서 아창족과 지역적, 문화적인 교통이 이루어졌을 것이라 짐작되고 있다. 고대의 문화를 유지하여 왔음에도 불구하고 일부일처제를 엄격하게 지키는 등, 독특한 풍습을 지닌다. 이름을 짓는 데 있어서도 부계의 이름을 물려주는 부자연명제와 모계의 이름을 물려주는 모자연명제가 공통으로 존재하고 있다. 남녀의 평등성을 어느 정도 인정하고 있었다는 것으로 해석할 수 있을 것이다.

*자료 수집 시점과 중국 사회의 변화 속도 문제로 인하여, 현재 소수 민족들의 실제 생활상과는 다소 다른 부분들이 있을 수 있음을 밝혀둡니다.

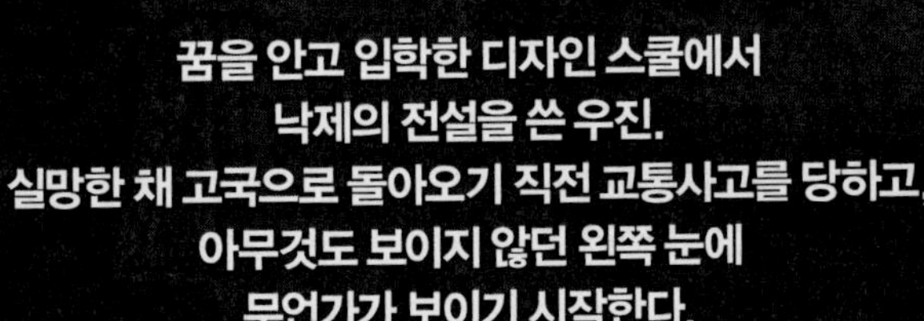

너의 옷이 보여

킹묵 현대 판타지 소설
MODERN FANTASTIC STORY